魔物（上）

新装版

大沢在昌

角川文庫
21561

1

アジア大陸の北半分、そのうち西はウラル山脈から、東は太平洋へ流れこむ河川の分水界となっているヴェルホヤンスク山脈などまでの地域は、シベリアと呼ばれている。

このシベリアは中央を流れるエニセイ川によってさらに西シベリア、東シベリアと分けられ、緯度線に沿って、北からツンドラ、タイガ、ステップという自然帯に分類される。

シベリアは、アジア大陸全体のほぼ半分ちかい広さがあるが、その大半を占めるのが、北緯五十度から七十度までのタイガ地帯である。日本語では「針葉樹林帯」と訳される

この地域は大陸型の気候で、冬はマイナス五十度近くまで気温が下がり、夏は四十度を超えることもある。

東シベリアの南部、モンゴルとの国境近くにはバイカル湖が広がっている。タタール語で「豊かな湖」を意味し、その水量は地球上の淡水の二割を占めるという広大で深い湖だ。最深部の水深は千六百メートルに達し、世界遺産にも登録されている。

バイカル湖の北端には、シベリア鉄道から分岐するバム鉄道の駅、セーヴェロバイカ

リスクがある。そこから六百キロほど北西に小さな町があった。中央シベリア平原の南端に近く、シベリア有数の工業都市イルクーツクからは、直線で約七百五十キロの距離である。

一九〇四年、この町で不可解なできごとが起こった。一夜にしてこの町で飼われていた多数の猟犬と牛、羊などの家畜が数百頭、死亡したのである。その四年後の一九〇八年には、天然痘が流行し、近隣の町と合わせて五百人近い死者がでた。

その原因を、当時のロシア人は〃あるもの〃の仕業である、と考えた。伝説、伝承の類《たぐい》には多く登場する、その〃あるもの〃だが、奇妙なことに東方正教会では聖者に列せられている。

ちなみに東方正教会とは、キリスト教の、カトリック、プロテスタントと並ぶ三大宗派のひとつで、ロシア正教も含まれる。

ロシア正教は、千年にわたって、カトリックともプロテスタントともちがう、独自の発展をとげてきた。スラヴ民族の精神的な支えであると同時に、ロシアの文化、特に芸術には大きな影響を与えた。

ロシア正教会の独特な屋根の形は、「ねぎ坊主」と呼ばれる球形、らせん状をしている。内部には「イコノスタス」という、イコンの描かれた壁が広がっている。その壁は、聖職者と信者たちの席、至聖所と聖所をへだてるためのもので、至聖所には聖職者しか入れないきまりがある。

イコンは、ロシア語では「イコーナ」、平らな板にテンペラ絵の具で主キリストや聖母マリア、あるいは聖者たちを描いた「聖像画」である。

聖書には偶像崇拝を否定する記述があり、そのことがイコンを平面像にとどめている。

かつてのロシア、そして今でも信仰心の篤《あつ》いロシア人の家庭では、部屋の入り口から正面にあたる壁の東側の隅にイコンを飾るのがあたり前の習慣としてあった。

イコンは宗教的な意味をもつと同時に、民衆の生活に根付いた芸術でもある。当然、教会には多くのイコンが飾られることになる。

信仰と深くかかわる存在であるがゆえに、イコンそのものにも、多くの伝説が生まれている。

有名なのは「ウラジーミルの生神女《しょうしんじょ》」と呼ばれるイコンで、七世紀初頭、ビザンティンの帝都コンスタンティノープルがペルシャ人によって包囲・攻撃された際に、このイコンを掲げた総主教らの祈りによって撃退した、というものだ。また、九世紀の半ばには、イスラムの圧力をうけたコプト教会の修道院で、イコンに描かれた聖者たちがいっせいにはらはらと涙を流した、といういいつたえもある。

現代にいたっても、イコンに描かれた聖者の目から血が滴った、とか、キリストの姿から光が放たれた、という報告は、枚挙に暇《いとま》がない。

一方で、人を死に追いやる、といわれたイコンも存在する。ロシア、サンクトペテルブルクのエルミタージュ美術館におさめられていたキリストのイコンが、館員数名を死にいたらしめたという理由で、展示を中止されている。

いずれにしても、イコンそのものは、図案が決められており、そこに作者の名が記されることは決してない。

バイカル湖の北にある小さな町で災厄をもたらした、といわれている〝あるもの〟も聖者である以上、姿を描いたイコンが存在して不思議はなかった。

しかし、その〝あるもの〟を描いたイコンを目にした者は少ない。災厄の起きた町の教会に飾られていたという噂はあるが、真偽は不明だ。

ただ起こった災厄と〝あるもの〟のあいだには関係がある、と信じる人々には根拠があった。

それは聖者の暦である。聖者に列せられた者は、その命日をもって天国に向かうと考えられた。したがって多くの聖者が列せられる現在、一年三百六十五日、何月何日であっても、その日は聖者の誰かの記念日にあたる。複数の聖者が重なることも少なくない。

ヨーロッパでは、カレンダーに毎日、その日の聖者の名が記されていたりする。

民衆に一九〇四年に起こった災厄とのかかわりを疑われたのは、当日がその聖者の記念日であったことが大きな理由となった。

他の聖者と彼の記念日はちがっていた。他の聖者は、たとえその日が複数の聖者による共通の記念日であろうと、毎年必ずやってくる。

しかし彼だけは、毎年、記念日を迎えることができないのだ。

記念日は二月二十九日。四年に一度しかやってこない。それは神が決めたことで、その理由は、彼が無慈悲な態度を民衆にとったからだという。

彼は「邪眼」のもち主だともいわれ、ふだんは長い睫毛《まつげ》でその眼をおおい隠しているが、四年に一度、閏年《うるうどし》の二月二十九日に限り、睫毛をあげて、あたりを見回す。そのとき彼ににらまれた者は、ことごとく滅びる。したがって、二月二十九日は決して外出してはならないという伝承が、ウクライナ地方にはある。

また、彼は悪霊との取引に応じてサタンの側につき、神がサタンとその眷属《けんぞく》を地獄に落とすつもりであると、密告した。その罪によって、彼は鎖につながれ、三年のあいだ天使によって重い槌《つち》で額を打ちつづけられ、四年目にようやく解放を神によって許された、ともいわれている。

別のいいつたえでは、彼は「地獄の門番」で、四年に一度しか休暇が与えられない。あるいは、彼はすべての風を統べる存在で、ときに強風を放って、人間と家畜に疫病をもたらす。

いずれにしても、聖者としては、異端な存在である。

だが、閏年の災厄からも百年がたち、人々は彼の名を忘れ始めていた。

彼の名は聖ヨハネス・カッシアヌス。ロシア名を、カシアンといった。

2

教会につづく道は、車一台がようやく通れる幅だけが雪かきをされていた。借りた日本製の4WDを進め、リハチェフは教会のかたわらでブレーキを踏んだ。体は疲れているが、頭は冴《さ》えていた。イルクーツクからの長い運転に備え、メタンフェタミンの錠剤を飲んだからだ。わずかに頭痛がするが、ハッシシを一服すれば吹きとぶだろう。

サイドブレーキをひき、エンジンをかけたまま車を降りると、待ちかねていたように教会の扉が開いた。

「アンドレイ！」

黒衣を着け、長くあごヒゲをのばした司祭の叫びは、まっ白な息にかわった。

「ユーリ！」

リハチェフは叫び返し、二人は教会の戸口で抱きあった。

「久しぶりだ。よくきてくれた。私は、お前がもう――」

いいかけ、司祭は口ごもった。かわりに胸に吊《つ》るした十字架をまさぐった。

「死んでいると思った、か」

リハチェフはいい、教会の扉を閉めた。古く天井の高い教会の建物は冷えていたが、それでも外に比べれば、何十度も暖かい。

「悪い仲間《マフィオジ》に入ったと聞いていたから……」

リハチェフは手を広げた。くるりと一回転してみせる。

「俺はこの通りさ。ぴんぴんしてる。お前こそ、こんな田舎で何をしている」

二人は幼馴染《おさななじ》みだった。イルクーツクの工業団地にあった国営アパートで育ったのだ。リハチェフが〝大物〟を夢見てモスクワにでていった頃、ユーリはブスコフの修道院で修行に明け暮れていた。

ユーリは弱々しい笑みを浮かべた。

「結婚したんだ。好きな人ができてね。それで修道士はあきらめた。今は司祭としてこの教区を任されているんだ。妻もクラスノヤルスクの出身で、それほど遠くはないし……」

「そうかい。そいつはおめでとう。で、いったい俺に何をしてもらいたいんだ。電話じゃ、頼みがあるといっていたが」

共通の幼馴染みを通じて、ユーリはリハチェフの携帯電話の番号を調べ、電話をしてきたのだった。ユーリから連絡をもらったとき、リハチェフはモスクワにいた。だがひと月後、ウラジオストクにいく仕事があった。だからその旅の途中で寄る、とユーリに約束したのだ。

ユーリは頷《うなず》いた。

「今、あれをとってくる。お前が間に合ってくれてよかった。ここで待っていてくれ」

ユーリは僧衣の裾《すそ》をひるがえし、教会の建物の奥へと歩いていった。

「あれって何だ」

リハチェフがその背中に問いかけても、ユーリは答えなかった。リハチェフは息を吐き、ひとり残された教会の内部を見回した。

無数のロウソクに火が点《とも》り、淡い光を投げかけている。煙草を吸いたかったが、さすがにそれは我慢した。教会の内部に足を踏み入れたことなど、もう何年もなかった。

壁には無数のイコンが飾られ、ロウソクの光にゆらめいている。

一枚の巨大なイコンに目がいった。不気味な絵柄だ。同じ図案を、小学校の美術の教科書で見た覚えがあった。

確か、「天国の梯子《はしご》」とかいう題名だった。

リハチェフはイコンに歩みより、目をこらした。絵の左下から右上に向かって、対角線状に長い梯子がかかっている。三十段ほどのその梯子を、十人以上の修道士が登っていた。そして梯子をはさんだ右上には無数の天使が飛び、左下には悪魔がいる。

神の国をめざす修道士を天使たちは励まし、悪魔たちは誘惑する、というわけだ。誘惑に負けた修道士は梯子からまっさかさまに落ち、悪魔たちに喰《く》われている。悪魔は頭に角を生やし、まるで巨大な昆虫のような奴もいる。

角と羽だ。天使には羽が、悪魔には角が生えている。

この悪魔にそっくりな奴を、リハチェフは見たことがあった。リハチェフの組織が取引をするヒドチェンコファミリーのメンバーで、通称「ロックマン」と呼ばれている男だ。ガリガリに痩《や》せているくせに全身に刺青《いれずみ》を入れ、そのせいで内臓でも悪いのか、顔がどす黒い。目がひどく窪《くぼ》んでいるので、額がとびだしていて、まるで角のように見える。

二、三度、取引で顔を合わせたことがあるが、ほとんど口をきかなかった。いつもポケットに銃をいれていて、ささいなことで相手を撃ち殺す、といわれていた。

「ロックマン、こんなところで何やってるんだ」

リハチェフはイコンに語りかけた。ロックマンは答えない。梯子から落ちてきた修道士の両腕をつかみ、まるで左右に引き裂こうとしているかのようだ。

リハチェフは首をふった。本物のロックマンも、このイコンのように、絵の中に閉じこめられてしまえばいいのだ。奴から見れば自分はただのチンピラだろうが、人を殺してまでのしあがりたいとは思わない。

ロックマンが殺した人間の数は片手では足りない、といわれていた。

「――アンドレイ、すまなかった」

声にびっくりして、リハチェフはふりかえった。ユーリがひと抱えもある、大きな包みを胸に抱えて戻ってきたのだ。

包みは白い布でおおわれ、その周囲を鎖がぐるぐる巻きにしていた。

「何だ、それは」

訊《たず》ねたリハチェフに、ユーリは首をふった。

「訊《き》かないでくれ。頼みというのは、何もいわず、これを海に沈めてほしいんだ。二月二十九日がくる前に」

「二月二十九日？」

リハチェフは訊き返した。今年は閏年《うるうどし》で、ギリシャではオリンピックが開かれる。二月二十九日は一週間後だった。

「そうだ。二月二十九日を迎える前に、海に沈めるんだ。船でよく日本にいく、そういっていたろう？」

「ああ」

リハチェフは頷いた。確かにウラジオストクからトヤマや、サハリンからオタル、ワッカナイにいくことは多かった。いずれも向こうで中古車屋をやっているパキスタン人との取引を監督するためだ。組織は、パキスタン人から日本車を買いつけ、代金のかわりにカニやウニ、エビなどを卸す。それらの〝商品〟は、パキスタン人に車をおさめている日本のヤクザが代金として受けとるのだ。ときには海産物のかわりに、ウラジオストクで朝鮮民族系《カレイスキー》のマフィアから仕入れるメタンフェタミンやマカロフ拳銃《けんじゅう》を送ることもあった。

ウラジオストクは、中国、北朝鮮との国境に近く、北朝鮮の工場で作られたメタンフェタミンが大量に流れこむ。最近ではカフェインと合成したＭＤＭＡという錠剤も、日本では高く売れるというので増えてきていた。今回の仕事も実は、ＭＤＭＡの積みだしが目的だった。ウラジオストクの倉庫にあるＭＤＭＡをトヤマいきの船にのせ、パキスタン人に渡すのがリハチェフの仕事だ。

「確かに船に乗る」

「いつだ？」

「予定では二十八日だ」

　リハチェフが答えると、ユーリはほっとしたように息を吐いた。

「よかった。それなら間に合う」

「海じゃなきゃ駄目なのか。わざわざ船に乗らなくてもバイカル湖があるじゃないか」

「いったろう。二月二十九日までに沈めなきゃならないんだ。どうやってバイカル湖に沈める？」

　リハチェフは肩をすくめた。バイカル湖は五月いっぱいまで結氷し、その厚さは一メートルにも達する。二月の今、湖に沈めるのは確かに不可能だ。

「しかしなぜ二月二十九日までになけりゃならないんだ？」

「あの日だからだ」

「あの日？」

　ユーリの手が再び十字架をまさぐった。それだけでは足りず、三本の指で十字を切った。

「百年前、恐ろしいできごとがここであった。それをくり返さないためだ。百年後の今年、あれはきっとよみがえる」

「何をいっている？」

ユーリはそっと包みを床におろした。

「頼む、アンドレイ。これ以上は訊かないで、私の頼みを聞き入れてくれ。教区の人々の平穏な暮らしを守るのが、私の務めなのだ。まさか、これがここにまだあったとは、私も夢にも思わなかったのだ」

「まさかヤバいブツなのじゃないだろうな。有害物質で汚染している、とか」

ソヴィエト連邦が崩壊し、核弾頭を含む、多くの大量破壊兵器が、ロシアでは行方不明になっている。軍やKGBの大物たちが金のために武器商人に売っぱらったのだ。

「そういうものではない」

ユーリは首をふった。

「もてばわかる。ただし、決して包みを開けては駄目だ」

リハチェフは恐る恐る、包みを手にとった。見かけほどの重さはない。むしろあっけないほど軽かった。巻きつけられた鎖がなかったら、片手でももてるだろう。硬い四角形をした板のような手触りだ。

「なんだ、軽いな」

「軽いからといって、侮ってはならない。それには災厄が詰まっている」

ユーリはいい、またすばやく十字を切った。

「わかった。こいつを、船から海の中に叩《たた》きこめばいいんだな」

ユーリは頷いた。

「なるべく深いところで。そして誰もこないところで」

「引きうけた」

リハチェフは腕時計を見た。今夜はブラーツクに泊まる予定だった。そして明日の夕刻、イルクーツク駅の二階の有料待合室で若頭《シユステルキ》のワシリーと落ち合うことになっていた。シベリア鉄道でウラジオストクに向かうのだ。

「じゃ、俺はいくよ」

リハチェフはいった。

「ありがとう。ありがとう、アンドレイ。父と子と聖霊の加護がお前にありますように」

ユーリは頷いた。

「任せておけ。幼馴染みの頼みを断るわけはないじゃないか」

「日本からはいつ戻ってくる？」

「三月の初め頃だ。たぶん、四日か五日」

「じゃあその頃に電話する。うまくいったかどうか」

リハチェフは包みを抱え、教会の出入り口に向かった。ユーリが小走りで追いこし、扉を開け、支えた。

止んでいた雪がまた降りだしていた。暖かな4WDの車内に入ると、リハチェフはほっとため息を吐いた。そして包みを助手席におき、サイドブレーキをおろした。

3

リハチェフはいらついていた。待ち合わせの時間はとうに過ぎているというのに、ワシリーがこないからだった。イルクーツク駅の二階には、豪華な有料待合室があって、ワシリーはそこに本来なら二時間も前に着いていなければならないのだ。

ワシリーと落ち合ったら、二人はシベリア鉄道のロシア号に乗りこみ、終点のウラジオストクに向かう手筈《てはず》だった。そのロシア号の到着時間が迫っている。

ワシリーの携帯電話には何度も連絡を試みた。だが、いっこうにつながらない。

やがて一時間遅れでロシア号が到着し、そしてでていった。

いったいどうなっているのだ。

だがじたばたしても始まらない。組織の仕事に、手ちがいや急な変更はつきものだ。内務省《サツ》や対立する組織がちょっかいをだしてくることもある。そのたびにおろおろしていたら、小物と馬鹿にされるだけだ。だからワシリー以外の組織の人間には、電話はかけなかった。

約束から三時間も経過した頃、ようやくリハチェフの携帯電話が鳴った。液晶が表示した番号を見て、リハチェフはびっくりした。ボスのボリソビッチの携帯電話からだった。

「リハチェフです」

「アンドレイか、手ちがいがあった」

リハチェフが応じるなり、ボスはいった。

「ワシリーが裏切った。取引のことを内務省に密告したんだ」

「えっ」

リハチェフは立ちあがった。待合室にいた客の多くは、ロシア号に乗りこみ、いなくなっていた。だがまだ何人かはいる。その連中の目と耳から逃れるため、部屋の隅に立った。

「どうして」

「そんなことが俺にわかるわけがない。とにかく、ウラジオストクにはいくな。警官どもが待ちかまえている筈だ」

ボスは不機嫌な声でいった。

「どうすればいいんです」

「飛行機に乗れ。ユジノサハリンスクに飛ぶんだ。そこで別のブツを受けとって、ホルムスクからオタルいきの船に乗るんだ。オタルに着いたら、アーザムというパキスタン人が迎えにくる」

「ユジノサハリンスクでは誰からブツを受けとるんですか」

「イワンコフだ」

その名を聞いて、リハチェフは目の前が暗くなるのを感じた。イワンコフは「ロックマン」の本名だった。


ユジノサハリンスクは、凍《い》てついた風が吹き抜ける街だった。

国内線のターミナルからリハチェフがでてくるのを、トヨタのセダンが待っていた。運転席にはまぎれもなくロックマンの顔がある。

リハチェフが抱えている荷物をロックマンはじろりと見た。リハチェフが助手席に乗りこむと口を開いた。

「何だ、それは」

「別に何でもない。日本に届けるよう頼まれたんだ」

リハチェフは首をふった。鎖を目立たなくするため、黒いビニール袋で包みをおおってある。

「ヤバいブツか」

「ちがう。ただのみやげものだ」

こちらが恐がっていると、ロックマンに知られたくなかった。リハチェフはわざとぶっきら棒な口調でいった。

ロックマンは無言で頷《うなず》いた。猫背をさらに丸めるようにルームミラーでうしろをのぞき、セダンを発進させた。長身のロックマンには小さすぎる、コンパクトカーだ。

「ブツは？」

煙草に火をつけ、リハチェフは訊《たず》ねた。

「トランクだ」

ロックマンは言葉少なにいった。

サハリンの内陸部にあるユジノサハリンスクには空港しかない。日本に向かう定期旅客船は南端のコルサコフか西岸のホルムスクから出港する。オタルに向かう船はホルムスクからでる。コルサコフからはワッカナイいきだ。

オタルとワッカナイを比べると、圧倒的にオタルの方が都会だが、ロシア人にとってはワッカナイの方が歩きやすい。オタルは観光地なので日本人の観光客も多く、レストランなども店によっては「ロシア人お断り」の貼り紙が掲げられているからだ。

だが去年からリハチェフはワッカナイよりオタルにいくことの方が多くなっていた。理由は簡単だ。以前はゆるやかだったワッカナイの税関が、人員を増やしてうるさくなったからだ。リハチェフが日本にもちこむのは、海産物ばかりではない。税関に見つかれば逮捕されるような品も含まれている。

今回もそうだった。この車のトランクにはメタンフェタミンの錠剤が積まれている筈だ。

メタンフェタミンのことを日本人のヤクザは「しゃぶ」という。しゃぶ、妙な響きの言葉だ。

車がバウンドし、リハチェフはドアにつかまった。サハリンの道路は穴だらけだ。たいして離れてはいないがホルムスクまで二時間近くかかるだろう。

リハチェフがドアにしがみついても、ロックマンはおかまいなしだった。猫背をさらに丸めるようにして運転に専念している。

だが苦手なこの大男に話しかけられるよりはましだ。リハチェフはため息を吐き、日本に着いてからのことに頭をめぐらした。

シュステルキのワシリーが裏切ったというボスの話は意外だった。確かに近頃内務省はうるさくなっているが、ワシリーはいったいどんな弱みをお巡りにつかまれたというのか。大男のワシリーはリハチェフと似て、どこか気の弱いところがある。人殺しだけはしたくないと、常づねいっていた。

だが人殺しを嫌がっていたら、マフィオジの中で出世はできない。それはわかっている。だから皆、ボスの前では、いつでも誰かを殺しにいきますぜ、という顔をしているものだ。

ワシリーが裏切ったとすれば、ボスから誰かを殺せといわれ、それが嫌で裏切ったとしか考えられない。

もしワシリーを消せ、とボスに命じられたら自分はどうするだろう。

リハチェフは深々と息を吸いこんだ。そうなる可能性はゼロではない。今のところワシリーは内務省にかくまわれているだろうが、お巡りたちはいつまでもはワシリーを守らない。

裏切り者は生きていられないのがマフィオジの掟《おきて》だ。自分に消せという命令が下るのは、ありえないことではない。

オタルに着いたら、何のかのと理屈をつけてしばらくロシアに帰るのをひきのばした方がいいかもしれない。

オタル行きの船に乗ってしまえばこちらのものだ。十八時間ほどの船旅のあいだに、幼馴染《おさななじ》みのユーリからの頼みごとも果たせるだろう。

そこまで考えて、リハチェフは奇妙なことに気づいた。ホルムスクからオタルに向かう船は、通常、夕方に出港する。だが今はもう夜だ。

「船は何時にでるんだ？　イワンコフ」

ロックマンは返事をしない。車はユジノサハリンスクの市街地を抜け、まっ暗な郊外を走っている。

「イワンコフ――」

「何だ」

ロックマンの口調はいらついていた。内心びくつきながらも、リハチェフは訊ねた。

「オタルいきの船はいつ出港するんだ？」

「明日の昼だ」

「明日だって？　じゃあ俺たちはどこに向かっているんだ。別に今日、急いでホルムスクに向かう必要はないだろう」

ロックマンはまた答えない。リハチェフは不安になった。

ロックマンが不意にハンドルを切った。ホルムスクに向かう道を外れ、舗装されていない側道へと車を進めた。

「どうしたんだ」

「小便がしたい」

ロックマンは答えた。

「何もわざわざ道を外れる必要はないだろう」

「以前、俺の知り合いが道ばたに車を止めて小便をしていた。我慢できなかったんだ。そこへパトカーが通りかかった。お巡りは嫌がらせのつもりでパトカーを止め、知り合いに職務質問をした。だがそいつはポケットの中にヘロインと注射器をもっていた――

――」

ロックマンは珍しく長く喋《しゃべ》った。

「いいか、トランクには、オタルの取引先に渡す、メタンフェタミンが二キロ入っている。お巡りに見つかったら、俺もお前もつかまる。さもなきゃワイロを絞りとられる」

「わかったよ」

　幹線道路を外れた側道には、動かなくなり捨てられた車が何台も転がっている。それらの車のほとんどが日本製の中古車だ。日本人ならもう乗らないような古い車を山のように船に積んで、ロシアの漁船がもち帰ってきたものだ。

　そういった安い車をリハチェフは扱わない。以前は扱っていたが、最近は組織とヤクザのあいだで高級車を扱う契約がまとまり、中古でも値の張る4WDやベンツなどをロシアにもち帰ることが多くなっていた。それらの高級車は、金貸しをしているヤクザが借金のカタにとったものだと聞かされているが、間に入るパキスタン人の車屋にいわせればほとんど盗んだ車らしい。

　ナンバープレートを外しエンジン番号を削りとってしまえば、日本の警察も手をだせない。日本の警察はロシア人とかかわるのを嫌がっているように見える。

　日本人は外国人が苦手なのだと、パキスタン人に教えられたことがあった。特に相手が日本語を話せないとわかると、警官も面倒がってうるさくしてこないらしい。

　ロックマンが車を止めた。

　周囲はまっ暗だった。放置された車が何台も〝壁〟のように積みあげられている。

「ここならよし。お前も小便しろ」

　ロックマンはいって、ドアを開けた。

「俺はしたくない」

ロックマンはリハチェフをふりかえった。

「するんだ。ホルムスクまでもう止まらない。車の中で小便をもらされちゃ困るんだよ」

有無をいわさない口調だった。

リハチェフはしかたなく車を降りた。海が近いせいでシベリアほどは雪は降りつもっていないが、それでも靴が沈む。ロックマンは車のヘッドライトを点《とも》したまま、道ばたに積みあげられた廃車に歩みより、ツイードのコートのボタンを外した。廃車の壁にも凍《い》てついた雪がこびりついている。

リハチェフはあたりを見回した。風向きのせいでロックマンの反対側の道ばたには雪の吹きだまりができている。そこへ足を踏みこめば、ずっぽりとはまってしまいそうだ。やむをえずリハチェフはロックマンのかたわらに立ち、ファスナーをおろした。

ロックマンが用を足し終わり、コートの前を閉じた。反対に寒さに縮こまったリハチェフのものはなかなか用を足さない。ロックマンをいらつかせるのを恐れ、リハチェフは気持ちを集中した。

ようやくチョロチョロとで始めたときだった。かたわらに立っていたロックマンが身じろぎし、リハチェフは首を巡らした。

マカロフの銃口がリハチェフの顔を狙っていた。

「ボリソビッチの頼みだ。ワシリーはお前の名前を吐く。お前を消さなけりゃ奴の組織が危ないとさ」

凍りついたリハチェフにロックマンは告げた。淡々とした口調だった。

そんな――。思った直後、銃口が火を噴き、リハチェフの意識は途絶えた。

4

大塚《おおつか》の携帯電話が鳴ったのは、クラブ「コルバドール」のカウンターに腰をおろしたときだった。カウンターの奥にはボトルラックを兼ねた鏡が張られており、その鏡ごしにボックスにすわった高森《たかもり》たちのようすがうかがえる。

「コルバドール」は、去年の十一月にすすきのに開店した高級クラブだ。ママは東京の銀座《ぎんざ》にいたというふれこみで、確かに垢《あか》ぬけているし、客あしらいもそつがない。内装も豪華で、三十人ほどいるホステスの三分の一は、道外からやってきた女たちだった。残りがすすきのの他店から集めたホステスで、うち三人はロシア人だ。

大塚がこの店にくるのは三度目だった。いつもひとりできてカウンターにすわり、安いウィスキーの水割りをすする男を、ママの片岡《かたおか》さやかは一人前の客とは見なしていないようだ。挨拶《あいさつ》にきたこともなく、つけられるホステスはいつもロシア人だ。

外様《とざま》にしては強気の商売だが、それには理由がある。「コルバドール」の経営母体は丸川興産《まるかわ》という、東京に本社をおく不動産開発会社で、丸川興産は広域指定暴力団陽亜《ようあ》連合のフロントだ。つまり「コルバドール」は陽亜連合のもちものなのだ。

不況がつづく中、北海道の景気低迷は、全国でも最悪レベルといわれていた。そんな北海道に、すすきのとはいえ高級クラブをオープンして、とうていもとがとれるとは思えない。陽亜連合の目的は別にある、と大塚は見ていた。

マネーロンダリングにちがいない。

さすがに三度目ともなると、バーテンダーも大塚の顔を覚えている。会釈したバーテンダーに片手をあげ、大塚は携帯電話を耳にあてた。表示された発信者の番号には見覚えがある。国井《くにい》だった。陽亜連合の下部組織、道北一家に去年までいた男だ。渡世の不義理があったとかで破門されたのが、去年の六月だ。

「大塚さんですか、国井です」

「久しぶりだな。どうしてる？」

「まあぼちぼちです。いろいろありましたが、拾ってくれる人がいたんで、なんとか食いつないでますよ。今、どちらですか」

「すすきのだ。会社帰りに一杯やろうと思ってね」

大塚は答えた。まさか「コルバドール」にいるとはいえない。破門された身とはいえ、国井は道北一家とはまだつながりがある。大塚が、「コルバドール」に出入りしていることを知られるわけにはいかなかった。

「実は折り入ってお話があるんですが」

国井の声が低くなった。背後のボックスで大きな笑い声が弾《はじ》け、大塚は正面の鏡に目を向けた。シャンペンのボトルが開けられ、ホステスが嬌声《きょうせい》をあげている。

「急ぎか」

「そう、ですね。できりゃ今夜中がいい」

気をもたせるような口調だった。

「今日は特別の日だから、お祝いね」

着物を着た片岡さやかがグラスを掲げていうのが聞こえた。

大塚は鏡を注視した。特別な日、とは何のことだ。

「何の日？　ママ」

ホステスのひとりが訊《たず》ねた。

「誕生日だっけ？」

高森の連れの男もいう。いかつい体をダークスーツで包んでいて、ひと目でやくざとわかる。高森のボディガードだった。四年前、陽亜連合は北海道に上陸するや、札幌、小樽《おたる》、稚内《わっかない》に事務所をかまえた。道北一家を含む三つの地元暴力団がそのときにはすでに傘下に入っていた。

高森は北海道本部長として、東京と札幌を月に二度往復している。大塚が「コルバドール」を訪れるのは、高森の動向を探るためだった。高森が「コルバドール」で〝接待〟する人間をつきとめるのが目的だ。これまでに道外の水産会社と回転寿司《ずし》チェーンの役員を高森は伴ってきていた。いずれも陽亜連合の北海道におけるシノギに深くかかわっている者たちだ。

「ちがうわよ。誕生日なんて、誰だって年に一度はくるでしょう。でも今日は四年に一度しかこない、特別な日よ。もし同じ日に会おうと思ったら、四年は待たなきゃいけないのだから」

さやかが答えた。なるほど、と高森が唸《うな》り声をたてた。

大塚はふっと息を吐いた。クラブのママにとっては閏日《うるうび》も乾杯の理由になるというわけだ。今日の高森は、ボディガードを含め、総勢六人できている。席についているホステスは八名。あわせて十四人なら、一本八万円はするシャンペンが四本は空くだろう。高森がこの店でつかう金は、ロシアマフィアとの取引で稼いだものだ。それが丸川興産を通して陽亜連合に入ることで〝洗われる〟。

「――大塚さん」

国井の声に現実に戻された。

「今どこにいる？」

「千歳《ちとせ》です。なんせ札幌はところばらいの身ですから。すすきのなんてとうてい近寄れません」

国井はいった。大塚は腕時計をのぞいた。九時を数分過ぎたところだ。千歳までなら車で一時間とはかからない。

「じゃあ十一時頃でどうだ」

「けっこうです。『マリー』ってバーがあります。そこで」

千歳にも小さい飲み屋街がある。千歳基地に勤務する自衛隊員を主に相手にしている。

「了解。あとで会おう」

大塚は告げて電話を切った。それを待っていたかのように、

「いらっしゃいませ」

流暢《りゅうちょう》な日本語で声をかけ、ロシア人の女が隣のストゥールに腰をおろした。

「やあ。ええと、ジャンナ」

「はい」

女は頷《うなず》いた。二十五、六歳だろう。ロシア人にしては小柄で、黒い髪を短く切っている。ボーイッシュな雰囲気があまり人気を呼ばないのか、大塚のような大切ではない客の席ばかりにつけられている節がある。

だがよく見ると、青と灰色の混じった瞳《ひとみ》は理知的で、小作りながら鼻の形も整っていた。

「大塚サン、これで三度目ね」

ジャンナはいった。

「そう。ここにくるといつも君が相手だ」

ジャンナの目に不安げな色が宿った。

「わたし嫌い？　チェンジする？」

「いやいや、そうじゃないんだ」

大塚は急いで首をふった。ジャンナはロシア人であるがゆえに、大塚の仕事などを穿《せん》鑿《さく》しない。むしろそれは好都合だ。

「君がいい。いつも同じ人で、ほっとするといったのさ」

「ホントに？」

ジャンナは疑うように大塚の顔をのぞきこみ、大塚が本当さと頷くと、ぱっと笑顔になった。

「よかった。このお店、わたしのことあまり好きじゃないお客さん多くて」

「そうかい」

「ママ、わたしに金髪にしなさいっていう。それでもっと長くしなさい。でもわたし、この髪の毛が好き。日本人、金髪好きね」

「白人、という感じがするからだろうな」

「だったら日本人も皆、金髪にすればいい」

「似あわないんだよ。日本人の肌の色には」

答えて、大塚は再び鏡を見つめた。

高森たちのグループに新たに二人の客が加わったのだった。ひとりは日本人だが、ひとりは白人だ。おそらくロシア人だろう。

ジャンナは大塚の視線の先に気づいた。ホステス用の小ぶりなグラスに、大塚がキープしたボトルからウィスキーを注ぎながらいった。

「あの人、前にもきた」

「どの人？　あのロシア人？」

ジャンナは頷いた。そして作った薄い水割りの入ったグラスを大塚のグラスにあて、

「いただきます」

といった。

大塚はロシア人の客を見つめた。四十代の初めくらいだろうか。ひきしまった体つきで、白いハイネックのセーターにキャメルのブレザーを着こんでいる。青々としたヒゲのそり跡が印象的だ。髪は短い金髪で、スポーツ選手のような雰囲気がある。

連れの男は見覚えがあった。北海道内で中古車販売業のチェーンを経営している人物だ。地元テレビでも深夜にコマーシャルが流れている。

「なかなかかっこいい人だな。ロシア人というと、大男が多いが……」

大塚が鏡を見つめいうと、ジャンナは首をふった。小声でいう。

「あの人、恐い人。わたしあまり話したくない」

「恐そうに見えないが。船員じゃなさそうだ」

すすきのの高級クラブでロシア人を見かける機会はそう多くない。ロシア人が飲み歩くのは主に、小樽や稚内のような港町だ。

「オイルカンパニーにつとめてるといってた。でもわたし信じない」

ジャンナは低い声でつづけた。

「ついたことある？」

大塚が訊ねると、ジャンナは頷いた。

「でも秘密。お客さんのこと喋《しゃべ》るの、よくないね」

「そうだな」

話を合わせ、大塚はいった。日本に出稼ぎにきているロシア人ホステスは多かれ少なかれ、ロシアマフィアとつながっている。根掘り葉掘り訊《き》くのは、かえって怪しまれる。

大塚が煙草をくわえると、ジャンナはライターの火をさしだした。前に会ったとき、日本にきて一年半だといっていた。わずか一年半で日本語をここまで上達させるのは、かなり賢い娘にちがいない。油断は禁物だった。

「ジャンナ、下の名前は？」

「ティモシェンコ。ジャンナ・ティモシェンコ」

「モスクワからきたのかい」

ジャンナは首をふった。

「サンクトペテルブルク。昔はレニングラードといいました」

「聞いたことがある。確か有名な美術館があったね。ええと……」

「エルミタージュ。わたしすぐ近くの学校にいきました」

「学校？」

「アート。ジーワピシ。え」

絵のことだ。

「絵画？」

「そう。絵の歴史とか勉強しました」

「美術が好きなんだ」

「好きです。でも美術の勉強、ロシアではお金になりません。だから日本にきました。日本で働いてお金を貯めて、パリにいきます」

「なるほど」

「近代美術館、いったことありますか」

「札幌の？」

ジャンナは頷いた。

「いや――」

大塚は首をふった。あることは知っていた。確か中央区のどこかだ。

「美術館なんてもう何年もいってない」

「大塚サン、ドッサンコ？」

訊かれ、道産子《どさんこ》を意味していると気づくのに数秒かかった。

「ちがう。十八からこっちだ。それまでは東京にいた」

「東京⁉」

ジャンナは目を大きく開いた。

「すごい。どうして北海道？ 仕事？」

「北海道に憧《あこが》れてた。広い。地平線が見られるようなところは、日本では北海道しかない。それに夏の暑いのが苦手で、北海道は涼しいから」

「ああ、そう。わたし一度、夏、東京いったよ。上野《うえの》の国立美術館いきました。暑くてびっくりしました」

ジャンナは顔をしかめた。

「まるでスチームバスでした」

「だろ、東京の夏はむし暑い」

頷きながら大塚は水割りを口に運んだ。東京を捨てたのは、暑いのが苦手だからだけではない。夏を嫌いになった。あのできごとがあったからだ。十四の夏に起こったできごとのせいだ。以来、自分は夏を憎み、夏の暑さを嫌い、東京を捨てた。

高校を卒業し、北海道の大学に進学したのも、東京の夏から逃れるためだった。

とにかく暑くないところにいきたかった。

全身に水蒸気がまとわりつくようなむし暑い夏は、十七年前のあのできごとを、どうしても思いださせる。

大学をでた大塚は両親の求めで一度東京に戻った。そして当時の厚生省麻薬取締官事務所の採用試験を受け、合格した。研修を経て麻薬取締官に任命されたとき、任地に北海道を希望した。

省庁再編で、厚生労働省麻薬取締部とその名称がかわった麻薬取締官事務所の北海道地区事務所は、札幌市北区の合同庁舎に所在する。

麻薬取締官事務所は戦後、アメリカの麻薬取締局《DEA》をモデルに創設された司法組織である。取締官は司法警察員の身分をもち、捜査権、逮捕権、拳銃《けんじゅう》の携帯を、社会法の「麻薬及び向精神薬取締法」第五四条で認められている。司法警察員ではあるが、一般警察官とはちがい、厚生労働大臣に任命される国家公務員で、捜査権の範囲も所属する地区事務所に縛られない。

とはいえ、その人員は、全国十二ヶ所の取締部、支所をあわせても二百名に満たない、こぢんまりとした組織である。北海道厚生局麻薬取締部にいたっては、十名ほどという、小所帯だ。

大塚は三年前二十八で、ようやく希望していた北海道に着任することができた。それも関東信越厚生局取締部からの出向という形でだ。これはもともとの所属先である関東の取締部の捜査一課長の指示による。

かねて北海道いきを希望していた大塚に一課長の菊村《きくむら》が、

「それならしばらく北海道を手伝って、ロシアマフィアの情報でもとってこい」

と理解を示してくれたからだった。関東では、北朝鮮ルートへの締めつけで減少する覚せい剤に反比例するように、ヨーロッパルートでもちこまれる合成麻薬MDMAの押収量が激増していた。

MDMAは、覚せい剤の主成分であるメタンフェタミンとカフェインを合成したもので若者の間では「エクスタシー」「バツ」などと呼ばれ、この十年で押収量が激増している違法薬物だった。注射や蒸気吸入といった、手間のかかる覚せい剤に比べ、錠剤を嚥下《えんか》するだけで作用することから、爆発的に流行した。

麻薬取締部では、このMDMAの密輸入ルート解明に苦慮していた。ルートといってもひとつではない。MDMAは、日本より先に、中国やタイでも流行した。中国では「揺頭丸《ようとうがん》」と呼ばれ、服用した若者がディスコで狂ったように頭を振ることからこの名がついた。

日本でも初めは、不良中国人のあいだでの使用が報告され、密入国中国人がもちこむものと思われていた。がその後、中国人が服用する「揺頭丸」は、中国国内で製造されていた〝コピー〟で、オリジナルは、イギリスやオランダなどで製造されていたことが明らかになった。ヘロインやコカインなどに比べると違法ドラッグとして〝新顔〟のMDMAは、その原材料が、植物成分ではなく化学物質であることから、従来とは異なる密造組織の存在がうかがえた。

そこで可能性が高まったのが、北海道及び日本海側に寄港するロシア船を使った密輸入ルートだ。

ソヴィエト連邦崩壊後のロシアにおける、マフィアの勢力拡大は、もはや国家規模に達している、といわれている。政治、経済、軍事のあらゆる分野で、大小、数えきれないほどのマフィアグループが違法な利益をむさぼっているのだ。

ロシアマフィアは、近隣の中国、中央アジア、ヨーロッパだけでなく、日本、そしてアメリカにまでその影響力を及ぼし始めている。

日本では二十年近く前から、ロシア漁船による日本製中古車の積みだしという形で、ロシアマフィアの侵食が始まっていた。

カニやウニなどの漁獲物を日本の港に水揚げしたロシア漁船が、日本では商品価値のなくなった中古車を、船員の〝携帯品〟として船べりからはみだすほど積み上げ、サハリンやナホトカ、ウラジオストクなどにもち帰る光景は、現地の人間には見慣れたものだ。

これらの中古車貿易を監督する者は「キダリシチィキ」と呼ばれ、大半がマフィアの末端構成員だった。

やがてロシア経済が極端な二分化傾向を示し始めると、高級車の需要も増え、今度は価値の低い中古車だけでなく、高級な４ＷＤ、あるいはベンツも〝商品〟となった。これらの〝商品〟を供給する側に、自動車窃盗グループを傘下におく、日本の暴力団も含まれていた。寒冷地仕様の高級車が次々と盗まれ、ロシアに輸出されていったのだ。

貿易とはしかし、決して一方通行では終わらないものだ。これら高級車の代金として、ロシアマフィアから供給された、カニ、ウニ、エビなどは、表向き合法の水産物ビジネスルートにのせられる。

大塚が「コルバドール」で見た、水産会社や回転寿司《ずし》チェーンの人間は、その合法ビジネスの〝取引先〟である。

だが当然、非合法の水揚げ品もある。武器、麻薬だ。

ロシア製マカロフ拳銃は、社会問題にまでなった旧ソヴィエト軍制式拳銃トカレフの後継モデルとして生産され、日本国内に大量に密輸入されている。

また覚せい剤の主成分であるメタンフェタミンも、大麻樹脂やヘロインなどとともに上陸している可能性があった。

違法薬物の換金性の高さは輸出入にたずさわる双方にとって大きな魅力である。たとえばタラバガニ一杯は、その重さで換算するなら、百グラムがせいぜい数百円である。しかしメタンフェタミンなら一挙にその価値は一万倍以上になる。グラム単価で計算するなら、純金よりもはるかに高い。しかも水産物のようにかさばることもない。

大塚が菊村に命じられたのは、こうしたロシアマフィアの薬物輸入ルートの情報収集だった。

総勢十名ほどという小所帯では、大がかりな捜索や逮捕といった活動はめったにおこなえない。大規模な〝捕りもの〟になると、仙台の東北厚生局や関東の応援を仰がなければ不可能といってよい。それだけに〝ガサをかけてブツがでませんでした〟は許されない。

情報収集は、念には念を入れてあたることになる。

東京都出身で、着任して三年という時間の短さが大塚には有利に働いた。地元の暴力団員や道警の人間にもまだ〝面が割れていない〟からだ。

大塚は短時間のあいだに、北海道におけるロシアマフィアと日本の暴力団との麻薬取引の実態を学んでいた。

だが検挙までにはなかなか至っていない。それはロシア側の情報が極端に少ないことが理由だった。

ひと口にロシアマフィアといっても、その組織は単一ではない。民族や親分子分の系列などで、実数は誰にもつかみきれないほど多い。

ロシア人、グルジア人、チェチェン人、さらにはアゼルバイジャン、ラトビアなど。

出身地や民族で固められている組織もあれば、有力なボスの下に利益だけを求めて集合している組織もある。中でもチェチェン系とカレイスキー系のマフィアは活動が苛烈《かれつ》なことで知られていた。いわゆる〝武闘派〟で、しかもその矛先は、対立組織だけでなく司法関係者やマスコミ関係者にも躊躇《ちゅうちょ》なく向けられる。

さらには軍や警察組織の腐敗が事態を複雑にしていた。たとえ公的な要請をしても、ロシア極東地域の司法関係者から日本の司法関係者に犯罪に関する情報が与えられることはめったになく、またこちらから情報を与えればそれはそのまま、対象となる犯罪組織に筒抜けになることを覚悟しなければならない。

たまにロシア側が協力的な姿勢を見せるときは、相手側の有力者が組んでいる組織の対立組織が対象であったりする。自治体や司法機関の責任者がマフィアにとりこまれているのは〝常識〟なのだ。

日本側にも複数の暴力団があって、それぞれが複数のマフィアと取引関係を結んでいる状態だ。

だが少数の大組織と傘下組織によって統合が進みつつある、日本の暴力団のほうがはるかに実態の把握はたやすいといえるだろう。

問題はもうひとつある。

麻薬以外の犯罪、拳銃や密漁水産物の取り締まりにあたるべき、北海道警察の危機意識の低さだった。

中国人の犯罪組織、いわゆる中国マフィアに対する警察の危機意識は高い。

それは彼ら中国人が多数日本国内に居住し、日本人を対象とした犯罪に手を染めていることからきている。

それに比べると、日本国内に居住しているロシア人は少なく、密入国者は決して多くない。

日本に上陸する、末端のロシアマフィアは多くが船員手帳をもち、これをパスポートがわりに使う。短期間の上陸で仕事をすませ、またロシアに帰っていく。そのせいか、殺人や強盗のような重犯罪がロシア人によって日本でなされるケースがまだ少ないのだ。

悲しいかな、事前に犯罪の情報を収集する麻薬取締官に比べ、警察が動くのは常に事後だ。そのことが、北海道警の動きを鈍らせているのだった。さらに多くのロシアマフィアは、英語は喋《しゃべ》っても日本語は喋らない。

現場警察官が嫌がる理由だ。

言葉が通じなければ職務質問も思うようにできないし、かりに犯罪の証拠を発見しても、取り調べに伴う書類の作成などの手間がかかる。

しかもロシアマフィアの多くは、車の取引に関しては、日本の暴力団とのあいだに、パキスタン人などが経営する中古車業者を介在させている。

違法な取引があったとしても、その解明は困難で、ロシア人やパキスタン人が本国に帰ってしまえば先に進めることができない。

実はそうした複雑さこそがロシアマフィアの凶悪さの元凶なのだと大塚は思っていた。

大きな集団を形成することなく、ピッキングや強盗などの犯罪をはたらき、稼ぎがたまれば本国に帰る中国マフィアは、いわばセミプロの犯罪者だ。日本にいるときはプロであっても、中国に帰れば正業に就くアマチュアも多い。

それに比べロシアマフィアは、完全なプロの集団だ。日本であろうと本国であろうと、彼らは非合法品を扱い、必要ならば人を殺し、殺させる。しかも犯罪の発覚を防ぐために、巧妙で複雑な組織を作りあげている。日本における〝実害〟が少ないのは、見せかけに過ぎない。

おそらくは、北海道警察の現場警察官たちはそのことに気づいている。ロシアマフィアの跳梁《ちょうりょう》を許せば、やがては取り返しのつかない事態となることを予感していない筈《はず》はないのだ。

しかし決定的な大事件が起こるまでは、彼らが本腰をいれてロシアマフィアを追及することはない。ロシアマフィアの管理のもと貿易の対象となる、水産物や中古車などは、北海道の経済にも深くかかわっている。それだけに追及するとなれば、関係方面からの圧力や逆風も想定されるからだ。

警察は大組織であるがゆえに、受ける向かい風の強さも大きくなる。まかりまちがえば、現場の捜査官は「パンドラの匣《はこ》を開けた」として自分の首が危うくなりかねない。よほどのことがない限り、ことロシアマフィアに関しては北海道警の協力は得られないと、大塚は覚悟していた。

それだけに情報収集は慎重におこなわなければならない。一歩まちがえれば、大塚本人が密殺の対象となる。

だがおとり捜査、潜入捜査は、麻薬取締官のお家芸である。歴代の先輩たちは、身分がばれれば即殺されるという、危険な捜査に従事してきたのだ。

大塚とて、そうした捜査法は叩《たた》きこまれている。どれほど危険であろうとやってのける自信はあった。

それこそが、東京の街に訣別《けつべつ》することを決意した、十七年前の夏におこったあの忌まわしいできごとに対する、自分の落とし前のつけ方なのだった。

ジャンナととりとめのない話を交わしているうちに高森らの一行は腰をあげた。聞こえてくる会話によれば、今夜はあのロシア人を接待する予定のようだ。

ロシア人は片言だが日本語を喋っている。同席する中古車販売業者は「ボリスさん」とロシア人のことを呼んでいた。

ボリスはシャンペンを含め、かなりの量の酒を飲んでいたが、酔っているようすを見せなかった。それどころかときおり警戒するような視線をあたりに投げかけている。

それはとりもなおさず、高森や陽亜連合に完全に心を開いてはいない証《あかし》にちがいなかった。

――今度、東京に招待しますよ。すすきのにもきれいな子が多いが、東京はもっと美人がそろっている。

高森がそういっても、ボリスは表情を崩すことはなかった。

――とても楽しみデス。

と答えるにとどめている。

高森がでていって五分後、大塚も立ちあがった。

「大塚サン、帰る？」

「ああ。まだ仕事の打ち合わせがあってね」

ジャンナは小さく頷《うなず》いた。

「大塚サン、いつも高森社長と同じ日ね」

「え、誰？」

大塚はとぼけた。

「さっきのロシア人ときてた人です。このお店のオーナーの、そのまたボス。高森社長がくる日に大塚サン、よくくる」

「それは偶然だろう。その高森さんて人はいつもここにきているのじゃないかい」

「そうね、毎日くる。札幌にいるときは」

ジャンナは大塚の目を見つめていった。

「いいな。俺もそんな金持ちになりたいよ」

大塚が軽口を叩くと、ジャンナは首をふった。

「お金持ちになるの大変です。ロシアでは、お金持ちは悪い人が多いよ。わたしはお金なくとも、いい人が好き」

ストレートな言葉だった。日本人のホステスなら思っても口にはしないだろう。

大塚は虚をつかれたような気分になってジャンナを見返した。

「そう、だね。確かに悪いことをしてまで金持ちになろうとは思わない」

「昔、ロシアはお金がなくとも、幸せに生きていける国でした。今はちがう。お金がなかったら、みじめ。私のお母さん、学校の先生してたけど、よくいいます。昔の方がよかったよ」

「日本だってお金がなければつらいこともある。もちろん、ロシアほどではないかもしれないけれど」

ジャンナは真剣な表情を浮かべていた。だが一変して、笑顔になった。

「ごめんなさい。難しい話するのよくなかったね」

「いや、そんなことはない。また今度ゆっくり、ロシアの話を聞かせてくれないか」

ジャンナは頷き、名刺をとりだすと、もっていたボールペンで番号を書きつけた。

「わたしの携帯の番号です。電話を下さい。大塚サン、名刺ありますか」

「いや、今日は切らしちゃってる」

とっさに大塚はいった。麻薬取締官の肩書きの入った名刺をジャンナに渡すわけにはいかない。漢字の読めないジャンナが同僚のホステスに見せれば、身分が露見する。潜入捜査用の偽の名刺もあるが、今はもっていなかった。

「今度、渡すよ」

ジャンナの目にわずかだが傷ついたような光がうかんだことに気づき、大塚はいった。

ジャンナは寂しげな笑みをうかべた。

「ムリ、しなくていいよ、大塚サン。でも、ロシアの話、本当に聞きたかったら電話下さい。お店にこなくていいから」

「わかった」

5

「コルバドール」をでてエレベータに乗りこみ、ビルの一階まで降りると、大塚は携帯電話をとりだした。同僚を呼びだす。

「はい、村岡《むらおか》です」

威勢のいい声が返ってくる。村岡は大塚のふたつ下で、北海道生まれの取締官だった。北海道地区の独身者は、大塚と村岡の二人だけで、二人は行動をともにすることが多い。

「これから千歳にいきたいんだが、車、だせるか」

大塚は訊《たず》ねた。

「大丈夫っす」

村岡は農大出身で、柔道部に所属していた大男だった。いかにも格闘家というその体格に似あわずまったくの下戸で、夜のこの時間であっても、安心して運転手を頼める。住居が庁舎のある北区とすすきののある中央区との中間の東区というのも都合がいい。

「協力者っすか」

勘が働いたのか、村岡はいった。

「そうなんだ。千歳のバーで待っているといわれた」

「わかりました。大塚さん、今どこです」

「すすきのだ」

「十分で拾います」

村岡の実家は札幌市内でガソリンスタンドを何軒か経営している。そのせいか車の運転が巧みで、雪道でも危なげがない。大塚も運転はするが、やはり凍った道路での運転に関しては、北海道出身者に一日の長がある。

待ち合わせ場所を決め、大塚は電話を切った。

国井と会うのは一年半ぶりだろうか。国井がまだ道北一家の組員であったときに、密告があり、大麻取締法違反で大塚は国井を逮捕したのだった。

北海道には自生の麻が多く繁茂している。これを採取し、乾燥させると粗悪な大麻ができる。自生の麻は、保健所の職員などが見つけしだい抜根しているが、土地が広大で人口密度が低いこともあって、根絶はされていない。

密告は、自生の麻から作った大麻を国井が所持している、というものだった。大塚が内偵したところ、国井は確かに自家製の大麻を所持し、吸引していた。ただ押収後わかったことだが、国井の自家製大麻は、幻覚をひきおこす成分の〝THC〟の含有量が低く、とうてい「商売物」にならないことから、自分で吸う以外には使い道がなかった。

密告をしてきたのは、国井とのつきあいに嫌けがさしていた愛人だった。人物はそれほど悪くないが、苦労したあげく粗悪な大麻しか作れないような国井の〝間抜けぶり〟

に愛想をつかしたのだ。

逮捕し、取り調べるうちに、大塚も人のよすぎる国井に同情が湧いた。ひと言でいえば国井は要領の悪い男だった。組のうちでも損な役回りを押しつけられ、働きのわりには実入りの少ない仕事をさせられているのだ。

国井に足を洗うことを大塚は勧めた。

やくざ社会では、要領の悪い男は出世できない。なぜなら出世するほど長くシャバにいられないか、早死にさせられるからだ。

組を破門されたのも兄貴分の不始末をかぶせられたのだという噂があった。

国井はそのときこそ足を洗わなかったが、大塚の忠告を恩義に感じたようだった。それ以来、大塚の情報協力者のひとりになっている。

通常、情報協力者と接触するのは一対一の形をとる。ただ、情報そのものが取締官をハメるための罠《わな》であったり、その後の捜査の進展によっては協力者の違法性が問われる事態もありうる場合は、同僚取締官を近くに待機させる。

薬物常習者の生活は、裏切りの世界だ。クスリを前にした常習者の頭には、信義もへったくれもない。クスリを得るためなら、どんな嘘もつくし、親兄弟、恋人、親友を裏切るのも常だ。ましてや司法関係者をだましたりすることは日常茶飯事である。

国井の性格を考えるなら、情報の信憑性《しんぴょうせい》はともかく、罠である可能性は低かった。だが、国井自身が、誰かにだまされ利用されていることがないとはいえない。

今のところ北海道で、マルB関係者に手ひどい恨みを買ったという覚えは大塚にはなかった。しかし気づかないうちに、大きなヤマの近くにいて、それを懸念した連中が潰《つぶ》そうと考えることもある。

村岡に運転手を頼んだのは、そういう〝保険〟の意味もあった。

情報収集が命の麻薬取締官は、それだけ相手のフィールドに足を踏み入れる機会が多くなる。そこが泥沼であったり、取締官を狙った底なし沼である可能性は、いつでも頭の片隅で想定しておく必要があった。

ビルをでた大塚は待ち合わせ場所に向け、早足で歩き始めた。たちまち刺すような冷気に包まれる。

寒さに決して弱いわけではないが、やはり北海道の冬は道外とはちがう。東京生まれの自分と、北海道生まれのたとえば村岡のような人間とでは、寒さの耐性といったものが根本的に異なっていると感じることもあった。

ことにこたえるのは、北海道の室内外の温度差だ。北海道の人間にとってはあたり前なのだが、こちらでは冬の室内は異常にあたためられている。暖房を盛大にたき、Tシャツ一枚でも平気なほど部屋の温度を上げているのだ。

その状態から外にでると一挙に何十度という温度差が待っている。震えあがる。

笑い話のような実話だが、北海道の人間が道外、特に東京などにくると、

「東京は寒い、寒い」

という。それは東京の室内温度の設定が、北海道よりははるかに低いことによる。

一方で北海道の人間は、冬場、表を歩き回らない。ほんの百メートルの移動であっても、可能な限り、車を使う。寒気にそれだけ身をさらさない知恵なのだが、東京出身の大塚はついそれくらいの距離なら歩けば、と考える。結果、震えあがるというわけだ。

とはいえ、張りこみなどで寒中に身をおくときもないではない。そうなると、北海道の人間との体質のちがいを感じる。骨のずいまで凍りつき、いても立ってもいられない寒さの中で、村岡は平然として、

「ちっとしばれますねぇ」

と笑っている。

村岡を始め、北海道地区の同僚には、なぜ大塚が北海道を希望したのかを訊ねられることが多かった。

関東や近畿《きんき》のほうがそれだけヤマも大きく、やりがいがあるだろうに、というわけだ。

そのたびに大塚は、

「暑いのが苦手な体質なんだ」

といいわけしていた。にもかかわらず冬の寒気に震えあがる大塚を、

「寒いのも苦手じゃないですか」

と、村岡はよくからかう。

村岡が乗ってきたのは、取締部の公用車である4WDだった。無線は積まれているが、

パトライトなどの装備はない。

大塚を拾った村岡は道央自動車道に車を走らせた。札幌から千歳までは高速で約三十分の距離だ。

千歳インターで道央道を降り、市内へと入る。北海道の都市の例に洩《も》れず、碁盤の目にそって、道は直角に交差している。

市の東の外れには、陸上自衛隊の東千歳駐屯地が、南には千歳飛行場に隣接して航空自衛隊の千歳基地がある。千歳の繁華街は、このふたつの施設に勤務する自衛隊員とその家族を主な客にしている。市の中心部には自衛隊宿舎があって、規模のわりには飲み屋の多い街だという印象が大塚にはあった。

国井が指定した「マリー」というバーは、飲み屋街の外れにぽつんとあった。アメリカビールのネオンを看板がわりに掲げている。

「車で待ちますか」

訊ねた村岡に、頼むとだけ答え、大塚は4WDを降りた。

万一の用心に、特殊警棒のケースをベルトに留めていた。「コルバドール」にいくので、拳銃《けんじゅう》は庁舎においていた。

麻薬取締官は、ひとりにつき二挺《ちょう》の拳銃を支給される、唯一の司法警察員である。大塚には短銃身の三十八口径リボルバー、コルトディテクティブと九ミリショート弾を使用するオートマチック、ベレッタM85が支給されている。ふだんどちらを携行するかは、取締官の選択に任されるが、ベテランは扱いに慣れたリボルバーを選ぶことが多い。

大塚は平たくてかさばらないベレッタを好んでいた。リボルバーとちがってオートマチックは、初弾を薬室に装塡《そうてん》するスライドアクションが必要なため、いざというときに使えないという意見と、だからこそ銃の使用には慎重になれるのだという意見があり、大塚は後者の側に立つ。

警察の武器使用に関する方針がかわり、以前は厳しかった発砲への規制が、現場警察官の判断を重視するものへとゆるやかになった。

発砲をためらい、犯人に逃亡されたり、警察官が受傷するケースが増えたのがその理由だ。ことに外国人犯罪者のグループは、国外逃亡を前提にしているため、逮捕に激しく抵抗するからだ。

日本人の犯罪者を相手に警察官が発砲するのは、圧倒的に薬物常習者が多い。覚せい剤でてんぱった被疑者は、警察官を、「殺し屋」や「怪物」だと思いこんで予測不能な行動にでる。大塚らも、最も緊張するのは、拳銃の所持が疑われる薬物常習者への内偵やガサ入れのときだった。

「マリー」は、カウンターが五席に小さなテーブルがひとつあるだけの店だった。細長い店の正面には、ソフトダーツの機械がおかれている。

国井はそのカウンターの端にひとりでかけていた。泡の消えたビールのグラスを前にしている。

他に客はいなかった。それでもバーテンダーの目を気にしたのか、大塚の姿を認めた国井は、テーブル席へと移動した。

「久しぶりだな、元気か」

自分もビールを頼んで、大塚はいった。国井は茶のハイネックに、ややくたびれた紺のスーツを着こんでいる。

「なんとなくやってます。小樽のほうの中古車屋で拾ってくれる人がいましてね」

「どこだい」

国井が口にしたのは、さっき「コルバドール」で高森らといた人物が社長をつとめる中古車屋チェーンの名だった。

まだ道北一家とは切れていないようだ、と大塚は思った。もっとも破門の事情に同情の余地ありということで、組の人間が世話をしたのかもしれない。

「クスリは」

「やってないっすよ。そんな金ありません」

国井は首をふった。

「女がいないんで、自分ひとりっすけど、食うのにカツカツですよ。酒だって、そんな飲んでません。飲んでも、こんなところです」

「まあ今はどこも景気がよくないからな。少し我慢してやっていくことだ」

国井は頷《うなず》いた。

「で、何だい？」

国井はバーテンダーを見やり、声を低めた。

「北領組《ほくりよう》って小さなところがあるんですがね。まあ、以前のうちとおっつかっつって所帯なんですが」

「聞いたことはある。小樽の方だったな」

「ええ。うちなんかが内地の大きいとこに吸収されてくのに対抗して、何とか自前でがんばってるんです」

大塚は煙草に火をつけ、パッケージを国井にすべらせた。

「いや、大丈夫っす」

国井はいって、ジャケットから自分の煙草をとりだした。

「まあそれでも、陽亜がのしてきてるんで、相当キツいのはキツい筈《はず》なんですよ。そこで起死回生っていうんですか、勝負にでたって話があって」

「勝負？」

「ロシアから冷たいのをひっぱってくるっていうんです」

「ものは？」

煙草をくわえ、口もとを隠し、

「メタン、すよ」

と国井は答えた。

「量は？」

「二キロ」

純粋なメタンフェタミン二キロあれば、増量剤を加え、しゃぶやMDMAとして売れる。小分けしたりそれなりの手間はかかるが、末端価格にすれば一億を超える。覚せい剤は、密輸入の主流だった北朝鮮ルートが不審船の取り締まりなどで壊滅的な打撃をうけて以来、品薄状態で高値がつづいているのだ。

「どこに揚がる」

「小樽です。サハリンからの船便でロシア人がもってくるって話です」

「漁船か」

国井は首をふった。

「定期便ですよ。『ロックマン』てあだ名のロシア人がもってくるそうです。北領組はそいつをさばいて、稼ごうと考えてるみたいで。うまくいったら、今後ずっとサハリンからメタンをひいてこようとしてるみたいですよ」

「ロシアマフィアだな」

「そうらしいです。あっちはいろんな組がありますからね」

「そのロックマンの特徴は？」

「背が高くてやせた、死神みたいな野郎だそうです。体中に刺青《すみ》しょってるって話で」

サハリンから小樽に入る船は月に一、二便だ。入港日を調べれば、特定は難しくない。

「誰からこの話、聞いた？」

「そいつは、勘弁して下さい」

国井は弱気な笑みを浮かべた。

「道警にもっていかなかったのはなぜだ。金か？」

麻薬取締官には、情報に対する報奨金制度がある。グラムいくらの支払いで上限は五十万円。本当に二キロのメタンフェタミンを押収できれば、四十万円の報奨金を国井はうけとることになる。

「金なんて、そんな。大塚さんには世話になってるからっすよ。道警はロシアには腰がひけてますしね」

妙だ、と大塚は思った。見えを張っているのかもしれないが、金がないというわりには、国井は報奨金の話にとびついてこない。

ガセネタなのか。しかし国井が大塚にガセネタを提供する理由がない。心の奥底まではわからないが、大塚を恨んでいるとも思われない。それに恨みがあったところで、ガセネタの提供くらいでは、晴らす手段にもならない。

「本当にいらないのか」

「いや、そりゃいただけるっていうのならいただきますがね。誤解してほしくないんですよ。金のためにやってるわけじゃない、お世話になった感謝の気持ちです」

大塚は頷いた。

「そういうことなら、ありがたくその気持ちはうけとる。調べてみて、ブツがでてきたら、そのときはうちとしてきちんと礼をさせてもらうから」

「北領組の窓口は、西田《にしだ》って若い若頭です。骨っぽい野郎で、でかいところに吸収されたくねえって、いつもいってるそうですから、今回の絵をかいたのもたぶん西田だと思いますよ」

国井は早口でいった。

6

国井から提供された情報を、大塚は上司の塔下《とうげ》に話した。塔下は関東から北海道にきた情報官だった。

「国井は今も道北一家とつながりがあると見ていいと思います。道北は今は陽亜の傘下ですから、これは陽亜による北領潰《つぶ》しだと考えられますね」

大塚の言葉に塔下は頷《うなず》いた。塔下の実家は大塚の実家に近い、東京の足立《あだち》区だった。薬局の次男坊で、大学の薬学部を経て麻薬取締官になったかわり種だ。見かけも小柄で眼鏡をかけており、それほど腕ききには見えない。だが以前、警察嫌いの上司に逆らって、新宿署の刑事と組み、国内産の覚せい剤製造組織を潰滅《かいめつ》させたという武勇伝があった。

「陽亜連合は、富山県でもロシアマフィアから買いつけをやっているという情報がある。ロシアとのパイプから北領組の取引を嗅《か》ぎつけ、国井を通してそっちへ流したのかもしれんな。うちがやるとなれば当然ＣＤ《コントロールド・デリバリー》だ。そのロックマンという運び屋だけでなく、北領組もやることになる。絵図をかいた若頭をもっていかれたら、北領組は大打撃だな。陽亜はそれを狙ったということか」

「北領が潰れれば、小樽はまるまる陽亜のものになります。ロシアマフィアは金になるのなら、どこの組とだって取引をしますよ。陽亜にとっては血を流さず小樽を手に入れられる、またとないチャンスになるわけです」

「それがわかっていてのるのも業腹だな」

塔下は苦笑した。

「じゃ道警に投げますか。札幌方面の対策官あたりに話をもっていけば、無視はしないと思いますが」

犯罪の国際化、広域化に対応するため、警視庁は組織犯罪対策部を二〇〇三年に新設した。これは捜査四課や銃器薬物対策課、国際捜査課など複数の部署をひとつにまとめたもので、従来は犬猿の仲といわれた麻薬取締官とも合同捜査など、協力をしていこうという方針をとっている。

ただし北海道警察本部には組織犯罪対策部は設けられていない。刑事部の捜査四課や生活安全部などに〝組織対策官〟という連絡調整の役割を果たす人間をおき、今ある組織で似たような働きをさせようとしている。

「無視はしないだろうが、その場合日本側までやるかは疑問だな。小樽港でロックマンというのを逮捕して終わりだ。北領組は命拾いをするだろう」

塔下はいった。

「それで感謝されればいいですが、よけいな仕事を押しつけやがって、と恨みを買うかもしれませんね」

道警がロシアマフィアに関しては及び腰だという国井の言葉はまちがっていない。ロシアマフィア各組織の日本との取引関係をすべて明らかにするのは確かに困難だが、それにしても泳がせてまでの捜査はしないだろう。広い管轄地域で起こる事件の現状対応に手いっぱいという印象だ。腰をすえて、ひとつのマフィアをやるとはとても思えない。

「うちでやろう」

塔下はいった。

「問題の船はいつ小樽に入る？」

「一番近い便だとすれば、明日です」

「時間がないな。仙台や東京から応援を呼ぶにしても急だ」

塔下は顔をしかめた。

「泳がせているあいだに証拠を拾えれば、当面そろえられる人数で対応できると思います。港からロックマンを尾行して、北領組の人間と合流する現場を押さえます。そこでブツがあれば問題はありません」

「何人回してもらえるかだな」

塔下は腕を組んだ。

「北領にとって起死回生の取引ということなら、それなりに抵抗を示すかもしれんぞ。とにかく仙台なり東京に連絡をとってみる。やる以上は失敗は許されん」

「わたしは国井の話のウラをとります。応援を要請しておいて、無駄足は踏ませられませんから」

「頼む。時間はないが村岡と組んで、小樽を中心に情報を集めてくれ」

その日、大塚は村岡と小樽周辺で訊《き》きこみをおこなった。その結果、〝取引〟を裏づける情報がいくつか入ってきた。中でも信頼性の高かったのが、北領組の組員に、サハリンからの船の入港日にあわせて集合令がかかっていることだった。入港予定時刻は午前九時。北領組の全組員十四名に、当日午前八時、組事務所へ集合せよという組長命令がでているのだ。

サハリンのホルムスクを出港する船は、十八時間をかけて南下してくる。最大乗客数は百五十名だが、このうち三分の二をロシア人乗船客が占める。おおむね小樽への入港日は月曜日で、金曜まで小樽港に停泊する。その間、乗船してきたロシア人はこの船をホテルがわりに宿泊し、金曜日の出港で離日するというパターンがほとんどだ。

今回の入港日も月曜日で、ロックマンは小樽に四泊する可能性が高い。そのうちのいつ、北領組と接触するかがカギだった。

メタンフェタミンを運んでくるのが、マフィアのメンバーではなく、下っぱの運び屋や漁船の乗組員のアルバイトなら、接触は小樽入港から間をおかずにおこなわれる可能性が高い。が、国井の話を信じるなら、ロックマンはマフィアの正式なメンバーで、北領組と今後も取引を継続するための打ち合わせを兼ねた来日だと判断できる。

北領組はそれなりの受け入れ態勢をとろうと、組員に集合をかけたのだ。つまり、踏みこむタイミングさえあやまらなければ、北領組の幹部から組員まで根こそぎ、覚せい剤取締法違反の現行犯逮捕が可能なのだった。

塔下は北海道部長の袖井《そでい》と相談し、関東と東北からあわせて八名の応援をかき集めた。これに北海道の七名を加えて十五名の取締官で捜査にあたることになった。

十五名は三名一組で五つの班を構成する。小樽港にはA班、B班、C班九名が、港外にD班三名、そして北領組事務所にE班三名が張りつく手筈《てはず》だ。

ロックマンと呼ばれるロシア人の顔写真はない。上陸する百名のロシア人から、それと思《おぼ》しい人間を見つけださなければならないのだ。

北領組の組員が港まで出迎えにくれば特定はたやすいが、税関の目を意識してそれはやらないだろうと、大塚は考えていた。やくざ者が朝から港に集まっていれば、それだけで周囲の視線を集める。

北領組の事務所は、港からは直線で一キロほどの、花園《はなぞの》三丁目の雑居ビルにある。ここへ直接ロックマンを迎え入れるか、それともどこか別の場所でメタンフェタミンの受け渡しをおこなうか、尾行の成否にすべてがかかっていた。

おそらくは、ロックマンと少数名の組員が港に近い、組事務所とは別の場所で合流する。そこでメタンフェタミンの受け渡しがおこなわれる筈だ。

今回が初の取引である以上、北領組としては、品物が確かに純粋なメタンフェタミンであるかどうか検査をしたい。高い金を払って、粗悪なブツをつかまされたのではたまらない。そうなると、受け渡しは、喫茶店やレストランといった、他人の目があるところではおこなえない。

小樽港に隣接する形で小樽港マリーナがあり、ここには北領組の組長が所有するプレジャーボートがおかれていることを、大塚は村岡との訊きこみで調べだしていた。

冬季の今は、プレジャーボートにはシーズンオフだが、その後マリーナからの情報で、組長のプレジャーボートを保管所からだし、マリーナに浮かべておくよう指示があったという。

プレジャーボートといっても、全長が四十フィート以上あるクルーザーで、キャビンには四、五名の人間がすわれるスペースもある。ロックマンを乗せマリーナを出港すれば、外洋までではなくとも他人の目を気にせず検査をおこなえるというわけだ。

大塚は村岡とともに希望して、D班に入った。あとのひとりは中田《なかた》という、仙台の東北地区麻薬取締部から応援にきたベテランだ。

　当日六時に、十五名は小樽港堺町《さかいまち》岸壁に集合した。レンタカーを含め、七台の車が用意されている。

　堺町岸壁には、入管や税関などの施設があり、ホルムスクからの船はここに接岸され、乗客は入国審査をうけることになっていた。

　入管、税関との話し合いはすでについていて、ロックマンを特定した後も、その場の検挙はせず、いったん入国させ、泳がせて捜査、逮捕の手つづきをとる手筈だ。いわゆるCD、コントロールド・デリバリーと呼ばれる捜査法である。
　A、B班は、入管、税関とともに入国者からロックマンの特定にかかる。C班は岸壁周辺で監視にあたる。
　大塚の所属するD班は堺町岸壁から少し離れた臨海公園で待機することになっていた。もちこんだメタンフェタミンの検査のためにロックマンが小樽港マリーナに向かう場合、中央埠頭《ふとう》をよこぎり勝納《かつない》大橋を渡って、この臨海公園をつっきる道を進む公算が大きいからだ。

　堺町岸壁から小樽港マリーナまでは海ぞいを走る一本道でつながっている。約二キロの距離だ。小樽港マリーナの入り口近くには石原裕次郎《いしはらゆうじろう》記念館がある。

　ロックマンがマリーナに現れ、北領組組長の所有するクルーザーに乗りこむのを見届けたら、A、B、Cの三班はマリーナ周辺に集結することになっていた。検査後、どのような形で北領組幹部がロックマンと話し合いをもつか予測できないからだ。万一ロックマンがマリーナには向かわず、小樽市内に入る場合も、A、B、C及びD班が行動確認にあたる。

数十名単位の人間を動員できれば、万にひとつもロックマンを見失う心配はないが、わずか十五名では、一瞬の判断ミスが捜査のつまずきにつながる。決して大きくはないとはいえ、観光客が多く訪れる小樽市で、見失ってしまったロシア人ひとりを捜しだすのは容易ではない。

午前八時に配置についた大塚は、胃が痛くなるような緊張と責任を感じていた。捜査の失敗は、十五名の時間と体力の空費を意味する。

袖井の指示で、今日は全員が防弾ベストと拳銃《けんじゅう》を着装していた。服装はスーツやブルゾン、作業着とまちまちだが、いざ検挙というときに備え「NARCOTICS　AGENT　JAPAN」のロゴが入ったそろいのジャンパーを用意してある。

薬物捜査においては、〝ブツの押収〟が何にも増して重要となる。違法な薬物の、一グラムでも多くの押収に麻薬取締官は命をかける。一方、被疑者は踏みこまれた場合、証拠となる薬物を何としても処分しようとするのが常だ。

ガサ入れが始まったら最後、取締官は決して猶予を被疑者に与えてはならない。その場への立ち入りをぐずぐずとひきのばしたり、抵抗するそぶりを見せるのは、薬物を押収されないための時間稼ぎに決まっているからだ。

トイレに流す、路上にばらまくは、あたり前で、命の危険をかえりみず、食べてしまう被疑者すらいる。連中は、ブツさえ見つからなければ、簡単には逮捕、立件できないのを知っている。

そのため、ガサ入れには、間髪を容れない現場の制圧が何より優先される。だからこそ取締官は拳銃を携帯する。

相手側が抵抗するときは容赦なく撃つ、という姿勢を見せなければならない。警察官と異なり、体格や人数において常に被疑者より勝るとは限らないからだ。

大塚は村岡とちがい決して大柄の方ではない。少林寺拳法や合気道の訓練はうけているが、特に格闘技に秀でているというわけでもなかった。

だが現場で最も必要なのは、戦闘力ではなく、とっさの判断力と俊敏な動きだ。経験豊富な取締官が相手の威圧にひるまないのは、殴り合いに自信があるからではない。相手もまたこちらを恐れる気持ちがあるのを知っているからだ。暴力をふるい、取締官を傷つければ、結果薬物の押収を妨げられても、公務執行妨害と傷害の現行犯逮捕が待っている。下手をすればその方が服役期間が長びく可能性もあるのだ。

もちろん取締官も受傷は避けたい。傷を負ったり、ましてや殺されたいわけはない。だからこそ、とっさの判断力が必要となる。

相手側に抵抗の余地がないと、すばやく思い知らさなければならない。そして何よりブツをおさえることだ。ブツさえおさえれば、いい逃れも抵抗も無駄になることを、被疑者は知っている。

今回は特に、そのふたつが要求される現場だった。海上での検査、取引は、包囲された被疑者に逃げ場はないが、メタンフェタミンの処分場所にはことかかない。海に投げこまれたらそれまでだ。夏とちがい、零度近い海水に飛びこんでブツを回収するのは困難だし、かりにできても指紋等が消えてしまえば、被疑者との関係は立証できない。

「やるとすれば、陸に上がってからだな」

事前のブリーフィングで塔下は大塚にいった。

「お前の読み通り、ロックマンがクルーザーに乗ったとしても、海にブツをほうりこまれたらそれまでだ。できれば北領の幹部がブツを確認するところをおさえたい」

「でもそうなると、ロックマンを逃すことになるかもしれません。取引が終わってからも、現場にとどまるとは思えない」

「そいつがそんなに重要なのか？」

「俺の狙いは、北領ではなく、ロックマンです。ロックマンは、使い走りの運び屋とはちがう可能性が高い。叩《たた》いて、サハリンのマフィアについて吐かせたいんです」

メタンフェタミンを押収し、北領組の組員を逮捕するだけならば、北海道警でもできるだろう。またそれは、国井を密告屋にしたてた陽亜連合の狙い通りでしかない。

もしロックマンを調べ、サハリンのロシアマフィアの、日本の暴力団とのこれまでの関係についてまで吐かせられれば、陽亜連合にも矛先を向けることが可能になる。

陽亜連合がロシアマフィアと無関係である筈はないのだ。今回の北領組の取引につい
て情報を得ていた事実からも、それは容易に判断できる。
さらに大塚は、「コルバドール」で見たロシア人のことが頭にあった。ボリスと呼ば
れていた、怜悧《れいり》な顔の男。陽亜連合にとって重要な取引相手である。ロシア
マフィアの幹部にちがいない。ボリスは、今回の北領組の取引の情報も、ボリスか
らもたらされたのかもしれない。
「コルバドール」で見かけたときから、大塚はボリスを〝標的〟に定めていた。今回、
あえて陽亜連合の作戦にのるのも、そのための布石なのだ。
「ロシアマフィアか――」
塔下は厳しい顔になった。
「日本の組をいくら叩いたって、向こうに奴らがいる限り、クスリの流れを止めること
はできませんよ。連中は、日本のやくざ以上に、犯罪のプロです。それはパキスタン人
を日本側との取引に一枚かませている点からでもうかがえます」
「確かにな」
「ロックマンを俺たちにやらせてくれませんか。北領に関しては、残りの人員でガサを
かけて。陸に上がってからのブツの動きをしっかりおさえられれば、北領の幹部までも
っていくのは可能です。あとはブツからロックマンの指紋がでれば、それを材料に叩け
ます」

クルーザーでの取引後、ロックマンがメタンフェタミンとともに北領組組員と行動してくれるなら、すべては丸くおさまる。だが犯罪のプロであるロシアマフィアが、いつまでもメタンフェタミンのある場所にいるわけがなかった。

メタンフェタミンはただちに安全な保管場所へと運ばれるだろう。そうなったら、ブツは押収できても、北領組の幹部にまで網をかけるのは難しくなる。だが西田という若頭は、一度はメタンフェタミンを自分の目で確認する筈だ。そこを狙う。

大塚の考えを塔下は呑《の》んだ。何より、大塚が拾ってきた情報だからだ。麻薬取締官と刑事のちがいがここにある。刑事は大量動員され、ひとりひとりが捜査の歯車となるのを要求されるが、麻薬取締官は、捜査に関してはひとりひとりが自らの行動に責任をもつ。単なる上意下達システムでは動かない。

「わかった。お前のヤマだ。ロックマンはお前に預ける。ただし抵抗には気をつけろよ。ロシアマフィアは相手が警官でも平気で銃を向けるといわれているからな」

「じゅうぶん注意します」

だが、それもこれも、すべてロックマンを〝特定〟できたら、の話だ。国井の情報では、かなり目立つタイプの男のようだが、それにしても百人もの上陸客の中から発見するのは簡単ではない。

「きた、きた」

運転席にすわっていた村岡がつぶやいた。

堺町岸壁の方角から勝納大橋を、猛スピードで黒塗りの車が走ってくる。金色のエンブレムをつけ、すべての窓を遮光シールでおおったシーマだ。北領組の組員の車だった。シーマは大塚の乗った車の鼻先をかすめ、小樽港マリーナの方角へと走り去った。

大塚は時計を見た。午前八時四十分。無線のマイクを手にした。

「こちらD班、マルイチ関係の車がただ今、通過。マリーナに向かうものと思われる。乗員は二名」

『こちらC班了解。マルイチ関係は他に三台を岸壁で視認。警戒しているようだ』

塔下の声だった。マルイチは北領組をさす。

「D班、了解」

大塚はマイクを戻した。A班とB班はすでに「C・I・Q」の建物に入っている。Cは税関《カスタム》、Iは入管《イミグレーション》、Qが検疫《クワランテイン》のことだ。塔下らC班だけが岸壁の外側に張りこんでいた。もちろんそうとは気づかれないよう、港湾関係者に変装している。

『こちらA班、二十分後、着岸との連絡が入りました』

「了解」

『了解』

大塚は息を吐いた。かたわらの村岡を見やる。さすがの村岡も今日は軽口を叩かない。二人だけでロックマンを捕らえる、という大仕事をする羽目になったことに異論こそ唱えなかったが、緊張はしているようだ。

そのとき目の前を一台の4WDが通った。

「あれ？」

村岡がつぶやいた。

「どうした」

大塚は訊《たず》ねた。乗っていたのは、作業衣のような白い上っぱりを着た男が二人だ。マルB関係者には見えなかった。

「今通った車なんですがね。知っている人間が乗ってたような気がして」

村岡は4WDが走り去った方角に目を向けている。さきほどのシーマと同じくマリーナに向かったようだ。

「マルB関係か」

「いえ。道警の生安です」

「何だって」

大塚は緊張した。北海道警察の生活安全部の刑事がこの時間にここにくるとすれば、大塚たちと同じ情報を入手している可能性が高い。

「気のせいかな。似てるだけだったかもしれません」

大塚はマイクを見た。警察が動いているかもしれないという情報を塔下らに知らせておくべきだろうか。

だが村岡の見まちがいだったら、よけいな混乱を与えることになる。

「とりあえずようすを見よう」

大塚はいった。やがて無線機から声が流れでた。

『当該船、着岸』

大塚らの位置からでは、中央埠頭の建物が邪魔になって確認できないが、サハリンからの船が到着したようだ。

いよいよだ。

着岸してもすぐに乗客が降りてくるわけではない。さまざまな手続きがあるのだ。無線機はそれからしばらく沈黙を保っていた。

やがて声が流れでた。

『こちらB班、マル対確認。あれじゃないか。茶色いツイードのコートを着ている。手に大きな包みをもった男だ』

『A班、確認。確かにでかい。だがタトゥが確認できない。イミグレに移動する』

大塚と村岡は顔を見合わせた。A班に所属する取締官は入国管理官の制服を借りている。イミグレーションの窓口に立って、ロックマンらしきロシア人の風体を確認するつもりなのだ。

時間が流れた。当然だ。上陸する船客はイミグレーションに長い行列を作っている。ロックマンがその中にいるとして、順番がこなければ確認はできない。

『こちらA班。確認した。襟もとからタトゥがのぞいている。こいつがロックマンだ』

『こちらC班。マル対の人着を』

『ええと、茶のツイードロングコート。髪はグレイ。ガイコツみたいな顔をしています。身長は約百九十センチ。でかいです。左手にナイロンのバッグ、右手に何だろう、平べったい包みをかかえています。大きさは三十センチ四方くらい。何かの額《がく》のような包みです』

『了解。イミグレでパスポート氏名を確認せよ』

『了解です。まだ行列の途中なので、氏名確認までは、あと十分ていどかかると思われます』

『D班、聞いたか』

大塚はマイクをとった。

「聞きました。身長百九十センチ、髪はグレイ、ガイコツみたいな顔。左手にナイロンバッグ、右手に平べったい額ブチのような包み」

『そうだ』

「見失いようがありませんね」

『だといいが』

塔下は慎重だった。

やがてA班から情報が届いた。

『氏名確認しました。イワンコフです。ドミトリー・イワンコフ。年齢は四十歳』

『了解。以降、イワンコフはマル対で統一』

『了解。マル対、入国審査終了、税関に向かっています』

『手筈通り、スルーだ。マル対、通せ』

『スルーしました。マル対、C・I・Qをでます』

いよいよだ。ロックマンは入国し、動きだす。

『こちらC班。マル対確認。でかいな、本当に。タクシーに乗るようだ。マルイチ関係からの接触はない』

『A班、タクシー会社を確認。オタル交通、ナンバーは9185』

『タクシー移動、D班方向へ向かった。C班、追尾する。A班、B班、どうなっている？』

『A班追尾準備中』

『B班、移動中です』

大塚は前方の道路に目をこらした。

「あれだ」

オレンジと白の車体をしたタクシーが勝納大橋を渡っている。双眼鏡を向けた中田がナンバープレートを確認した。

「こちらD班、マル対のタクシーを視認」

大塚は望遠レンズのカメラを手にした。

大塚はカメラのファインダーをのぞきこんだ。オタル交通のタクシーは、三人の乗った公用車の前を走りすぎた。後部席に、頭が天井につかえそうな大柄なロシア人の姿がある。シャッターを切る。モータードライブが回り、ロックマンの横顔がフィルムにおさめられた。

「D班、撮影完了、追尾する」

カメラをおろし、大塚はマイクに声を送りこんだ。村岡が公用車をスタートさせた。

C班の乗った車とタクシーの間に割りこむ形で尾行を開始した。

尾行を始めて一キロと走らないうちにタクシーは左のウインカーを点滅させた。小樽港マリーナの敷地に入っていく。

「マル対はマリーナに入る」

『B班了解』

『A班了解』

タクシーのあとを追わず、マリーナの入り口を通りすぎて、村岡はブレーキを踏んだ。

C班の車だけがあとを追った。

マリーナの出入り口と港湾地区を横ぎる道路とをつなぐ道は一本しかない。ここをおさえておく限り、マリーナへの出入りを見落とす心配はなかった。

『こちらA班。マルイチ関係と思《おぼ》しい車輛《しゃりょう》が二台、マリーナ方向へ移動中』

大塚はカメラを手にふりかえった。今きた道を、二台の車がやってくる。白のセルシオと紺のメルセデスだ。カメラを向け、乗っている人間を撮影した。メルセデスの助手席に、中背で髪を短く刈りこんだ男の姿があった。

「こちらD班。マルイチ車輌、メルセデスに西田確認。マリーナに入っていく」

『ようし』

塔下の満足げな声が聞こえた。

『北領の若頭がいっしょだ。やれるぞ』

そのときだった。

『こちらE班、妙なことになってます。道警四課、生安がマルイチ本部に現れました』

『何⁉』

『十人くらいいます。ガサみたいな感じなんですが……』

大塚は村岡を見た。

「やっぱりさっきのは――」

村岡は見返してきた。

「マリーナに入ろう」

大塚がいうと村岡は無言で車をUターンさせた。ちょうどそこに追いつく形で、A班、B班の車がマリーナへの一本道に進入した。三台は連なってマリーナの敷地に入った。

小樽港マリーナは埠頭《ふとう》から横にのびた太い桟橋から櫛《くし》の歯のような形で縦に数本の桟橋がつきでている。

村岡がブレーキを踏んだ。マリーナの敷地に入ってすぐの場所に、最初に見た北領組の黒いシーマが止まっている。その奥、マリーナのクラブハウスのような建物の前に、あとから入ったメルセデスとセルシオがいた。タクシーがそのうしろに止まり、ロックマンが降り立つのが見えた。

大塚らの車のうしろでA班、B班、それぞれの車が止まった。これ以上近づくと、北領組の人間にこちらの存在が気づかれる危険がある。

「大塚さん、あれ」

村岡がクラブハウスの先、ボートショップの建物を指さした。村岡が見かけた、道警の刑事らしき男たちが乗っていた4WDが駐車場に止まっている。

C班、塔下らの公用車はクラブハウスの手前にある石原裕次郎記念館の近くに止まっていた。

大塚はマイクを手にした。

「こちらD班、道警がマリーナにもいます。ボートショップ前、白の4WD。どうしますか」

『誰かがチックリ入れたな。そっちの協力者か』

怒りを押し殺した塔下の声が返ってきた。北海道警察にも今日の取引を密告した人間がいるのだ。

「俺の協力者じゃありません」

大塚は苦い気持ちでいった。

『まあいい。船に乗る前に警察が動くようだったらこちらも動く。ようすを見よう』

「了解」

大塚は答え、カメラをもちあげた。タクシーを降りたロックマンを、北領組の若い組員が先導している。二人は桟橋に向けて歩き始めた。他に動いている人間はいない。

『西田はどこだ？』

大塚は望遠レンズをメルセデスに向けた。運転手は乗っているが、助手席は無人だ。

「車にはいません。先に船に乗ったのじゃありませんか」

『いや、そんな時間はなかった。たぶんマリーナのクラブハウスの中だ』

大塚はレンズを桟橋にふった。手前から数えて二本目の栈橋に、北領組組長の所有するクルーザー「北鬼」が係留されている。

ロックマンと案内役の組員は、クルーザー「北鬼」まであと数メートルという位置にいた。「北鬼」の甲板上には別の組員の姿があった。「北鬼」のエンジンはすでにかかっていて、排気管から煙がでている。

「北鬼」にロックマンと組員が乗りこんだ。それを待っていたかのように、「北鬼」は栈橋を離れた。ディーゼルエンジンの音が海上に響き渡る。

櫛の歯型の栈橋を回りこむように「北鬼」はマリーナの沖堤の方角へと向かった。

大塚はシャッターを切りながらその航跡をレンズで追った。「北鬼」はマリーナをでると、マリーナが付属する勝納埠頭の沖を進んだ。やがて埠頭に建ち並ぶ倉庫群の陰に隠れ、見えなくなる。

「大塚さん」

村岡の声に、大塚はファインダーから目を離した。公用車の前に二人の男が立っていた。

スーツの上にコートを着た、いかつい体つきの男だった。

大塚は助手席の窓をおろした。メタルフレームの眼鏡をかけ、髪をオールバックにした男が車内をのぞきこむ。四角くえらの張った顎《あご》をして、青々としたヒゲのそり跡があった。

「お宅さんたち、何してるの」

男はじろじろと大塚や村岡を見た。

「そちらこそ何ですか」

男は警察バッジを見せた。

「ちょっと事情があってね、車をここに止めておかれると困るんだ。移動してもらえるかい」

横柄な口調だった。

「申しわけないがそれはできないんですよ。こっちも仕事の途中なんで」

村岡がいった。男の顔が険しくなった。

大塚は身分証を見せた。警察と同じ旭日章《きよくじつしよう》の中心に「麻」という文字が入っている。

「厚生労働省、麻薬取締部です。張りこみ中なんで、勘弁してもらいたい」

「麻取《まとり》だ？　麻取が何やってんだ、こんなところで」

「それはこっちのセリフですよ。お宅さんたちこそ何やってるんです」

男は舌打ちした。体を起こし、携帯電話をコートのポケットからとりだした。ボタンを押し、耳にあてると背を向けて話しだす。どうやら上司に指示を仰いでいるらしい。

無線機が鳴った。塔下からだった。

『どうした？』

少し離れた石原裕次郎記念館の前からも、状況は見えていたようだ。

「道警さんです」

『ひきとってもらえ。こっちのヤマだ』

「了解です」

電話を終えた刑事が向き直った。

「すぐ移動して下さい。こっちの捜査の妨害になるんで」

大塚は村岡と視線を合わせた。助手席のドアを開け、車を降りた。

「お宅、お名前は？」

「道警四課の城山《しろやま》です。そちらは？」

「何だと？」

「大塚です。城山さん、その指示はどこからきました？」

「四課長ですよ。これは四課と生安の合同捜査なんで」

「申しわけないがその指示には従えない。こちらも人間を動員してやっている」

城山は馬鹿にしたように鼻を鳴らした。大塚らの車のうしろに止まった二台の車を見やる。

「動員て、たったこれだけで？」

「うちはうちのやり方があります。以前から今日のヤマは内偵していたんだ」

「事情はこっちもいっしょだよ。いっとくが道警は三十人からの人間をだしてるんだ。船が戻ってきたら、北領の本部と同時に、一気にガサをかける」

「冗談じゃない。そんな勝手なことされてたまるか」

城山の顔が赤く染まった。

「勝手だと？　何が勝手なんだ、この野郎」

「おい――」

同僚がいさめたが聞かなかった。

「いいか、お前ら邪魔なんだよ。すぐマリーナからでてけ。さもないと公務執行妨害で逮捕するぞ。お前らなんか、その辺のチンピラ売人パクってりゃいいんだよ」

大塚は息を吸いこんだ。こみあげた怒りを押し殺す。

「城山さん、あんたの階級は？」

「四課の巡査部長だよ。それがどうかしたのか」

大塚はかたわらの同僚を見た。

「そちらは？」

「同じです。何か？」

「厚生労働省麻薬取締官は、逮捕状請求権のある警部身分だというのを知ってますか」

城山が鼻白んだ。

「それがどうした」

「どうもしないさ。だが公務執行妨害で俺をパクったら、困るのはそっちじゃないかと思ってね」

「手前《てめえ》――」

城山は今にも殴りかかりそうになった。もうひとりの巡査部長があわてて止めた。大塚からひきはがすようにその場を離れていく。

大塚は車に戻った。

「大丈夫でしたか」

「大丈夫さ。単純な奴だ」

『うまく追っ払ったようだな』

無線から塔下の声が流れでた。

「楽観できません。向こうは三十人つっこんでいると凄《すご》んでいました。船が戻ったら、マルイチの本部と同時にガサをかけるそうです」

『西田は船に乗ってないのだろう。船からブツがでたって、チンピラしかパクれないぞ』

「別件でパクる気じゃないですか。本部から何かでればいいわけで」

『いきあたりばったりのやり方しやがって』

「どうします？　船が戻ったらうちもやりますか」

塔下は沈黙した。やがていった。

『部長に連絡をとる。部長から道警に話を通して、何とかうちに預けてもらえないか交渉してもらう』

「おそらく無理でしょうね。うちがひけないように、向こうだってひけませんよ」

『正直、俺もそう思う。あとはロシア人をこっちにくれないかという交渉だ。どうせ道警の狙いはマルイチ潰《つぶ》しだ』

「いいんですか、それで」

『ロシア人を欲しがってたのはお前だ。このヤマを拾ってきたのもお前だ。お前の納得する決着が一番だろう』

「ありがとうございます」

『とにかく、ようすを見ていろ。俺は部長に連絡をとる。それまでに船が戻ってきて道警が動いたら、こっちもでろ』

「了解しました」

大塚がマイクを戻すと、村岡が息を吐いた。

「なんか嫌な感じしませんか」

「嫌な感じ？」

「道警の狙いは北領潰しでしょう。北領が潰れて喜ぶのは陽亜連合じゃないですか。道警はまるで陽亜の下働きだ」

「めったなことというな」

大塚はいった。だが内心は同じ気持ちだった。

道警の一部が地元の広域暴力団とのっぴきならない関係にある、という噂は、大塚が北海道にきたときからあったのだ。

とにかくロックマンは渡さない。たとえロックマンを逮捕しても、道警がロシア側の状況までつっこんで取り調べるとはとうてい思えない。覚せい剤取締法違反で送検して終わりだ。ロシアでロックマンがどこの組織に属し、どんな犯罪を働いていたかになど興味をもつ筈がなかった。

警察には負けない。こっちはロシアマフィアの情報をとるために、北海道まできたのだ。

大塚は深呼吸した。国井の情報でもそうだったが、実際にこの目で見て、ロックマンがただの運び屋ではないという確信が、大塚にはあった。

7

その後道警は、大塚らに何もいってこなかった。大塚たちもマリーナの出入り口付近に車を止め、動かなかった。クラブハウスには西田を始め、北領組の組員が残っている可能性が高い。下手に動けば監視を気づかれるかもしれない。

道警が静かにしているのは、「北鬼」が帰港したらただちにとりおさえようと考えているからにちがいなかった。数で上回る警察は、壁を作れば麻薬取締部の捜査を妨害できる。

待つ間に、大塚は国井の携帯電話を呼びだした。

「――はい」

眠そうな国井の声が応《こた》えた。

「大塚だ。今どこにいる」

「自宅っすよ。寝てました。どうしたんですか」

「今、小樽港にいる」

「ああ、そっか。今日だったんですね。例の船。で、うまくやれましたか」

「これからだが、妙なことがある」

「何ですか」

「道警の四課と生安がでばってきてる」

「えっ」

眠気のとんだ声で国井はいった。芝居ではないようだ。もし麻薬取締部と道警の両方に情報を流していたのなら、そのことを責められると予期し、これほど驚きはしないだろう。

「マジですか」

「ああ。三十人からの人間が動いているそうだ。どういうことだ」

大塚は厳しい声をだした。

「そんな。知らないですよ、俺。天秤《てんびん》かけるようなことしてませんから」

大塚は返事をしなかった。

「本当ですよ、信じて下さい。俺、道警なんかに売ってないです。いったじゃないっすか。道警はロシアに腰がひけてるんで、もっていったってしょうがないって……」

「じゃ誰がチクった？」

「わかんないですよ」

「この話、どこからきた。そこが道警に流したのじゃないのか」

国井は黙った。考えているようだ。

「そいつは……。そうかもしれません」

「どこだ」

「勘弁して下さい」

「いいけどな。道警には北領の人間を知っている奴がいるだろう。ガサが入れば、当然密告《チックリ》があったって話が筒抜けになる。そのとき、ちょうどいい当て馬がいるってんで、お前さんの名前がでるかもしれん。道警は北領の本部に同時ガサをかける気らしいから、かなりの数はもっていくだろう。だが全員てわけにはいかない。残った奴らにお前さん、狙われるぞ」

「そんなっ、冗談じゃないっすよ」

半分は威《おど》しだが、半分は本気だった。クスリの取引現場に対する捜索は、百パーセント、密告による情報がもとになっていると、暴力団側もわかっている。メタンフェタミンの押収がうまくいってもいかなくても、北領組は密告者捜しに血眼になる筈《はず》だ。

その点、所帯の小さい麻薬取締部から国井の名が洩《も》れる心配はない。だが道警は人が多い。どこからか密告者の名が伝わる可能性はある。

道警へ情報をもたらした人物は、あらかじめそのことを予期して国井をスケープゴートにしたてたのではないか。

国井が麻薬取締部に話をもちかけるのを承知で、道警にも同じ情報を流す。そして密告者捜しが始まれば、すべてを国井に押しつけようという意図だ。

「やばいっすよ、俺。北領に殺《や》られます」

国井は半泣きになった。そのとき村岡の携帯が鳴った。

「はい村岡です」

応え、大塚を見やった。口の動きで「部長です」といった。

「聞いておいてくれ」

小声でいい、大塚は電話に戻った。

「助けて下さい、大塚さん」

「今は身動きがとれない。どこからきたのかだけでも話せ。じゃないと、本当に助けられないぞ」

「そいつは――」

国井はいい淀《よど》んだ。本当に自分が罠《わな》にかけられたのかどうか、けんめいに頭を働かせている。

「シャリーフ、って車屋っす」

「シャリーフ。パキスタン人か」

「そうです。朝里《あさり》のインター近くで、中古車屋やってる奴で」

「そいつはどこから聞きつけたんだ」

「わかんないです。パキスタン人の仲間かもしれません」

「おい、いい加減なことをいってると、本当に命にかかわるぞ」

「本当なんですよ、でも……」

「でも、何だ？」

「シャリーフの店は買収されるんです」

「どこに」

「『ジャイアント』チェーンです」

「ジャイアント」は、国井を拾った中古車販売チェーンで、その代表が「コルバドール」で陽亜連合の高森と飲んでいた男だった。

「『ジャイアント』は陽亜とつながってるな」

大塚がいうと国井は驚いたような声をだした。

「どうして知ってるんですか」

「あんまり俺をなめるなよ。陽亜は、小樽のシマを一手に握りたい。だから今度の話をうちや道警に流して、かわりに北領を掃除させようとしたのだろうが、お前はその陽亜にいいように使われたんだよ。元道北一家《や》とはいっても、表向きはもうお前は陽亜とは何の関係もない。お前が北領に殺られたら、またひとつ北領潰《つぶ》しの材料が警察に増えるだけだ。いくらもらったんだ」

「もらってないですよ」

「わかった、好きにしろ。北領に殺されちまえ」

「大塚さん！　助けて下さいよ」

部長と話していた村岡に電話を切る気配があった。

「考えておく。とにかくじっとしてろ。仕事なんかにでたらいちころだぞ。戸締まりして表にでるな。電話も俺以外からはでるんじゃない。あとでまた連絡する」

「本当ですね。頼りにしてますから。見捨てないで下さい。大塚さん！　お願いします」

泣きだしそうな国井の声を聞きながら、大塚は電話を切った。

村岡に向き直る。

「部長は何だって？」

村岡は珍しく暗い顔で首をふった。

「道警はひと月近く前から、今日の件で動いていたと見得を切ったそうですよ。今さら麻取にかき回されるのは迷惑だって」

「情報のでどころは聞いたか」

「まさか。向こうの方が逆にしつこく訊《き》いてきたそうです。どっから今日のことを仕入れたんだって」

大塚は目を正面のマリーナに向けた。

「つまりはどっちも引かないってわけだ」

腕時計を見た。「北鬼」がマリーナをでていってからすでに四十分近くが経過している。

「やけにかかってますね。道警は海保にも協力を要請しましたかね」

「まさか」

大塚はいった。海上保安庁と道警の関係は、麻薬取締部と警察以上にしっくりいっていないという噂があった。

「どっかで荷を全部おろしてるってことはないでしょうね」

大塚ははっとした。その可能性はゼロではない。小樽港マリーナ以外にも、「北鬼」が接岸できる港はあたりにある。早い話、どこか近くの漁港でもまったくかまわないわけだ。そこに別の車を待たせ、ブツとロックマンを回収してしまえばいい。

西田らがクラブハウスにいるのは、警察の張りこみをかわすための陽動作戦かもしれなかった。

「やられたぞ。村岡、近くに港はあるか」

村岡は地図をとりだした。大塚は公用車にとりつけられたカーナビで検索する。

「東にはないですね。北は、小樽港以外だと、高島《たかしま》一丁目に漁港がありますよ。それより先、祝津《しゅくつ》にもマリーナがあるみたいです」

大塚は地図をのぞきこんだ。高島一丁目にある漁港までは、小樽港マリーナから直線で約三・五キロ、祝津のマリーナまでは約五・五キロだ。クルーザーの足なら、どちらも十分足らずでいきつける。

大塚は歯をくいしばった。携帯電話で塔下を呼びだした。無線のマイクをつかんだ。が、無線は道警に傍受される危険があると思い直し、

「失敗したかもしれません。ここから十分足らずのところにふたつ、クルーザーを止め

られる港があります」

「西田はオトリか」

「ええ。確かめにいっていいですか。もちろんここに戻ってくる可能性もゼロじゃないので、D班だけで動きます」

もし「北鬼」が小樽港マリーナに戻ってきたら、当然、道警と麻薬取締部との先陣争いになる。そのためにはひとりでも多くの人員を残しておきたい。

塔下は唸《うな》り声をたてて考えていたが、いった。

「わかった。そちらの確認は任せる。見つけたらただちに連絡しろ」

「了解」

大塚は聞き耳をたてていた村岡に合図を送った。村岡が公用車をバックさせ、Uターンした。待機するA班、B班に、大塚は、電話で連絡せよ、との身ぶりを送った。

監視中の道警にこちらの意図を悟られないよう、マリーナの敷地から見えなくなるまでは、村岡はゆっくりと走り、港湾部を貫く産業道路にでたとたん、アクセルを踏みこんだ。

障害物の少ない海上では、わずか四、五キロの距離であっても、陸上をいくとなると十分ではたどりつけない。信号もあり、観光客も多い小樽運河のかたわらを走り抜けることになるからだ。唯一の救いは、臭いとにらんだふたつの港が延長線上にあることだ。逆方向だったら、一台ではとうてい確認などできない。

「もし小樽港がオトリだとしたら、道警もきっちりウラをかかれていますよ」

ハンドルを操りながら村岡がいった。

「おそらくな。だが俺たちも逃したら同じことだ。西田って若頭は、相当頭の回る奴だ」

「聞くところによると、北領組はこの取引に組の命運をかけとるのだろう。そりゃ、あれこれ知恵をしぼるわな」

後部席にいる中田がいった。

「まったくです。こっちの頭のデキが悪すぎた」

村岡がクラクションを鳴らした。観光客の団体が車道にまではみだして石造り倉庫群の写真を撮っていたからだ。

公用車は二十分後に、高島一丁目の漁港に到着した。小樽港マリーナより規模は大きいが、観光客の姿のない横長の港だ。沖に、小島をはさむようにして長い堤防がのびている。

「大塚さん」

村岡は緊張した声をだした。漁協の建物から百メートルほど離れた岸壁に、「北鬼」の姿があった。大塚も気づいていた。携帯電話をとりだした。

「こちらD班、該当船発見。高島一丁目の漁港です」

「周囲はどうなっている」

電話にでた塔下は訊《たず》ねた。

「車が一台。マルイチ関係かどうかはわかりませんが、白のステップバンがいます」

村岡が双眼鏡でナンバーを読みあげた。バンの内部には人間がひとりいるのが確認された。

「マル対はいるのか」

「確認できません。船の中か、それとも上陸したのか」

すでに上陸しているとすれば、作戦は失敗だ。大塚は唇をかんだ。

「待って下さい。船から人がでます」

双眼鏡をのぞいていた村岡がいった。

「マル対です。確認！ マル対です！」

大塚の肉眼でもロックマンの長身は視認できた。ステップバンの運転席にいた男がすばやく後部のスライドドアを開けると、ロックマンはバンに乗りこんだ。荷物は、「北鬼」に乗りこんだときと同じ、大きな包みとナイロンバッグだ。

「マル対が車に乗りました」

「尾行できるか」

「やれますが、この状況だとブツは該当船の中です」

大塚はいった。ロックマンを尾行して漁港を離れている間にメタンフェタミンが、「北鬼」からもちだされたら、その行方を追うのは難しくなる。

「やむをえん。マル対は通せ。ブツさえおさえれば日本にいる限り、身柄を確保できる」

大塚は息を吐いた。妥当な判断だった。麻薬取締官にとって何より重要なのは、ブツだ。

「了解」

「A班、B班を連れてただちにそっちへ向かう。もし該当船が動くようならすぐに知らせてくれ」

塔下はいって、電話を切った。

ロックマンが乗りこんだバンは岸壁を走りだした。大塚らの乗った公用車とは反対の方角に向かう。

「あのロシア人がまだブツをもっているってことはありませんよね」

村岡がいい、大塚は首をふった。メタンフェタミンはまだ、「北鬼」の中にある筈《はず》だ。もちろん、この漁港に入るやいなや荷おろししていれば別だが、そうならロックマンが、「北鬼」に残っている理由はない。「北鬼」は、ぽつんと停泊している。バンがいなくなった今、近づく者はいなかった。

漁港に猛スピードで一台の車が進入してきたのは、それから五分ほどたった時刻だった。

車は大塚らが乗っているのと同じような4WDだ。中には二人の人間がいる。大塚は望遠レンズで二人を撮影した。

「マルイチ関係の車輛《しゃりょう》を確認。該当船に近づきます。そちらの現在位置は？」

4WDは、「北鬼」のかたわらで止まった。「北鬼」からひとりの男が降りてきた。スポーツバッグを手にしている。

『近くまできているが信号でつかまった』

塔下が珍しくあせった声でいった。

『A班、B班、現在位置を知らせよ』

無線を解禁して訊ねている。

『こちらA班、現在、石造り倉庫群の前です。大型の観光バスが多くて渋滞しています』

『B班、A班と同じです』

『D班、止められるか』

塔下が訊ねた。4WDにブツが積みこまれるのはまちがいない。漁港をでていった4WDを見失ったら、捜査は一からやり直しだ。

「やってみます。いくぞ」

大塚はいった。

「了解！」

村岡が答えて公用車のアクセルを踏みこんだ。

迎えにきた4WDに二人、あとから乗りこんだのがひとり、今のところ見えている相手は三人だが、「北鬼」の中に何人の北領組組員が残っているのかはわからない。

「俺と村岡は車をおさえます。中田さんはまだ船に残っている奴がいるかもしれないんで、そっちを警戒して下さい」

「NARCOTICS AGENT JAPAN」のジャンパーを羽織りながら大塚はいった。

「了解」

緊張した声で中田が応じる。

「鼻先だ。止めたら俺はすぐうしろに回る」

大塚は停止位置を村岡に指示した。一台しか車がないので前後をはさむのは不可能だ。そこで公用車を4WDの鼻先に止めて前進できないようにしておき、大塚が体を張ってバックを阻止する。

「気をつけて下さい」

村岡がいった。

公用車は猛スピードで4WDに接近するとブレーキ音を響かせた。4WDのフロントグリルぎりぎりで急停止する。

前部席にいた二人のやくざ者が目を丸くするのが見えた。大塚は公用車が完全に停止する前に助手席のドアを開けていた。

「麻薬取締官だ！　そのまま動くなっ」

叫び、左手で身分証を掲げ、走った。4WDを回りこみ、うしろに立つとリアハッチを平手で叩《たた》いた。

中田と村岡が降りた。

村岡はジャンパーを腰に巻きつけている。袖《そで》を通す暇がなかったようだ。

4WDの内部にいた三人が口々にわめきだした。

「どけっ、おい！」

「何だ手前《てめえ》らっ」

「麻取だ、麻取！　動くなあっ」

村岡がどすのきいた大声をあげる。

「北鬼」から後部席に乗りこんだ男がリアウィンドウをおろして吠《ほ》えた。

「何だってんだ、この野郎」

「いいから車を降りろ。覚せい剤取締法違反容疑で職務質問する」

大塚がいうと、男の顔色がかわった。もっている、と大塚は確信した。

「だせっ」

男は運転手に怒鳴った。運転手がアクセルを踏みこんだ。4WDは公用車の横腹に鼻先をぶちあてた。公用車が揺れ、ボディに大きなへこみができた。

「やめんか」

大塚は叫び、腰のベレッタを引き抜いた。スライドを引き、初弾を装塡《そうてん》すると、4WDのリアウィンドウに向けた。

「抵抗すると撃つぞ」

「だせ、だせ、だせっ」

後部席の男が叫んでいる。リアハッチごしに、ルームミラーをのぞいた運転手と目があった。まだ二十《はたち》そこその若造だ。おおかた暴走族あがりで、運転の腕を見こまれ駆りだされたのだろう。顔面蒼白《そうはく》で目が吊《つ》りあがっていた。

「バックだ、バック！」

公用車に二度目の衝突をしたところで、後部席の男が叫ぶのが聞こえた。

「おおい！」

村岡が叫んで拳銃《けんじゅう》を抜いた。

4WDの後退ランプが点《とも》った。こっちにくる。大塚の背筋が冷たくなった。退くと同時に、4WDがバックしてきた。

大塚はかろうじて体をかわし、リアハッチめがけてベレッタの引き金をしぼった。パン、という乾いた銃声とともに、4WDのリアハッチのガラスが砕け散った。中の三人がいっせいに首をすくめた。

4WDのブレーキランプが閃《ひらめ》いた。

さらに銃声が二発響いた。村岡が空めがけ、三十八口径のリボルバーで威嚇射撃したのだった。

「降りろおっ」

銃口をまっすぐ運転手に向け、村岡は叫んだ。

大塚はリアウィンドウにベレッタの銃把を叩きつけた。

「降りろといったら降りんかっ」

すばやく、「北鬼」を見た。甲板に二人の乗組員がいてこちらをうかがっている。それを中田が拳銃で牽制《けんせい》していた。

大塚は胃が絞られるような緊張を感じていた。加勢はまだなのか。この一瞬の膠着《こうちゃく》状態が崩れると、事態はどちらに転ぶかわからない。悪い方に転んだら、乱闘になる。

村岡が運転席のドアを叩いた。右手で銃を握ったまま、左手でドアノブをつかんでいる。

「開けろおっ」

銃口をフロントガラスに押しあてた。運転手が泣きそうな顔でうしろをふりかえった。

「手前、開けんじゃねえ！　開けたら殺すぞっ」

後部席の男が叫ぶ。スポーツバッグをしっかり抱えこんで、開いたファスナーの内側に右手をさし入れていた。

「動くなっ」

大塚は怒鳴ってリアウィンドウを叩いた。ブッといっしょに拳銃をもっているかもしれない。

そのときすぐ背後でブレーキ音が響いた。

ドアの開閉音とあわただしい足音がして、

「抵抗はやめろっ、公務執行妨害がつくぞっ」

塔下の声が聞こえた。

4WDに乗った男たちは顔を見合わせた。助手席の男が携帯電話をとりだすのを見て、大塚はそちらに銃口を向けた。

「動くんじゃない！」

男が凍りついた。そのすきに後部席の男がバッグから抜いた拳銃を撃った。車内に光が走り、リアウィンドウが砕ける。

「貴様あっ」

「捨てろっ」

怒声が交錯し、大塚は割れたリアウィンドウからベレッタの銃口をさし入れ、男を狙った。男の放った銃弾がどこに飛んだのかはわからない。ただ一瞬硬直した体のどこにも痛みはなく、撃たれていないことだけはわかった。

「開けんかあっ」

村岡が叫んだ。カシャッという音がして、運転席の男がドアロックを解いた。即座に大塚は後部席のドアを開いた。

塔下らが男をひきずりだし、地面に押しつけた。ロシア製のマカロフ拳銃がその手にはあった。

「大塚、バッグだ」

うつぶせに倒された男が手錠をはめられるまで銃口を向けていた大塚は、塔下の声に我にかえった。

ジャンパーのポケットから手袋をだし、はめると、後部席の足もとに落ちているスポーツバッグに手をのばした。

半ばまで開いたファスナーを引いて、バッグの口を広げた。

十センチ四方の透明なビニール袋をふくらませた純白の粉の包みが二十箇、入っている。

「上質粉末《ユキネタ》です」

のぞきこんだ塔下に大塚はバッグの中身を見せた。塔下は小さく頷《うなず》いた。

袋のひとつひとつに小さな裂け目があり、上からテープが貼られている。船上で品質検査をした跡にちがいない。

ひきずり起こされた男に、大塚はバッグをつきつけた。

「これはあんたのだな」

「やかましいわ」

男は吐きだした。怒りに燃えた目で大塚をにらみつけている。

「今のうちいきがっておけ。検査してこれがマブネタとわかったら、思いきり長期刑《ナガムシ》しょわせてやるからな。公務執行妨害、銃刀法違反、殺人未遂、それに覚せい剤取締法違反。満貫《マンガン》だ、満貫。下手すりゃ無期だぞ」

大塚は男に顔を押しつけていった。男の顔から血の気がひくのがわかった。威《おど》しつけたのは、難しいとは思うが、上の組員の関与をもしかすると吐かせられるかもしれないからだ。

現役の組員は、まず自分の上の人間に累が及ぶような供述をすることはないが、十年、十五年という長期刑をくらうとなれば、誰でも動揺はするものだ。

ようやく周囲をふり返る余裕ができた。漁港の岸壁をA班、B班の二台の車がこちらに向け走ってくる。

「やっとおでましだぜ」

大塚は、運転手に手錠をかけていた村岡にいった。

「情報官！」

だがA班の車の窓から顔をのぞかせた、間野《まの》という取締官が叫んだ。

「無線を、無線をとって下さい！　花園の方がとんでもないことになってます」

「どうした」

「道警が見切りでガサをかけたんですが、そこに例のロシア人がやってきて、大暴れしているらしいんです」

間野はいった。

「なんでだ」

大塚と塔下は顔を見合わせた。塔下が自分の公用車に乗りこむのと同様に、大塚も傷だらけの公用車に首をつっこんだ。無線のやりとりが流れてくる。

「こちらC班、塔下だ。ブツは確保。何があった」

上ずった声で応《こた》えたのは、E班の武内《たけうち》という取締官だった。

『花園三丁目のマルイチ事務所前で戦争です』

「何だと、どういうことだ」

『今から十五分ほど前に道警がマルイチ事務所に突入しました。我々はそのようすを外から見守っていたんですが、そこにマル対の乗ったバンがやってきたんです。バンの運転手は、ガサだというのがすぐわかったらしくてUターンしようとしました。ですがマル対の人着は道警にも伝わっていたようで、すぐに止められました。道警はマル対がブツをもっている可能性を考えてたみたいです。警官がバンを囲んでマル対を降ろしたところまではよかったんですが、我々の前で所持品検査が始まったとたん、マル対がものすごい勢いで暴れだしました』

「まさか逃がしたのじゃないだろうな」

『そのまさかですよ。素手で四人くらいの警官を投げとばし、たぶん一発か二発は撃たれていると思うんですが、ものともせず、他の警官も殴り倒しました。それが並の力じゃなくて、俺の目の前に今、ぴくりともしないのが三人転がってます』

「マル対はどこへいった」

『花園四丁目方向に走って逃げました。道警は緊急配備をかけているようですが、あんなヒグマみたいなの、初めて見ました。元特殊部隊か何かなんですかね。それともてんぱってたか。とにかくハンパじゃない凶暴さで、瞬くまに十人近いのをぶっとばして逃げちまいました。こんなの見たことありません。もしかすると、何か新しいクスリでも入れてたのかもしれません』

かたわらにきて、無線に耳をすましていた村岡が大塚を見た。

「やばかったですね。そんなヤマオヤジみたいな野郎、俺らだけじゃ対処できなかった」

「しっ」

大塚は村岡を止めた。武内の連絡がつづいていたからだ。

『今はこのあたり、パトカーやら救急車が出動してすごいことになっています。道警も血相をかえて、マル対を追ってますし』

「了解。しばらくようすを見ていてくれ」

まずいことになった、と大塚は思った。ロックマンが警官に怪我を負わせたとなると、道警はむきになって身柄をおさえにかかるだろう。道警にとっては、ロックマンの背後関係などより、仲間を傷つけた犯人をつかまえるという、メンツの方が大切だ。

「聞いたか」

塔下が車の屋根ごしにいい、大塚は頷いた。

「確かにでかい男でしたが、そんなに暴れるとは……」

「道警はかんかんだろう。マル対をおさえても、とうてい渡してくれるような流れにはならない。どうする」

「道警より先にマル対をおさえられればいいんですが」

無線が再び鳴った。武内だった。

『E班です。警官二名、死亡。くり返します、二名死亡です』

大塚は塔下と顔を見合わせた。

『さらに一名が意識不明。四名重傷という経過が入ってきました』

「素手で二人殺しただと……。いったい何なんだ、そいつ」

村岡がつぶやいた。

「確かに特殊部隊あがりかもしれんな」

塔下がいった。大塚は塔下を見返した。

「特殊部隊の訓練をうけていたのなら、プロということです。プロは、どうやれば人を殺せるかを知っている。逆に殺さないですませる方法も。警官を殺してまでその場を逃げだしたいと思いますかね。少なくともブツはもっていなかったのに。いや、かりにもっていたとしたって、しゃぶの所持と警官殺しじゃ罪がちがいすぎますよ」

「やはり何かクスリを食っていたとか。何発か撃たれてると武内もいってたが――」

大塚は逮捕した北領組組員が乗っていた4WDをふりかえった。

「運んできたブツ以外にも何かもってきたのか……」

「とにかくこの連中を移送だ。札幌で取り調べをする。ブツとガラをおさえたことは、部長から道警に伝えてもらう。道警はマル対がらみでこの連中の引き渡しをいってくる。それまでに絞れるだけ絞ってやる」

塔下の言葉に大塚は頷いた。手錠をかけた組員を公用車に乗せ、岸壁を離れた。

小樽市の中心部に近づくにつれ、走り回るパトカーのサイレンが聞こえ始めた。ひっきりなしにすれちがう。主要道路では、検問の準備も始まっていた。

道外ならば、すぐ袋のネズミだ。あれだけ目立つ外見でしかも傷を負っていれば、とうてい逃げおおせるものではない。

だが北海道はちがう。人口密度がまるで異なるのだ。寒さに耐えられる体力と装備さえあれば、市街地からほんの数キロで人家のない山間部に逃げこめる。

もちろんひとりでは大変だが、手助けをする人間がいれば不可能ではない。ロックマンが、日本の犯罪組織とつきあいのあるロシアマフィアなら、何らかの援助を求めることもできる。

ただし、警官殺しとなると話は別だ。よほどのことがない限り、やくざも手をさしのべるのをためらう筈《はず》だ。万一、ロックマンの逃亡を手助けしたと知れれば、道警にとことん痛めつけられるのは目に見えている。

なぜロックマンはそこまで暴れたのか。そんな男を、村岡とわずか二名でとりおさえられると考えた自分の軽率を、大塚は思った。

確かに危なかった。

が、道警が血眼で追っているとはいえ、ロックマンはこちらの獲物なのだ。何とか捕らえる方法はないだろうか。

不可解さと恐怖を感じながら、札幌までの帰途、大塚は考えをめぐらしていた。

8

北海道厚生局麻薬取締部は、札幌駅のすぐ北側にある札幌第一合同庁舎に事務所をおく。だがこの建物に勾留《こうりゅう》施設はない。そこで通常は、札幌駅をはさんだ反対側にある、道警中央警察署などの留置場に被疑者を勾留して取り調べをおこなう。

だが今回の事案ではそれをやると、被疑者を道警にもっていかれる危険があった。といって、手錠をつけたまま合同庁舎に閉じこめたのでは、人権問題にもなる。

そこで大塚は塔下と相談し、４ＷＤにいたうち二名だけを庁舎に連行した。

二名のうち一名は、運転手のチンピラだ。まだ駆けだしなので重要な情報は知らされていなかったろうが、逆にこちらの取り調べに落ちて、知っている限りの情報を吐かせられるかもしれない。

もう一名が主犯格ともいえる、バッグを抱いていた男だった。

二人を別々の車に収容し、庁舎に移送すると、大塚らはただちに取り調べを開始した。

4WDにいたもうひとりの男と「北鬼」の乗員だった二名は、中央署に留置した。

東京にある関東信越厚生局麻薬取締部でもこうした場合の手つづきは同じだ。関東は北海道に比べればはるかに建物は大きいが、それでも勾留施設はない。そこで近くの目黒警察署の留置場を借りている。

二名の北領組組員は、運転手が木口《きぐち》、主犯格が森《もり》といった。森は黙秘を決めこみ、弁護士を呼んでくれといいはっている。一方の木口は、かなり動揺し、怯《おび》えたようすだった。

「えらいことになったな、ええ？」

塔下とともに木口の取り調べにあたった大塚はいった。

「お前んとこの事務所にガサかけた道警の刑事さんが二人死んだそうだ。こうなると北領組はまちがいなく潰《つぶ》される。お前さんは、ただの運転手でひっぱりだされたようだが、道警はそれじゃ納得しないだろうな。ここで早めに吐いちまって送検されておいた方が身のためかもしれんぞ」

「吐いちまうったって、俺、何も知らないすよ」

木口はいった。二十二で、大塚の読み通り、暴走族あがりだった。見習いを卒業し、つい最近、盃《さかずき》をもらったばかりだという。

「森がもっていたブツ、何だかわかっていたのだろう」

塔下がいうと、木口は首をふった。

「知らないす。俺はただ、漁港まで運転していけっていわれただけですから」

「そのあとどこへいけといわれたんだ？」

「聞いてないっす。森さんに従えっていわれただけで」

「そりゃ災難だったな。森はしゃぶとチャカの両方をもっていて、おまけに俺たちにぶっぱなした。重罪だ。その森のいうことを聞いたとなると、お前さんも従犯だ。長いぞ、刑期は」

「冗談じゃないっすよ。俺はただ運転してただけじゃないですか」

「確かに。それでうちの車をぼこぼこにした。立派な公務執行妨害だ。その上でしゃぶとチャカの従犯じゃ、森と同じくらいはくらうってわけだ」

木口は唇をなめた。目が泳いでいる。

「森さんは何ていってるんすか」

「森は関係ねえんだよ！」

塔下が声を荒らげた。

「問題はお前さんの罪だ。お前さんが、ここからここまで、といわれて転がしていたのなら、本当にただの運転手だ。だがいわれた通り何でもやるというのなら、従犯になるっていってるんだよ」

「定山渓《じょうざんけい》っすよ。定山渓に、組長の知り合いの別荘があって、そこへいけっていわれてたんす」

定山渓は、小樽から南に三十キロほどいった温泉地だ。観光の名所でもある。

「別荘の住所」

大塚は紙とペンを渡した。木口は素直に書いた。

「で、ロシアからの客人のことは何て聞いていた？」

「何も聞いてないっす。今朝の船で着くってだけで」

「何をもってくるのかは知っていたろ」

「しゃぶっす」

「他は？」

「他って？」

「他にもクスリをもってきたのじゃないのか。何かとんでもないのを」

「聞いてないっす」

「チャカは」

木口は首をふった。

「本当です。俺なんかまだ修業中みたいなものですから」

「噂もなかったのか。しゃぶ以外に、えらい効くクスリが入るとか」

「知りません、本当です」

取り調べを終えると、E班が庁舎に戻ってきていた。

「小樽から札幌まで、検問だらけでしたよ。道警は必死です」

武内がいった。

「何があったんです」

大塚はあらためて、状況を武内に訊《き》くことにした。その場にいた全員が武内のまわりに集まった。

「道警がガサに入るだろうってのは、無線で伝えた通り、こっちにもわかってました。何たって、道警の四課が職質かけてきましたからね。どけって威《おど》されたんですが、関係ないってつっぱねて、いすわってやりました。たぶん向こうも、マリーナと連動で入ろうとしていたみたいで、しばらく待機していたんです。そのうち、たぶん大塚さんたちが漁港でドンパチ始めるちょっと前だと思うんですが、突入したんですよ。別件か何かの令状がとってあって、それで叩《たた》こうとしたみたいです。

北領の方は抵抗もなくすんなり捜査員を入れてましたから、組長は事務所にいたみたいです。そこへ、マル対の乗ったバンがやってきたんです。先にこちらが気づきましてね。撮影しようとしたらいきなりUターンして、今度はそれで道警が気づいて。パトカーで囲んで、乗ってる人間を全員降ろしたんです。といっても二人だけですが」

「そのときマル対は何をもってました？」

大塚は訊《たず》ねた。

「バッグと何だかでかい包みです。で、所持品検査が始まって、捜査員が包みを開こうとして一回、地面に落としたんですよ。手がすべったみたいで。そうしたら突然暴れ始めたんです」

ロックマンはまず両わきにいた刑事をはねとばした。包みを落とした刑事の顔を殴りつけ、さらに倒れたところを蹴《け》った。別の刑事が組みつくと、それを抱えあげ頭から地面に叩きつけた。死亡したのはこの二人だった。

その時点で威嚇発砲があったが、ロックマンはひるまず、落ちていた包みを拾いあげた。銃を向けた刑事をさらに殴り倒し、走りだした。追った刑事が数発発砲し、そのうち一発は確かに体のどこかに命中したように見えたという。

「バッグの方はどうだったのです？」

「おきざりでした。マル対は、よほどその包みが大事だったみたいで」

「中には何が？」

武内は首をふった。

「わかりません。白い布でくるんであるのはわかったのですが、たぶん額のようなものだと思うんですが」

「額……」

「賞状とか写真とか、そういうものかな」

「そのために人を殺しますかね」

「当人にとってよほど大切な品で、粗末に扱われたことで怒ったのかもしれない」

塔下がいった。

「宗教的に意味のある品とか、か」

「あるいは、自分の立場を危うくするもの。何か大きな犯罪と自分をつなぐ証拠になるようなものか」

村岡がいった。

「だがそんな危険なものを後生大事にもって歩くかな」

「いずれにしてもこれだけの追いこみをかけているんだ。つかまるのは時間の問題だろう」

塔下はいって、大塚を見た。

「まだロックマンを自分でパクりたいと考えているのか」

大塚の浮かない表情に気づいたようだ。

「正直いえばその気持ちはあります。ロックマンが何かクスリをやっていたとすれば、それが切れたときなら、どうにかなるでしょうし」

「しゃぶか」

覚せい剤の乱用が迫害妄想や嫉妬《しっと》妄想をおこすことは知られている。「殺し屋に狙われている」「何者かに監視されている」あるいは「妻が浮気をしている」などと強く思いこみ、自分や他人の体を傷つける。そんなとき乱用者は火事場の馬鹿力のような狂暴性を発揮して、大の男数人がかりでなければとりおさえられない。

「PCPじゃないだろうな」

誰かがいった。大塚たちは顔を見合わせた。

PCPは別名エンジェルダストという、動物用の麻酔薬である。一九七〇年代の終わりにアメリカで流行した。強烈な幻覚作用をもち、恐怖感に襲われて錯乱状態をひきおこすことがある。錯乱状態になると苦痛を感じない。銃弾をうけているのに、とりおさえようとした警官を平然と殺傷する事件が頻発し、アメリカの警官が、争って強力な銃を装備するという現象をひきおこした。

「PCPがロシアででまわっているという情報はあるのか」

全員が首をふった。実際の話、ロシアの麻薬事情がいかなるものであるか、情報はほとんど入ってこない。

「道警に伝えてやった方がいいかもしれませんよ。マル対がもしPCPをやっているとしたら、半端な方法じゃ警官に被害がでるばかりだ」

PCPの中毒者が暴れたら、何十発という銃弾を浴びせ、射殺する他ない、というのが、当時のアメリカの対応だった。

「道警だってアマチュアじゃないんだ。奴が何かクスリをやっているだろうくらいは想定しているさ。それより——」

塔下は大塚を見た。

「タレコミが道警にもあったというのはどういうことだ」

「国井は陽亜連合に利用されたんです。陽亜は北領をツブして小樽を手に入れたい。今回の取引の件をまたとない北領ツブしのチャンスと見た。ただし、陽亜から情報が流れたとなれば、北領は当然報復を考える。渡世の業界にも恰好《かっこう》がつかない。そこで道北にいて、今はフリーの国井をタレコミ屋にしたてた。国井はうちへ情報をもちこみましたが、それだけじゃ足りないと見て、別ルートで道警にも流した。タレコミはすべて国井に押しつける絵図です」

「俺たちはなめられたってことか」

大塚は頷《うなず》いた。

「国井に今回の話をもちこんだのは、シャリーフというパキスタン人の中古車屋で、そいつの店は『ジャイアント』チェーンに買収されることが決まっているそうです。ちなみに国井が今つとめているのも『ジャイアント』チェーンの中古車屋で、先日、そこの社長が陽亜連合の高森とすすきののクラブで飲んでいるのを見ました」

「国井は自分がハメられたことに気づいているのか」

「気づいています」

「すると、うまくやれば、情報がひけるな」

大塚は塔下を見つめた。

「今日はともかく、少し落ちつけば、北領はタレコミの犯人捜しを躍起になって始めます。ほうっておけば当然、国井は殺されます」

「西田をパクれなかったのがでかいな。ブツは押収できても、西田がシャバにいれば、報復の指揮をとれる」

「国井のところにいってきます。保護してやると約束しましたから」

大塚は村岡に目配せしていった。

「拳銃《けんじゅう》と防弾チョッキを忘れるな。あと二人くらい連れていくか」

大塚は首をふった。

「あまりおおぜいでいくと、かえって目立ちます」

「わかった。用心してくれ。ブツを我々に押収されて、北領は頭にきているだろう。俺たちは、木口と森をもう少し責めて、西田や組長にまで網を広げられないかやってみる」

塔下が厳しい表情で答えた。

9

「ロックマンの荷物が気になりませんか」

公用車に乗りこみ、合同庁舎をあとにすると、村岡がいった。

「例の額みたいなのか」

「ええ。あの包みの中に、PCPが隠してあったとすれば、奴の暴れかたも納得がいきますよ」

「だがPCPが流行したのは二十年以上も前だ。もしロックマンが包みの中にドラッグを隠していたとしたら、PCP並みの効き目がある新しいクスリと考える方が自然だ」

大塚自身、PCPを目にしたことはない。噂を聞いただけだ。アメリカで大流行したPCPだが、やがてコカインにおされ、姿を消していったという。そうなった理由に、錯乱状態《バッドトリップ》による凄惨《せいさん》な事件の頻発もあった。

　基本的にドラッグをやる人間は、人を傷つけようとしているのではない。一瞬の幸福感や、高揚感、あるいは自分が万能になったかのような錯覚を味わいたいだけなのだ。しかし、それだけですまないのが、脳に直接作用するドラッグの恐ろしさだ。知らぬ間に、脳を、つまりは心を破壊され、想像もしなかったような事件をひきおこす羽目になる。

　ロックマンも果たしてそうだったのだろうか。一部始終を見ていた武内は、ヒグマなみの暴れ方だったといった。確かに素手で警官二名を殴り殺すというのは尋常ではない。格闘技の訓練をうけた上で、さらに心のタガを外すような薬物を摂取していた可能性が高い。もともと覚せい剤も、戦争中、兵士の戦意高揚のために使われた歴史がある。当時は商品名を「ヒロポン」といって、覚せい剤中毒者を「ポン中」と呼ぶ俗語もそこからきている。

やくざ者が殴りこみをかける際に恐怖感をおさえようとしゃぶを喰《く》うケースは少なくない。

ましてやより過激なロシアマフィアには、もっと強い興奮作用をもたらすドラッグが存在するのではないか。

「ただ、なぜあんなときに奴はクスリをやっていたんだ？　大事な取引の最中だ。ブツは渡したとはいえ、まだ話し合いとかあった筈《はず》だ。クスリを飲んで狂暴になっていたら、話し合いなどできるわけがない」

「道警が待ちかまえているのを見て、飲んだとしたら？　大暴れして逃げるのが目的で」

村岡の言葉に大塚は首をかしげた。

「ロックマンがもともと警官をひどく憎んでいるのじゃない限り、あんな暴れ方をしても百害あって一利なしだというのはわかっていた筈だ。先のことまで頭の回らないチンピラというわけでもないんだ。一歩まちがえれば、逃げだすどころかハチの巣にされていた」

「やっぱりあの包みですよ。武内さんもいっていたじゃないですか。あの包みに、何かとんでもなくヤバいものが隠してあったのじゃないですかね」

結局そこに戻ってくる。公用車は、国井のアパートがある千歳に向かっていた。国井なら何かを知っているだろうか。

ありえない気がした。国井は捨て駒だ。わざわざそんな人間に重要な情報など教えない。知っている可能性があるとすれば、国井に情報をもたらしたシャリーフだが、騒ぎをニュースで聞けばすぐさま、パキスタンいきの飛行機にとびのるだろう。そうしてほとぼりが冷めるまでは帰ってこない。

国井のアパートは、道央道千歳インターから東にいき、室蘭《むろらん》街道にぶつかって少し北にいった一角にあった。三階建ての低層集合住宅だ。

まずアパートの周囲をぐるりと回った。北領の追いこみがかかっているようすはない。それは道警から情報がまだ洩《も》れていないからだ。警官に死傷者がでて、道警は頭にきている。情報を出すよりも、入れる方に必死なのだろう。

夕刻も近づきつつあるが、あたりに人けはない。

大塚は携帯電話をだした。国井を呼びだす。

待ちかねていたのだろう。最初のコールが終わらないうちに応答した。

「もしもし！」

「今、アパートの下にいる。二、三日帰らんつもりで支度をしてでてこい」

「大丈夫すか、ヒットマンとか、いないでしょうね」

「北領はまだそれどころじゃない」

「大塚さん、迎えにきて下さいよ。俺、おっかなくて……」

国井は泣き声をだした。

大塚は息を吐いた。

「わかった。今いくから電話を切るな」

公用車を降りた。赤ん坊のむずかる声がどこからか聞こえる以外、あたりは静かだ。

それでも万一の用心に右手を上着の内側においた。電話は左手だ。

アパートの玄関をくぐると、赤ん坊の声が大きくなった。

大塚は階段を上った。国井が、二階のつきあたりの部屋だと説明したからだ。

扉の前にくると電話を切り、ノックした。錠とチェーンロックを解く音がして、国井が顔をのぞかせた。目の下に隈《くま》ができていて、髪がぼさぼさだ。

「入って下さい。今、支度します」

散らかり、すえた臭いのするアパートに大塚は足を踏み入れた。

国井はくたびれたジャージの上下を着ていた。スポーツバッグをリビングの中央におき、かたはしから荷物を詰めこんでいる。

「誰かから連絡はあったか」

国井は手を止め、大塚をふり仰いだ。

「俺が急病で休むって会社に電話した以外は、別れた女房からかかってきただけです」

「奥さんから？　よくかかってくるのか」

「いえ。月に一回か二回っすよ」

「話したのか」

国井は小さく頷《うなず》いた。大塚は首をふった。

「誰からの電話もでるなといったろう」

「でも別れた女房っすから……」

国井は顔をゆがめた。今でも未練があるのだ。確かに歳が若く、美人だ。すすきので働いていると聞いた。

「で？」

大塚はいった。

「で、とは？」

「奥さんは何だって？」

「いや……、別に、ただどうしてるかって。俺が仕事休んでるっていったら、また怠け癖かって怒られました」

その一瞬だけ、嬉《うれ》しそうな顔になった。

「何と説明した？」

「ちょっとヤバいことになったって」

大塚は息を吐いた。心配してもらいたかったのだろう。おそらく、あることないことおおげさに話したにちがいない。

「そうしたら何といった？」

「大塚さんに相談しろって。だから、もう相談したっていいました。あ、そうそう、あいつがよろしくいっておいてくれって」

大塚は頷いた。支度の終わった国井は、ジャージの上にナイロンのコートを着こんだ。

「どこか、あんたをかくまってくれるところに心あたりはないか。ただし道北一家のつきあいがからんでいる人間は全部駄目だ」

国井はうなだれた。

「俺もそれ、考えてたんすけど、ひとりもいません。女房にも冗談じゃないっていわれちまいました……」

「あんた実家は、帯広《おびひろ》の方だったな」

「近い親戚《しんせき》は全部死んじまいました。親もいません」

「しかたがない。とりあえず今日のところはビジネスホテルにでも泊まるか」

「札幌っすか」

大塚は頷いた。

「千歳や小樽じゃ、街が小さい。本気で捜されたら、すぐに見つかるぞ。札幌の方がまだ安全だ」

「でも俺、ところばらいくらってるんすよ」

渡世上の不義理という奴だ。道北一家は、建前上、クスリを禁じていた。大麻でつかまった国井は破門され、以後、道北一家の縄張りである札幌に入れなくなった。

ろうが」
「すきのを飲み歩くわけじゃない。第一、今おっかないのは、道北じゃなくて北領だ

国井は上目づかいになって頷いた。腹立たしくもあり、憐《あわ》れでもある。大塚は息を吐いた。麻薬取締官をやっていて、知りあう多くの人間が、この国井のような者たちだ。根っからの悪人ではない。確かに利口ではないかもしれないが、人を傷つけ、押しのけたりしてまで、自分の利益につなげようという生き方をしているわけでもない。要領が悪く、どちらかといえばお人よしの部類に入る。

ひとつだけいえるのは、誘惑に弱い、という共通点だ。それも目先の誘惑にひどく弱い。

世間では、覚せい剤を乱用し、暴れて無差別に人を傷つけた犯人を鬼畜のようにいうが、本人も実はそうしたくてしているわけではないということが、経験から大塚にもわかってきていた。

彼らは、〝内なる怪物〟と戦っているのだ。その怪物は妄想が作りだしたものであり、妄想を生むのは覚せい剤だ。覚せい剤は、ヘロインのような禁断症状を肉体にはもたらさない。が、精神をむしばみ、人格を破壊する。

責められるべきは、金儲《もう》けのために覚せい剤を作りだし、それを売る組織だ。そしてその組織のもくろみにのってしまう乱用者の心の弱さだ。

本当に悪魔のような心をもつ人間など、この世に何人とはいない。少なくとも、大塚

はひとりしか知らない。

そのひとりに対する憎しみと、己への後悔から抜けだすために、大塚は東京を離れたのだった。

支度の整った国井を連れ、大塚はアパートをでた。村岡の待つ公用車に乗りこむ。公用車が走りだすと、国井はほっとしたように目を閉じた。

「シャリーフの話を聞こう」

大塚はいった。

「シャリーフの店が『ジャイアント』チェーンに買収されるってのは、いつ決まった？」

「先月です。奴《やっこ》さんは、そこそこ金がたまったみたいで、国に帰りたいって、だいぶ前からいってたんです。俺にやらないかっていわれたこともあったんですが、そんな元手はとてもじゃないけど用意できないんで……」

目を開けた国井はいった。

「シャリーフの客はロシア人だろう」

「大半がそうです。小樽にあがってくる連中で。昔は安いボロ車が多かったんすけど、最近はRVなんかも扱ってます」

「シャリーフはいつ、どんな形で、今回の取引の話をお前さんに知らせたんだ」

「シャリーフが『ジャイアント』に店を売ることが決まったんで、奴の店も俺の外回り先になったんです。他店にない在庫がシャリーフのとこにあるとき、俺がとりにいくんですよ。それで先週、たまたまそんなことがあって、朝里の奴の店までいったんすよ。そうしたら、奴の方から話をしてきたんです」

「どんな風に？」

「シャリーフは俺がパクられたのを知ってるんです。それでまず、刑事に知り合いがいるのかって訊《き》かれました……」

国井は、いることはいるが、自分をつかまえたのは刑事ではなく、麻薬取締官なのだと説明した。初めシャリーフは、麻薬取締官の意味がわからなかった。そこで麻薬取締官は、麻薬犯罪専門の捜査官で、大麻や覚せい剤、ヘロインなどを取り締まっているのだというと身をのりだしてきたのだ。

「知り合いのロシア人から聞いた話で、近く大量の覚せい剤がサハリンから入るっていいました。俺がそんな話はいくらでもあるというと、具体的にもってくる奴がロックマンと呼ばれてるとか、メタンが二キロとかいうんで本物だと思ったんです」

「それで？」

「シャリーフは、ロシアマフィアにもいい奴と悪い奴がいる、といいました。それでこのロックマンってのはすごく悪い奴で、向こうで何人も殺しているような大悪人だ、こんな奴がしょっちゅう日本にくるようになったら、困ったことになる」

「それをそのまま鵜《う》呑《の》みにしたのか」

「まさか。もちろんウラがあると思いましたよ。そのロックマンの取引先が北領だって聞いて、やっぱりな、と。北領は陽亜に押されて苦しい。そこで起死回生の一発に賭《か》けることにしたのだろう――」

「シャリーフに情報を流したのは誰だ？　陽亜か」

「わかんないすけど、たぶんちがうと思います。ロシア人じゃないかと――」

「そのロシア人の名前をつきとめろ」

「えっ」

国井はぎょっとしたような顔になった。

「シャリーフは、お前と道警をふたまたかけた。シャリーフがお前にしか話していないというなら、そのロシア人がふたまたをかけたんだ。ふたまたをかけたせいで麻薬取締官が怒ってお前を守らない。このままじゃ北領に殺されるとシャリーフに泣きつくんだ」

「そんなの無理ですよ。奴が喋《しゃべ》るわけがない」

国井は首をふった。大塚はいった。

「村岡、朝里だ。この足でシャリーフの店にいくぞ」

「勘弁して下さいよ。そんなとこうろうろしていたら、それこそ北領に見つかっちまいます。あっちは北領のシマなんすから」

「だったら電話でも何でもいいからつきとめろ。いいか、お前はハメられたんだ。今回の取引を最初からツブそうとしている奴らがいて、そいつらはタレコミをすべてお前がやったことにするつもりで絵図をかいた。たぶん道警にも一枚かんでる奴がいる。そいつが、お前の名前を北領の生き残りにささやく予定だったのさ。お前が消されれば、さらに北領の奴が何人かつかまり、メタンの一件とのダブルパンチで北領は終わりになる。ところが計算ちがいが起きた」

「何です、計算ちがいって」

「ロックマンだ。奴はまだ逃げてる。しかも逃げるときに大暴れして、警官を二人殺した。おかげで道警は血眼だ。北領のこともそっちのけで、警官殺しの犯人を追っかけている――」

国井の顔が青ざめた。

「マジですか、それ」

「ああ。素手でロックマンは警官を殺したんだ。しゃぶの運び屋でつかまりたくなくて警官殺しをやるような馬鹿が、どこの世界にいるかと思ったがな」

公用車の無線が鳴った。塔下だった。

『今、道警の一課長から、正式な捜査協力の依頼が部長あてにあった。道警は、北領の組長をおさえた。しゃぶの共犯容疑が表向きだが、要は何としてもマル対を捜しだしたいんだ』

「マル対はまだ見つかってないのですか」

大塚はマイクをつかみいった。

『まだだ。道警はメタンに関しちゃこちらに渡す。だからマル対確保に役立つ情報を何でもくれといってきた。木口が喋った別荘の件、道警に流していいか。西田が行方不明らしいんだ』

「流すのはかまいませんが、西田が不明というのは？」

『西田はマリーナに別の船を用意させていた。小型のモーターボートらしい。マル対が事務所前で暴れた直後、道警の監視をくぐってモーターボートで逃走した。マル対と西田がどこかで合流する可能性があると道警は見ていて、俺もその意見に賛成だ』

「了解です。提供者の身柄は先ほど確保しました」

『了解。また何かあったら連絡する』

マイクを戻した大塚は国井をふりかえった。

「これで俺のいっていたことが本当だとわかったろう。北領ツブしを狙って絵図をかいた連中にとっちゃ、大番狂わせだ。いや、それとも大喜びか？　警官殺しまでのったのじゃ、万にひとつも北領が生き残る目はないってんで」

国井は呆然《ぼうぜん》とした顔になっている。

「だがもちろん北領も、タレコミなしで今日の騒ぎが起こったとは思っちゃいない。逃げた西田のハラワタは煮えくりかえっているだろうな。たぶんつかまらなかった組員全員が密告者捜しに駆りだされているぞ」

「──俺はもう、死人といっしょってことじゃないすか」

「西田がパクられれば大丈夫さ。組長はすでにもっていかれているんだ。若頭の西田がいなくなりゃ、組は崩壊する。他に貫目のあるような奴はいないのだろう？」

大塚の言葉に国井は頷《うなず》いた。

「西田は頭が回るのか」

「けっこうキレ者って話です」

「すると、タレコミを裏で糸を引いたのが陽亜だって、見当はつけているな」

「そいつは俺にはわかりません」

国井は血の気の失《う》せた顔で答えた。

「ロックマンの情報のでどころがロシア人で、しかも北領と取引をしていない組織の人間だということになれば、じゃあいったい日本のどの組とつきあいのあるロシア人だろうと考えるのがふつうだ。二引く一は一だ。残るのは陽亜連合だ」

「でも今さら陽亜に戦争をしかけるような体力は北領にはありませんよ。まして組長をもっていかれたんじゃ……」

「そうだな。せいぜいハネあがったチンピラがチャカ撃ちこむくらいか」

公用車が札幌に入ると、村岡はあらかじめ決めてあったビジネスホテルに走らせた。地下駐車場からエレベータを使った出入りができるため、不用意に顔をさらす心配のないホテルだ。場所もすすきのからは離れている。

ホテル代を三泊ぶん、大塚は前払いしてやった。

「いいか、シャリーフに情報を流した人間を何としてもつきとめろ。ただしホテルの外にでるんじゃないぞ。電話で全部すませるんだ。居場所は誰にも教えるな。西田がパクられるまでは、おとなしくしているんだ」

国井は黙って頷いた。

「こちらも携帯はいつでもつながるようにしておく。何かあったらすぐに連絡してこい」

そして二万円を渡した。

「飯代だ。全部出前ですませるんだ。酒は二階に自販機があって、ビールやワンカップなら買える」

「何から何まですみません」

「あともうひとつある。ロックマンのことを何でもいいから調べろ。特に奴がメタンといっしょに何か日本にもってきてないか、だ」

「何かって、何ですか」

「新しいタイプのクスリかもしれん」

国井は首を傾げた。

「そんな話は――」

「お前は知らなくともシャリーフは知っているかもしれないだろう」

大塚はぴしゃりといった。

国井を部屋に残し、合同庁舎に戻った。でてきたときとはちがい、麻薬取締部内にはのんびりとした空気が漂っている。道警が合同捜査を依頼してきたことで、先陣争いのぴりぴりしたムードがなくなったのだ。麻薬取締部としては、二キロのメタンフェタミンを押収したことで、すでに星は稼いでいる。

「道警はそこら中に検問を張り、海保にも協力を依頼したそうだ」

待っていた塔下がいった。

部内にあるテレビが点《つ》いており、道警本部前からの中継ニュースを流していた。

「しかしあんな目立つ野郎を、何でパクれないんですかね」

村岡がいった。

「奴が以前から日本にきていて、地理とかにも詳しいというなら別でしょうけど」

「少なくとも北領にとっては初めての取引相手だった筈《はず》だ。そうなるとつきあいのある人間が日本にいるとしても、マルBじゃないな」

大塚は答えた。

「車屋ですか。ロシアマフィアは車屋とはつきあいが深いでしょう」

「考えられるとすればそのあたりだ。パキスタン人の車屋か、ロシア人に金をだしてもらっている日本人の車屋、あるいは水産物関係の業者……」

大塚はつぶやいた。

「道警の情報では、ロックマンことイワンコフの入国記録は、これまでに二度あったそうだ。いずれも短期間の滞在で、観光目的の入国になっている」

塔下がいった。

「すると、北領以外にもつきあいのある人間が日本国内にいたんですね」

「そういうことになるな。ロックマンの情報を、ロシア内務省に請求したが、いつ返事があるかはわからん」

「もしかしてとんでもないお尋ね者で、この取引を機会に日本に高飛びしようとしていたとか……」

コーヒーを注いだカップを大塚に手渡しながら村岡はいった。大塚は礼をいい、コーヒーをすすった。

「シャリーフの件、国井ひとりにやらせておいて大丈夫ですかね」

村岡が低い声でささやいた。

「それは俺も考えていた」

「何だったら今からひとっ走り、朝里までいってみますか。道警もまだシャリーフに関しちゃノーマークでしょうし」

大塚は塔下を見た。

「あのあと取り調べで何かでましたか」

「森はまだ口を割らないし、木口からはこれ以上役に立つ話はでそうもないな。中央署に預けてた三人は、道警がもっていった。でた話はこちらにも流してくれることになっている」

「誰が道警にタレコんだかは？」

　塔下は首をふった。

「そいつは話しちゃくれん。こっちだって同じだ。お互いふたまたかけられたことはわかっていて、頭にきちゃいるが、ネタ元は明かせないだろう。国井は何といってる？」

「シャリーフがふたまたをかけられたのだろう、と。シャリーフにネタを流したのはロシア人じゃないかと」

「じゃロシア人が北領ツブしの絵図をかいたというのか」

　塔下は眉根《まゆね》にしわをよせた。

「そのロシア人が陽亜と深いつきあいのある奴なら考えられますよ」

　大塚はいった。頭の中に、すすきのクラブ「コルバドール」で見た、ボリスという男の姿があった。ボリスが高森らに接待されていた晩、国井はタレコミの電話をかけてきた。

　ただの偶然の一致だろうか。

「もしシャリーフが直接、道警に話をもちこんだのなら、シャリーフの店には道警がいる筈です。そいつを確認しにいってみませんか」

　村岡がいった。それも手だ、と大塚は思った。シャリーフが直接タレコんだ可能性は高くないが、そうならば必ず道警は警護をつけている。

「おいおい、朝から走り回っているのに大丈夫か」

塔下があきれたようにいって、村岡と大塚を見比べた。

「朝里ならそんなに遠くありませんし、何もなけりゃ直帰します。いいですか」

塔下はしかたないというように頷いた。

「道警が張っていたら、あまり刺激しないで帰ってこいよ。マリーナでお前さんが追っぱらった四課の刑事は、かなり頭にきてたみたいだからな」

朝里のインターチェンジは、札樽《さっそん》自動車道を西に向かい、小樽インターチェンジのひとつ手前、小樽市街地の東端にあった。札幌の中心部からほぼ六十キロの距離だ。

合同庁舎をでた大塚と村岡が乗った車が朝里のインターを降りたのは、午後七時を回った時刻だった。

大塚は国井の携帯を呼びだした。

「大塚だ、何かかわったことはないか」

「ありません。シャリーフに連絡をとろうとしているんですが、携帯は留守番サービスにつながっちまうんですよ」

「そのシャリーフの店だが、どこにある？」

「朝里のインター降りて、五号にぶつかるちょっと手前です」

「店は何時まで開いている？」

「だいたい、六時くらいまでです。客がいればもうちょっと開けていることもありますが」

「シャリーフの住居はどこだ」

「朝里駅のそばのマンションです。駅の正面に建っている、できたばかりの建物ですからすぐにわかります」

「ひとり暮らしか」

「こっちではひとりです。国に女房と子供がいるといってましたが」

「部屋番号を」

「四〇三です」

朝里インターをでると、やや内陸部を走る札樽道からまっすぐ海岸線に向かってのびる道があった。その道が国道五号にぶつかる直前にシャリーフの中古車屋があった。日本語とキリル文字のふたつの看板が掲げられている。小さなプレハブの事務所は明かりが消えていて、人の気配はない。

あたりに張りこみと思《おぼ》しい車も止まっていなかった。

「家の方までいってみますか」

村岡の言葉に大塚は頷《うなず》いた。国道五号につきあたり、海沿いに右にいくと、函館《はこだて》本線の朝里駅がある。夏場は海水浴場になるらしいが、もちろん三月に入ったばかりの今は人けがない。

国井の言葉通り、シャリーフの住むマンションはすぐわかった。七階建てで、一階にかなり広い駐車場を備えている。さすがに駅前なので人通りもあって、それなりのにぎやかさだ。

駅近くに車を止め、大塚と村岡はマンションの近辺を探った。道警の張りこみがおこなわれているようすはない。

「ノーマークのようですね」

「道警に情報を流したのはシャリーフじゃないようだな」

大塚はいって、マンションを見上げた。四階の窓は、すべての部屋に明かりが点《とも》っている。

「いってみますか」

村岡の言葉に大塚は頷いた。マンションのロビーにあるオートロックに向かい、「四〇三」を押した。チャイムが鳴るのを聞くと、大塚はテレビカメラに身分証を提示した。返事はすぐになかったが、シャリーフが在室しているなら、必ずモニターの映像を見ている筈だ。

やがて、

「誰ですか」

訛《なま》りのある返事がインターホンから聞こえた。

「麻薬取締官の大塚といいます。国井さんの友人です。シャリーフさんにお話をうかがいたくてきました」

インターホンはつかのま沈黙した。

「わたし、何も知りません」

やがていった。

「国井さんはあなたのことを心配しているんですよ。よかったらちょっと話をさせてもらえませんか。花園で起きた騒ぎのことご存じでしょう」

「わたし、何も関係ないよ」

「もちろんそうでしょう。我々も警察とは別で動いているんです。説明、聞いたでしょう。我々について」

「わたし疲れてます」

「五分で帰ります」

インターホンは再び沈黙した。不意にオートロックが開いた。

「本当に、五分だけ」

声はいった。

10

シャリーフは小柄なパキスタン人だった。厚手のシャツの上にニットのベストを着けている。玄関口で話して声が外に洩《も》れるのを嫌ったのか、二人を室内に招きいれた。本当に眠るだけといった簡素な部屋だった。だが自炊をしているのか、独特の香辛料の匂いが漂っている。

床においたクッションの上にシャリーフはあぐらをかいた。

「わたし、日本にきて六年になります。もうすぐパキスタンに帰る。誰にも迷惑かけていません」

四十代の初めぐらいだろうか。不安を感じているのか、瞬《まばた》きが多い。

「わかっています。むしろ我々はあなたに感謝しているくらいです。貴重な情報を人伝《ひとづて》とはいえ、提供していただいたのですから」

シャリーフは無言だった。

「ただ残念だったのは、ロックマンことイワンコフがあれほど危険な人物だと、警察には伝わっていなかったことです。おかげで警官が二人死にました」

「わたし、国井さんにいいました。ロックマンとても悪い奴。ロシアでもたくさん人、殺してる」

「シャリーフさんはロックマンに会ったことがあるのですか」

シャリーフの瞬きが激しくなった。

「会ってるからこそ、危険だと知っていたのでしょう？」

村岡がたたみかけた。

「噂です」

「噂？」

「わたし、ロシアのお客さん、たくさんいます。その人たちから聞いた」

「よくそういう話をお客さんとするのですか？」

「いろいろ。わたしロシア語、少し喋《しゃべ》れます。だからいろんな話、する」

「ロックマンの話をシャリーフさんにしたのは誰です？」

「それ、よく覚えてません。多いとき、五人以上のロシアのお客さんきます」

「車を買いにくるお客さんですね」

　シャリーフは頷《うなず》いた。

「そのうちの誰かからロックマンの噂を聞いたということですか」

「そう。とても恐い人、そんな人、日本にきたら困る。悪いことしているし。わたしがしたこと、まちがっていません。悪い人のこと、警察に知らせた。ちがいますか」

「ちがいませんよ。だから感謝していると申しあげたじゃないですか」

「じゃ、何がいけないですか」

「いけないのではないのです。実は、心配しているんです。あなたや国井さんのことを」

「心配？　なぜ？」

「シャリーフさんの話を国井さんが我々に知らせた。その結果、今日、我々は二キロのメタンフェタミンを押収することができました。同じ犯人を警察も追っかけていました。警察に教えたのは、我々ではありません。つまり、誰かが同じ話を警察にしたのです。国井さんから聞いていると思いますが、警察と我々は別の組織です」

「別の組織……」

「そう。我々はピストルももっていますし、悪い奴をつかまえるという点では、警察といっしょです。しかし、ふだんはいっしょに仕事をしません。シャリーフさんは警察に知らせましたか」

シャリーフは首をふった。

「わたし、警察の人、知らない。だから国井さんに話した」

「なるほど。じゃあシャリーフさんに話をしたロシア人が、警察に話したのでしょうかね」

シャリーフの目が広がった。

「ロックマンは日本のやくざと取引しようとしていました。そのやくざのボスはつかまりましたが、ナンバー2がまだ逃げています。やくざは、誰が警察に教えたのか、知りたがっています。つまり教えた人は危険なんです。あなたにロックマンの話をした人は大丈夫でしょうか」

シャリーフは黙りこんだ。

「それからもうひとつ、心配なことがあります」

「もうひとつ？」

シャリーフは目をみはった。

「あなたにロックマンの話をしたロシア人は、自分でも警察に取引のことを教えています。それならばなぜ、あなたに話したのでしょう。その人がとても口が軽い人だというのならわかりますが、そうでないのなら、わざとあなたに話をした可能性もある」

シャリーフは顔をしかめた。

「わたしわからないです。なぜそんなことするか」

「スケープゴートです。ロシア人は、やくざが情報を流した人間を捜すことをあらかじめ見こして、あなたに話をした。あなたと国井さんにすべての責任を押しつけるために」

シャリーフが言葉の意味を理解するのに、一分近くを要した。突然、シャリーフの顔がこわばった。

「そんな、嘘です」

「あなたに話したロシア人は、警察に知らせるよう勧めませんでしたか。それもできれば直接ではなく、国井さんのような第三者を介して話をもってけ、と」

シャリーフの口がわずかに開いた。熱をおびているように目がうるんでいる。

村岡がいった。

「もしそうなら、あなたはハメられたってことだ。ロックマンや北領組は、あなたや国井さんに仕返しをしたがるだろう」

シャリーフはおおあわてで手をふった。

「わたしちがうよ、関係ないよ。第一、わたしもうすぐパキスタンに帰る。来週。ほら、チケットも買ってあります」

ヒップポケットに入れた分厚い財布をとりだし、広げた。中に航空券があった。

大塚は頷いた。そして厳しい声でいった。

「あなたはそれで助かるかもしれない。そのロシア人はあなたがパキスタンに帰るのを知っていて、パイプ役にした。問題は国井さんだ。彼は日本人だ。帰るところはどこにもない」

シャリーフは大塚を見つめた。瞬きだけをくり返す。

「わたし……わたし……」

「あなたのしたことをまちがっている、といっているのではありません。警察に協力するのは大切なことだし、勇気のいる立派な行為だ。ただあなたたちを利用した人間がいるのも事実なのです。そのロシア人の話を我々にしてもらえませんか。もちろんあなたから聞いたことは、誰にも話しません」

シャリーフは激しく首をふった。

「わたし、子供が三人います。一番下の子はまだ八歳。死にたくありません」

「だからこそ話してくれた方がよいのです。ロックマンはまだ逃げています。あれだけの事件を起こして逃げ回っているのはふつうではない。ロックマンをつかまえるためにも、我々は、あなたに話をしたロシア人から情報を得たいのです」

シャリーフは床に目を落とした。

「その人は、わたしの店の新しいオーナーの大切なお客さんです」

「新しいオーナーというのは？」

『ジャイアント』です。『ジャイアント』は、ロシアの会社と大きな取引をしています。その会社は、サハリンに本社があって、車や石油を扱っています」

「何という会社ですか」

「SAC。サハリン・オート・カンパニー」

「SAC。そのSACの何という人です」

シャリーフは唇をなめた。目に激しい怯《おび》えの色があった。

「それは……駄目です」

「その人はよく日本にくるのですね」

シャリーフは小さく頷いた。

「外見はどんな感じの人です。髪の色は？」

「金髪で、痩《や》せています」

大塚はわずかに息を吸いこんだ。

「ボリスという人ですか」

シャリーフははっと息を呑《の》んだ。大塚を見る。

「知ってますか」

「ボリスという人が『ジャイアント』チェーンの社長とお酒を飲んでいるのを見たことがあります」

シャリーフは強い口調でいった。

「わたし、何もいってないよ。ボリスさん、関係ない。わたし、もっと関係ない」

「ボリスという人は恐ろしい人なのですね」

肩で息をしているシャリーフを、大塚は見つめた。

「彼がロシアマフィアの幹部だという噂を聞いたことがあります。もしそうなら、ロックマンと北領組の取引の話を知っていてもおかしくはない」

大塚はいった。シャリーフは答えなかった。

「教えて下さい。ボリスはロックマンについて何といったのですか」

シャリーフが不意に口走った。ロシア語のようだ。

「何ですって？」

「目ざわりな犬、です。ロックマンは殺し屋。昔、ボリスの部下を殺したことがあります」

そのとき大塚の携帯電話が鳴った。塔下からだった。

「失礼」

大塚はいって耳にあてた。

「大塚です」

「道警からの情報だ。南小樽で中古車屋をやっているパキスタン人が殺された。そっちの件と何か関係はないか」

「何というパキスタン人です？」

「待ってくれ、えーと、アーザムだ。アリー・アーザム」

大塚はシャリーフを見た。

「アーザムという同業者を知っていますか」

シャリーフは頷《うなず》いた。

「で、手口は？」

「首をへし折られていたそうだ。道警はロックマンの仕業と見ている」

「了解。また連絡します」

電話を切り、シャリーフを見つめた。

「アーザムが殺されたそうです」

シャリーフの顔がひきつった。目を閉じる。イスラムの祈りらしい言葉をつぶやいた。

「なぜ殺されたかわかりますか」

「アーザムは、悪い取引してました。ウラジオストクのロシア人と、車とひきかえに悪いクスリ、仕入れてた。たぶん、ロックマンと北領組のあいだに入ってたのがアーザムです。ロックマンはアーザムが裏切ったと思ったのです」

「裏切ったのですか」

泣きそうな顔でシャリーフは首をふった。

「アーザム、困ってました。本当はちがう人、ロシアからくる筈《はず》だった。だけどこないでかわりにロックマンがきた。おかしい。ロシアに問いあわせても返事がこない。わたし相談されました。誰かロシア人に訊《き》いてほしいと」

「それで？」

「ボリスさんに訊きました。ボリスさん、調べるといってくれました。それで取引のこと、わかりました。アーザムのところにくる筈だった人、ユジノサハリンスクで殺されていました。殺したの、ロックマンらしい。ボリスさん、ロックマンがくるので、警察に知らせなさい、といいました」

「話を整理しましょう。当初、メタンフェタミンを運んでくるのは、ロックマンではなく、受けとるのも北領組ではなかったということですか」

シャリーフは頷いた。

「はい。名前は知りませんが、別のロシア人。その人をアーザムが迎えにいく約束でした。けれど、ウラジオストクのボスから連絡があって、その人いけなくなった、取引のこと忘れろといわれて、アーザム困りました。メタンフェタミンを渡す相手、日本にいたからです」

「誰です？」

「知らない」

「でも北領組ではなかった？」

「はい」

大塚は村岡を見た。村岡は頷いた。

陽亜連合にちがいない。二キロのメタンフェタミンは、当初、ウラジオストクのロシアマフィアから陽亜連合にもちこまれる筈のブツだったのだ。それがロシアサイドでトラブルが発生し、運び屋を殺したロックマンが北領組にもちこむことになった。そこで陽亜連合は、北領組を潰《つぶ》す材料にきりかえたのだ。

これなら、陽亜連合が、メタンフェタミンの取引について前もって知っていたことの説明がつく。

油揚げをさらわれ、トンビに逆襲を企てたのが、今回の密告の真相だ。その取引にボリスがどのような形で関係していたかは不明だが、二キロのメタンフェタミンを失った陽亜連合に代替えのブツを提供できる力があるのは確かだろう。

「取引がなくなり、困ったアーザムがあなたに相談した。あなたはボリスに事情を調べてくれるよう頼み、その結果、メタンフェタミンがロックマンの手によって北領組にもたらされることが判明した。本来、メタンフェタミンを受けとる筈だったところもそれを知って激怒し、あなたや国井さんを使って密告させるようにもっていった」

シャリーフの目は虚《うつ》ろだった。

「ロックマンは、まずアーザムを疑った。それでアーザムは殺されたんだ」

シャリーフはがたがたと震えだした。

「アーザム、わたしのこと、きっと話した。ロックマン、わたしのこと捜しています。わたし殺されます」

「大丈夫です。我々がついています。とりあえず、ここをでましょう。支度をして下さい」

大塚はいった。

シャリーフが支度をする間、大塚と村岡は部屋の隅で向かいあった。

「しかし不思議ですね。ロックマンの奴、これだけ警戒厳重の中を、どうやって移動しやがったんでしょう。まるで神出鬼没じゃないですか」

村岡が低い声でいった。

「逃げている西田が手引きしているのだろうな」

「だとしたらやけっぱちってことですか。ブツも押さえられ、組長《オヤジ》ももっていかれたんで、頭にきてるとか」

「かもしれない。追いつめられて報復につっ走っている可能性はある」

「やばいっすね」

大塚は小さく頷いた。無意識に右手が動き、腰のホルスターに留めたベレッタに触れた。

シャリーフの支度が終わった。このままパキスタンに逃げ帰るつもりなのか、キャスターつきのトランクを抱えている。

「車、ですか」

シャリーフの問いに大塚は頷き、窓べに立った。地上を見おろす。とたんに背筋が凍りついた。

長いコートを着た大男がたたずみ、じっとこちらを見上げていたからだ。

「嘘だろ」

思わずつぶやいた。

「どうしました」

訊《たず》ねた村岡をふり返り、

「奴だ」

大塚はいった。

「えっ」

かたわらに立った村岡と再び地上を見た。大男の姿は消えていた。

「何だったんです」

「いや、今、そこにロックマンが立っているのが見えた」

「本当ですか」

村岡の顔色がかわった。大塚は窓を開け、身をのりだした。駅前の雑踏の中に、たった今見た、長身の姿を捜した。見あたらなかった。

駅前には何台もの車が止まっている。その中に隠れたのだろうか。

「本当にいたんですか」

「いた、と思う。一瞬だが、こちらを見上げていた」

村岡の手が携帯電話にのびた。

「札幌に連絡しますか」

「待てよ。見まちがいだったかもしれない。下に降りて、確認してくる。もしも何もなければ、車をここまでもってきて電話する。彼といっしょにいてくれ」

大塚はシャリーフを目で示し、いった。ひどく不気味な気分だった。村岡は緊張した表情で頷いた。

大塚は玄関に向かった。オートロックだから簡単にはあがってこられないだろうが、用心してドアスコープをのぞいた。

マンションの廊下に人影はない。

「俺がでたら、すぐに鍵《かぎ》をかけろよ」

「どうしました。何かありました」

シャリーフが不安げにいった。

「何でもありません。いちおう用心をしているだけです。車を下までもってきますから、それまで待っていて下さい」

大塚は答え、ベレッタを抜きだした。漁港で一発、4WDめがけて撃ったあと、弾丸を補充していないので残弾は八発だ。ベレッタといっても、米軍の制式拳銃《けんじゅう》M92と異なり、麻薬取締官に支給されるM85は、口径も小さく装弾数も少ない。

スライドを引き、初弾を装塡《そうてん》して安全装置をかけた上でコートのポケットに入れる。

もう一度ドアスコープで外をのぞき、大塚はドアを開いた。

何かがおかしい。不安が妄想を呼んでいるのかもしれないと思いながらも、大塚は鼓動が速まるのをおさえられなかった。

村岡のいう通り、ロックマンは神出鬼没だ。北海道警の非常線をどうやってかいくぐったのか、いきたい場所にやすやすと現れているような気がする。逮捕しようとした警官をいきなり殴り殺した狂暴さを考えると、まるで怪物だ。たとえクスリをやっていたとしても、神出鬼没ぶりの説明がつかない。

廊下にでてドアを閉じた。村岡がすぐに錠をおろす、カチリという音が背後で聞こえた。

下腹部に力をこめ、大塚は歩きだした。もしロックマンが待ちかまえていたとしても、こちらも丸腰じゃない。いざとなれば、ベレッタの八発をすべて叩《たた》きこんでやる。三人を殺した凶悪犯を射殺したとしても、非難されることはないだろう。それくらいの気合でのぞまなければ、とうていたちうちできない。

エレベータは六階で止まっていた。ボタンを押すと下降してくる。扉が開く瞬間も、大塚はポケットの中でベレッタを握りしめていた。

エレベータの中は無人だった。「1」を押し、大塚はほっと息を吐いた。ただの見まちがいだったかもしれない。

自分をそれほど臆病《おくびょう》な人間だと思ったことはなかった。いや、臆病であってはならないと、十七年前のあのできごと以来、自分にいい聞かせてきた。

あのとき、自分は臆病さから見逃してしまったのではないか。何度も自問自答してきたことだった。

ちがう、と答えるもうひとりの自分がいる。決して臆病だったわけではない。何かがおかしい、と思ったが、受験勉強に疲れていたこともあり、面倒ごとを避けたい気分が勝ったのだ。

車の後部席に押しこめられるようにすわっていた水野《みずの》咲子《さきこ》の白く小さな顔を、今もはっきりと思いだすことができる。咲子の顔に恐怖はなかった。わずかに不安げではあったが。

いっしょにいたのは、咲子が「つきあっている」という噂のある飯田《いいだ》だった。あとの二人は知らない顔だったが、飯田とかわらぬ不良であることはひと目でわかった。そのうちのひとりがハンドルを握っていたが、無免許運転であることも一目瞭然《いちもくりょうぜん》だった。

夏休みに入ったばかりで、梅雨明けの遅れていたむし暑い夕方のことだった。

あのとき、自分には止めるチャンスがあった。なのに止めなかったのは、飯田とその仲間を恐れたからではないか。

ちがう。

これで何百度目か、大塚は心の中で疑問を否定した。

よけいなお節介をする奴と思われたくなかったのだ。それも飯田にではなく、咲子に。たぶん自分は腹立たしかったのだ。咲子が飯田のような、ろくでもない奴とつきあっていたことが。中学二年の終わり、母親が家をでていってから、咲子はかわった。髪を染め、煙草を吸い、駅前のゲームセンターや喫茶店で何度も補導されるようになった。

そのあげくが飯田だ。

飯田は中学三年に進級してすぐ、隣の学区から転校してきた生徒だった。途方もないワルで、前の学校にいられなくなったのだという噂があった。

確かに服装や態度も悪かったが、大塚が何より不快に感じたのはその目だった。わずか十四歳で、この地球上の何もかもを知りつくし、蔑《さげす》んでいるような目だ。飯田はその目を、教師にもクラスメイトにも、世の中のすべてに対して向けた。

そんな飯田に咲子が惹《ひ》かれたことを、大塚は許せなかった。

咲子が荒《すさ》んだことに関しては、大塚もしかたがないと思う部分があった。咲子の母親は錦糸町《きんしちょう》でスナックを経営していて、父親はサラリーマンだといっていたが、本当は典型的なヒモだった。いつもパチンコ屋や競馬中継を流している喫茶店にいる姿を、大塚らクラスメイトに見られていた。

母親が家をでていったのは、新たな男ができたからだといわれていた。母親より年下の男で、いっしょに暮らすようもちかけられた咲子はそれを断り、父親のもとに残ったのだという。

だからといって父親が咲子のためにまともになったかといえばそうではなかった。昼間からふらふらしているのはあいかわらずで、酔って警官に保護されている姿を大塚も見たことがあった。

生活がなりたっていたのは、たぶん母親がこっそり咲子に仕送りをしていたからだろう。父親はだがその仕送りすら、パチンコ代や酒代にかえていたのだ。

すべては噂だ。下町の口さがない大人たちの噂で、大塚はそう聞かされていた。

かわいそうなのは咲子だった。母親は男を作り、父親はろくでなし。そんな風に周囲に見られながら、生まれ育った町で中学に通い、生活していたのだから。

咲子とは塾がいっしょだった。中学一年から、咲子がやめてしまう中学二年の半ばまでだ。

塾のいき帰り、何度か言葉を交わした。気の強そうな、どこか一途《いちず》な感じのする少女だった。顔立ちは、母親譲りで目鼻立ちがはっきりしていた。瞳《ひとみ》が大きく、わずかに反っ歯ぎみのところが、かえって魅力的だった。

はっとして大塚は回想をふりはらった。今はそんなことを思いだしているときではない。

ロックマンがいたら、ただちに逮捕するか、通報しなければならないのだ。

一階ロビーで止まったエレベータから足を踏みだし、大塚はあたりを見回した。建物の内部に人けはなく、ロビーも無人だ。

オートロックのガラス扉が開き、大塚はマンションのエントランスを抜けた。あたり前にいきかう人々の姿がある。日が落ちて気温がぐんと下がり、路面は硬く凍《い》てついていた。駅の光が暖かく感じられ、人々の足は速い。

大塚は路上駐車された車の列に目をこらした。ロックマンが乗っていれば、あの長身はひどく目立つ。

だがそれらしい車はない。

慎重に大塚は足を踏みだした。やはり気のせいだったか。疑心暗鬼が生んだ幻覚を自分は見たのか。

止めておいた公用車にたどりつくと、大塚は村岡から受けとったキィをさしこんだ。わずかな時間なのに、車内はすっかり冷えきっている。

エンジンをかけ、携帯電話をとりだした。村岡を呼びだす。

「大塚だ。今車に着いた。それらしいのはいない。どうも見まちがいだったようだ」

「上から見てました。大塚さんらしくないですね」

自分が冷静な人間だという評価を周囲から受けていることは知っている。だが、実際はそうではない。だからこそ冷静であろうとつとめているだけなのだ。

「とにかく下につける。油断はしないでくれ」

「了解です。俺、昼二発撃っちまって、あと四発っきゃないんで、よろしく頼みます」

村岡の携帯しているコルトディテクティブは六発装塡のリボルバーだ。口径は警官のもつニューナンブと同じ三十八口径。

「三十八《さんぱち》、四発ぶちこみゃ、たいていの奴はぶっ倒せるぞ」

「だといいんですけどね。相手がもしPCP食ってたらと思うと不安ですよ」

「そのときはこっちの八発も全部ぶちこんでやる」

「やっぱベレッタにしときゃよかったな。今度からは俺もベレッタもちますよ」

オートマチックのベレッタは、リボルバーとちがい初弾を装塡するスライドアクションをおこなわなければ発砲できない。とっさのときにそれが面倒だと、リボルバーをもちたがる麻薬取締官は多かった。村岡もそのひとりだ。

「今度からは二挺《ちょう》もつさ」

大塚はいった
「そうすね。せっかく二挺支給されてるんだから、こういうときは二挺とももって歩きましょう」

少し緊張のゆるんだ声で村岡はいった。大塚は携帯電話をイヤフォンマイクに切りかえ、公用車を発進させた。駅前を回りこむようにして、マンションの前に向かう。

入り口の正面で停止すると、

「着いた」

と声を送りこんだ。

「了解、これから降ります」

ヘッドライトをスモールにして、大塚はあたりを見回した。路上で動かないような人間の姿はない。この寒さの中、そんなことをしていたらかえって目立つ。

「エレベータに乗りこみます」

村岡の声がいった。

大塚はマンションのエントランスをのぞきこんだ。エレベータホールは、オートロックの入り口を抜けた奥にある。今、エントランスに人影はない。

電話が切れた。エレベータに乗りこみ、電波が届かなくなったようだ。

大塚は運転席のドアを開け、路上に降りたった。エレベータホールはマンションのエントランスから死角になるため、降りてくる村岡とシャリーフの姿は見えない。だがエレベータに乗ったのなら、ものの一、二分でロビーに到達する筈だ。

不意に激しい風が吹きつけた。よろめくほどの突風だった。地面にたまった粉雪が舞いあがり、一瞬視界が白く染まった。

大塚は腕をあげ、顔をかばった。石狩湾《いしかり》に面した町だから、強い北風が吹き抜けることもあるだろうが、これほどの風が吹きつけるのは、今日初めてのことだ。

空からの雪が風に舞う吹雪とちがい、地表の雪を一気に舞いあがらせる地吹雪は、瞬時に視界を白い闇にかえる。ほんの数メートル先にある、マンションのエントランスが見えなくなった。

叫び声が聞こえたような気がして、大塚は腕をおろした。だが何も見えない。

携帯のボタンを押し、村岡を呼びだそうとした。

そのとき、パン、パン、という銃声が正面から聞こえた。大塚ははっとして、コートから拳銃《けんじゅう》を引き抜いた。

風に逆らうようにして進み、マンションのエントランスにたどりついた。扉を開いた瞬間、三発目の銃声が、今度ははっきりと聞こえた。

「村岡っ」

大塚は叫んだ。

エントランスの内側、オートロックのガラス扉の向こうに立ちはだかる長身のうしろ姿があった。

全身の血がひいた。ロックマンだ。その先にシャリーフをかばった村岡がいる。拳銃をロックマンに向けていた。

「退《さが》れっ、抵抗するかあっ」

村岡が叫び、ロックマンが恐ろしい速さでとびかかるのが見えた。

村岡の銃が火を噴いたが、ロックマンの体は揺れもしなかった。右腕が一閃《いっせん》し、村岡まったままだ。

ロックマンはシャリーフに近づいた。恐怖で目を丸くしたシャリーフの顔が一瞬見え、ロックマンの背中に隠れた。

「ロックマン！　イワンコフ！　こっちを向けえっ」

大塚はベレッタのグリップでガラス扉を叩いた。だがまるで聞こえないようにロックマンはシャリーフの首をつかみ、空中に吊《つる》しあげた。

シャリーフの顔がロックマンの頭の上に浮かびあがった。そのまま天井に激突する。

どしん、という鈍い響きがロビー全体に伝わった。さらにもう一度、ロックマンはシャリーフの頭を天井めがけ突きあげた。

シャリーフの目は裏返っていた。頭が天井にめりこむ勢いで打ちつけられ、白い漆喰《しっくい》がぱらぱらと舞い落ちるのが見えた。

大塚は歯をくいしばった。ベレッタを両手でかまえ、ガラス扉ごしにロックマンの背中を狙って引き金を絞った。

銃声が耳をつんざいた。ガラスに丸い穴が開き、ロックマンの分厚いコートからぱっと糸クズが散った。

だがびくともしなかった。

大塚はさらに撃った。二発、三発と手応《てごた》えがあり、そのたびにコートの生地にはっきりと命中した穴の開くのが見えた。ガラス扉には点々と丸い穴が穿《うが》たれたが、扉そのものは割れなかった。

シャリーフの体が投げだされ、床にぶつかる響きが伝わった。首が異様なほど肩のあいだにめりこんでいる。

ようやくロックマンがこちらを向いた。

大塚は息を呑《の》んだ。ロックマンの目が半ば閉じられていたからだった。長い睫毛《まつげ》がその瞳をおおっている。その睫毛の長さは異様で、頬骨のあたりにまでかかるほどだ。

その長身が倒れている村岡に向かうのを見て、大塚は叫び声をあげた。

「やめろおっ、こっちへこい！　こっちへくるんだ。村岡っ」

ベレッタの銃口をロックマンの頭に向けた。村岡はへたりこむように壁にもたれかかり動かない。その手には弾丸を撃ちつくしたコルトディテクティブがある。

「村岡っ、起きろおっ」

大塚は絶叫し、ベレッタの引き金を絞った。村岡の顔をのぞきこもうとしたロックマンの頭が揺れた。ゆっくり首を動かし、大塚をふり返る。

こめかみに黒い穴が穿たれている。銃弾が命中した証《あかし》だった。だが血の一滴も流れてはいない。

「馬鹿な……」

大塚はつぶやいた。ロックマンが村岡の体を抱えあげた。信じられない怪力だ。村岡は九十キロ近い体重がある。それをまるで空の段ボール箱でももちあげるように抱えあげたのだ。

次の瞬間、投げた。

村岡の体がこちらめがけ飛んでくるのを、大塚は呆然《ぼうぜん》と見つめた。

ガラス扉が砕け散った。村岡の体を受けとめ、大量のガラス片を浴びながら、大塚は倒れこんだ。

ガラス扉に激突した瞬間、村岡の首がまるで人形のように折れ曲がるのを大塚は目撃していた。

「くそ、くそ、くそっ」

大塚は呻《うめ》いて、体を起こそうとした。村岡の体が自分の上にのっている。

「村岡っ、村岡っ」

うつぶせになった村岡から反応はなかった。二人ともガラス片で血まみれだ。

ベレッタを捜した。村岡を受けとめたとき、どこかへ飛んでいた。見つからない。

あれだけ銃弾を浴びても砕けなかったガラス扉を粉砕するとは、いったいどれほどの力で村岡を投げつけたのか。

大塚はロックマンを捜した。激しいめまいとともに視界が暗くなる。

手で目もとをぬぐい、それが額からたれてきた血であると知った。その血をコートになすりつけ、大塚は携帯電話をまさぐった。ボタンを押し、ロックマンを捜した。消えてしまった。

そんな馬鹿な、と思いながら、意識が遠のくのを感じた。

11

途中、一瞬だけ意識をとり戻したのは、救急車の中だった。

ひどく寒く、吐きけもした。白衣にマスクを着けた救急隊員がこちらをのぞきこんでいる。

「お名前は？　名前をいって下さい！」

その呼びかけが、意識を呼びさましたのだ。

「大塚だ。大塚浩一《こういち》、職業は、麻薬取締官」

そう答えたことだけは覚えていた。

次に目をさましたときはベッドが動いていないことから、病院だと判断がついた。全身がだるく、ひどく痛んだ。何が起こって自分が病院にいるのかわからない。

交通事故にあったのだろうか。

ぼんやりと思い、不意にひらめいた。

「村岡っ」

上半身をベッドの上で起こし、叫んだ。右腕にひきつるような痛みを感じ、点滴のチューブがつながれていると気づいた。

小さな病室の暗い壁を大塚は見つめた。ガラス扉の向こうから自分めがけて投げつけられた村岡の体が、まるでスローモーションの再現フィルムのように浮かびあがる。

その後血まみれで自分の上につっぷした村岡は、ぴくりとも動かなかった。

病室の扉が開かれた。廊下からさしこむ逆光の中に、塔下と北海道厚生局麻薬取締部長の袖井の姿があった。

「塔下さん、部長……」

老人のようなしわがれた声がでた。

「どうだ。ひどく痛むか」

塔下が訊《たず》ねた。袖井が病室の明かりをつけ、まぶしさに大塚は瞬《まばた》きした。

「いえ、大丈夫です。村岡は、村岡はどうです？」

塔下は黙った。袖井がいった。

「残念だが、村岡くんは駄目だった。ここに担ぎこんだときには亡くなっていた」

大塚は目を閉じた。

「くそうっ……」

喉《のど》の奥で言葉が詰まり、涙がこみあげる。

両手で顔をおおった。包帯が巻きつけられ、その内側のいたるところに切り傷があるのに気づいた。村岡を受けとめたとき、いっしょにガラスの破片も受けとめてしまったのだろう。

「シャリーフは？　奴も、ですか」

包帯のすきまから薬の匂いを強く嗅《か》ぎながら大塚は訊ねた。

「ひと目見て死亡が確認された。頸椎《けいつい》が粉々に砕け、頭蓋骨《ずがいこつ》も陥没していたそうだ」

塔下が答えた。

「話ができそうかね」

袖井が訊ねた。袖井は麻薬取締官ではなく、厚生労働省から送られた官僚だ。ひどく動揺しているのが、口調からも感じられた。

「大丈夫です」

手をおろし、大塚は答えた。

「道警の一課も話を聞きたがっている」

「ここはどこの病院ですか」

「現場のすぐ近くだ。お前さんは、札幌に電話をくれて、現場の位置を説明した。覚えていないのか」

「覚えていません。他に何かいいましたか」

「ロックマンにやられた、といった。撃ったが、倒れなかった、とも」

大塚は頷《うなず》いた。じょじょに記憶がよみがえってきた。

袖井がいった。

「ちなみに、大塚くんが電話をしてきたのが、昨夜の八時過ぎ。今は午前十時です。道警による現場検証が今もつづいていますが、現場で発見された村岡くんの銃は、弾がすべて撃ち尽くされており、大塚くんの銃も、四発の薬莢《やっきょう》が現場で採取されています。道警は、その弾丸がどこにいったかを問題にしている」

大塚は袖井を見、それから塔下を見つめた。

「俺の撃った四発はすべてロックマンです」

塔下が眉《まゆ》をひそめた。

「本当か」

「ええ。最後の一発なんて、奴のこめかみに命中したのが見えました」

袖井と塔下は顔を見合わせた。

「やはりPCPかね、君らのいっていた」

袖井がつぶやいた。塔下は大塚をふりかえった。大塚は目をそらし、天井を見上げた。

「現場に奴の血痕《けっこん》はありましたか」

「道警の鑑識結果待ちだ。血痕はいくつもあったが、村岡や君の流した血もあるだろう」

塔下が答え、

「なぜだ」

と訊ねた。

大塚は塔下に目を移し、いった。

「俺は何発も奴を撃ちました。背中にも、今いった頭にも弾丸が当たるのをこの目で見ました。ですが、信じてもらえないとは思いますが、奴は一滴の血も流さず、痛がるそぶりすら、見せませんでした」

塔下は眉をひそめた。

「血を流さなかった？」

「そうです。弾丸が刺さり、黒い穴が開くのは見ました。ですが、血はでなかったんです」

「ＰＣＰには痛覚を麻痺《まひ》させる作用はあるが、出血を抑える作用などない」

「ええ。ですから奴が何かクスリをやっているとしてもＰＣＰじゃない。それに――」

いいかけ、大塚は黙った。

「それに？」

「あいつがどうやって現場に現れたのか、わからない」

塔下と袖井は再び顔を見合わせた。

「どういうことですか」

咳《せき》ばらいし、袖井が訊ねた。

「現場、シャリーフのマンションはオートロック式のロビーでした。なのに奴は、そのオートロックの内側にいたんです」

「他の住人が入るときにいっしょに入ったのじゃないか」

塔下の問いに大塚は首をふった。病室の壁を見つめ、答えた。

「俺が車をとりにでていったとき、ロビーには誰もいなかった。車をとって戻ってくるまでのあいだ、あのマンションに入っていった人間はいなかった。なのに、奴はロビーのオートロックの内側にいたんです。エレベータから、シャリーフが降りてくるのを待ちかまえていた。俺は助けてやれませんでした。オートロックの向こうで、村岡がやられているのを、見ているしかなかった……」

「だが君はロックマンを撃ったといいませんでしたか」

「撃ちました。ガラスごしにです。奴は、ほんの数メートル先で、俺の見ている前で、村岡とシャリーフを殺したんです。そして、村岡の体を、俺めがけ投げつけました。その衝撃でガラス扉は粉々に割れたんです」

「それから？」

大塚は首をふった。

「覚えていません。いなくなりました。でていくには俺の横か、上を通っていかなけりゃならないのに、姿を消していました」

病室の中は静かになった。

「ロックマンを目撃した人間は、朝里駅周辺にいない。銃声を聞いた者はいるが、マンションをでていく、背の高い白人を見たという人はひとりもいないんだ」

やがて塔下がいった。

「――そういえば」

大塚は壁から視線をはがした。

「奴が現れる直前、突風が吹きました。つもってた雪が舞って、何も見えなくなった」

「その間に移動したか」

「かもしれません。でも、説明のつかないことが多すぎる。俺は奴を見ていないのに、いきなり奴はロビーに現れたんです。いったいどうやってオートロックをくぐったのか」

「道警による現場検証がすすめば、きっと明らかになる」

「まだつかまっていないんですよね」

塔下は頷いた。大塚は息を吐いた。

「いくら北海道が広いからって、道警があれだけ必死になって捜してるのに、二十四時間、何の手がかりもないなんて、おかしくありませんか。しかもまるで透明人間みたいに、好きなときに好きな場所に現れている」

「道警も捜査規模を拡大し、小樽や札幌周辺だけでなく、北海道全域から、青森県警にも協力を依頼している。きっとつかまるさ」

　塔下は慰めるようにいった。

「とにかく今は休んで下さい。夕方、もう一度ようすを見にきます。そのときは、道警の人間もいっしょにくると思いますので、事情聴取をうけられるようなら、協力をお願いします」

　袖井がいい、大塚は、

「わかりました」

　と答えた。話しているうちに体が目覚めてきたのか、全身の痛みが激しくなってきた。大塚は枕に頭をのせた。袖井が病室のドアに手をかけた。塔下が大塚を見おろし、口を開いた。

「村岡のこと、くやしいだろうし、もしかすると自分を責める気持ちもあるだろう。だが、今はなるべくそんなことは考えず、回復につとめるんだ。早く病院からでられれば、それだけ早く、奴を追う捜査にも加われる。仲間を殺《や》られて何とかしたい気持ちは、お前も、他の北海道の連中も、皆いっしょだ」

　くやし涙が再びにじんだ。

「俺は、間近で奴を見ました。まるで目をつぶっているみたいでした。つけ睫毛《まつげ》のような、長い睫毛をしていました。絶対に忘れません」

　塔下は、点滴の刺さった大塚の手をそっと叩《たた》いた。

「だったら奴の顔だけを覚えておけ。いつ、どこで会っても、思いだせるようにな」

12

途中二度、看護師がようすを見にきた。二度目のときは医師もいっしょで、大塚は負傷の状況を知らされた。

全身打撲と十数ヶ所にわたる創傷で、全治二週間ということだった。ガラスの破片で負った傷の中には、縫合を要するものもあったが、幸いに骨や内臓に達するほど深い傷はなかったという。

「今夜ひと晩ようすを見て、それで何もなければ退院されてもかまいません」

医師はそう告げた。

痛み止めのせいで、とぎれとぎれに腹痛が襲ってきた。何度かうとうとし、午後三時過ぎに、大塚はベッドから起きあがった。

病室に備えられたロッカーの中に、運びこまれたときに着ていた洋服を含め、私物が入っていた。コートだけがない。おそらくガラスの破片を浴びていたので、廃棄されたのだろう。

頭に触れると、髪の中にも小さな破片が入りこんでいることがわかった。点滴をかえにきた看護師にも注意されていた。細かなガラス片をいっぱい浴びているので、とりきれていないものがある。だから自分の体であっても触るときは注意するように、というのだ。

ロッカーから携帯電話をとりだし、点滴のスタンドを押して、病室をでた。ナースステーションで、携帯電話の使える場所を聞いて、そこに向かった。

大塚は、防寒用の下着の上に浴衣《ゆかた》といういでたちだった。ガラスによる傷は、手や顔、首など、露出していた部分に限られている。

途中、トイレに入り、鏡をのぞきこんでぎょっとした。顔のあちこちに、小さな傷があり、血がにじんでいる。一番大きな怪我は、髪の生え際に近い額で、縫った上に絆創《ばんそう》膏《こう》を貼られていた。

喫煙所と兼用の通話スペースにおかれたソファに、大塚は腰をおろした。パジャマにガウン姿の老人が数人、煙草を吸いながら話しこんでいる。

携帯の着信記録を見た。国井から何回か、かかってきた履歴がある。

大塚は国井の携帯を呼びだした。

国井はすぐにでた。

「大塚さん！　ニュースで麻薬取締官が殺されたってやってたんで、すげえ心配してたんすよ、大丈夫なんですか」

周囲を見回し、大塚は低い声でいった。

「俺は大丈夫だ。だが、昨日お前をいっしょに連れだした村岡が……」

「村岡さんが……。あとニュースじゃパキスタン人の中古車屋が襲われたっていってたんですけど、それってシャリーフじゃ……」

「そうだ」

「何てこった。やったのはあいつなんですか、ロシア人の――」

「ああ。何かわかったか、その後」

「今、話せますか」

「短くなら、な」

大塚はいった。

「例のブツなんですけど、本当はもってくんのは、リハチェフって奴の筈《はず》だったそうです。それに受けとるのも、北領じゃなくて別のとこだったのが、急きょ変更になって、ロックマンがきたって話を聞きました」

「何・リハチェフだ？」

「上の名前まではわかりませんが、よく日本にきていたロシア人らしいです。何か、幹部がパクられたか何かで、ぶるっちまった組織がブツをロックマンに売ったのじゃないかって。ロックマンのとこは、リハチェフとは別の組織で、サハリンの組らしいんです。で、そこに北領の西田がくいこんで、ブツを引くラインを作ったんです」

「西田はどうした。まだ逃げてるのか」

「そうじゃないすか。つかまったって聞かないんで」

「陽亜はどうしてる」

「どうしてるって？」

「北領の報復を警戒していないのか」

「いや、別に平気みたいです。警察があれだけ血眼になって捜してるんだから、カチこんでくる余裕なんかないと思ってるんでしょう」

「シャリーフに話をもっていったロシア人のことは何かわかったのか」

「大物らしいってことだけです。その辺のチンピラじゃなくて、向こうでも会社をいくつかやってるような、かなりの大物だって聞きました」

「名前は」

「いいえ。大塚さん、俺、おっかないっすよ。いつ、あの化け物みたいなロックマンが襲ってくるかわかんないんですから……」

国井の声が高くなった。

「そこにいりゃ大丈夫だ。お前がそこにいるのを知っているのはもう、俺しかいない。誰にも教えてないのだろ」

「え、まあ……」

国井の歯切れが悪くなった。

「なんだ、そのいい方は。誰かに教えたのか⁉」

老人たちが大塚をふりかえった。知らず知らず、声が大きくなっていたのだ。

「いや、別れた女房だけです。あんまり恐かったんで、きのう……」

「そこに呼んだのか」

「きたけど、すぐに帰っちまいました。俺、もしかして、より戻せたらいいなと思って……」

情けない声を国井はだした。

「店があるんだそうです。すすきののスナックでママやってるっていってました」

大塚は老人たちに背を向け、声を潜めた。

「クスリの件は何かわかったか。ロックマンが何かやってたのじゃないか」

「それはわかんないす。ロックマンと連絡とりあってたのは、西田だけだったらしくて」

「今度の絵をかいたのは、陽亜だろうが。本当は、そのリハチェフってのが陽亜に届ける筈だった品を、ロックマンが横取りして、北領に売ることになった。それでお前を使って、密告《さ》した」

国井は黙った。

「だが陽亜はそれだけじゃ足りないと踏んで、道警とふたまたをかけた」

「――俺も自分の馬鹿さ加減に愛想が尽きました。すんません、こんなことに大塚さんまで巻きこんじまって」

「すんだことはいい。だがこの絵図を陽亜の誰がかいたかくらいはつきとめるんだ。さもなけりゃお前は本当に利用され損だ」

「わかってます。今日、昔の仲間と連絡がつくんで、探りを入れてくれるよう頼んでみるつもりです。元道北一家で、今、陽亜の盃《さかずき》をもらっている野郎ですから、何かわかるかもしれません」

「そいつの名前は」

「勘弁して下さい。迷惑かけたくないんですよ」

どこまでもお人好《ひとよ》しの男だ。大塚は息を吐いた。

「わかった。明日、また連絡する。俺は携帯がしばらくつながらない」

「えっ」

「心配するな。明日、な」

電話を切り、不審げに向けられる老人たちの視線から逃れるように、大塚は病室に戻った。

病室の前に塔下と袖井がいた。他に二人、スーツ姿の男たちがいる。ひと目で刑事とわかった。二人は、道警捜査一課の小宮山《こみやま》と堀《ほり》と名乗った。大塚は四人を病室に迎え入れた。塔下がナースステーションから折り畳み椅子を借りてくる。小さな個室は四人が入ると、ベッド以外のすべての空間を男たちが占めているような雰囲気になった。

「小樽に特捜本部をたてましてね。近くの署からも応援を頼んで、二百人態勢でほしを追っとります」

小宮山はいった。五十代の初めだろう。叩《たた》き上げと思《おぼ》しい、陽焼けした顔色だ。堀はそれより十近く若いがどちらもベテランの捜査員のようだ。

「村岡さんのことは残念でした。うちも、小樽署の人間が二人、ほしに殺《や》られています。全力を挙げて追っとるのですが、どうも、ほしの動きにつかまえどころがない。そのあたり、大塚さんから参考になるお話をお聞かせ願えればと思っとります」

小宮山の口調はあくまでもていねいだった。

「自分が知っている限りのことはお話しします。ただ、ひとつ、道警さんからもお聞きしたいことがあります」

「何ですか」

「それは、私の話のあと、ということにします」

「けっこうです」

大塚は、国井から呼びだしを受けたところから話を始めた。密輸の密告をうけ小樽港と小樽港マリーナに張りこみ、さらに漁港で北領組組長のクルーザー「北鬼」からメタンフェタミンを運びだそうとした森と木口を逮捕したいきさつを話す。

「その件については、うちの四課も動いていましたが、すっかり麻取さんにだし抜かれたと聞いております」

「運がよかっただけです。もし漁港で、ロックマンことイワンコフをとりおさえようとしたら、最初の被害者は私になったでしょう。それに道警さんが動いていたおかげで、こちらの情報提供者である国井が罠《わな》にハメられたと気がついたんです」

「罠？」

小宮山は大塚を見た。

「そうです」

大塚は小宮山を見返した。

「国井は最初からスケープゴートにしたてられていた。うちにせよ道警さんにせよ、捜査がうまくいき、北領のブツをおさえたら、当然どこから情報が洩《も》れたか、犯人捜しが始まる。それを見越した陽亜連合が、いわば捨て駒として国井を使った」

「陽亜連合が？　なぜここに陽亜連合がでてくるのです」

「当初、今回のブツ、メタンフェタミン二キロを運んでくるのはリハチェフという名の別のロシア人の筈でした。リハチェフは専門の運び屋で、ブツはパキスタン人の車屋、アーザムが受けとり、陽亜に流す予定になっていた。ところがそれをサハリンの別の組織が横取りし、イワンコフが北領に流すことになった。ロシア側で何かがあり、事情がかわったようです。アーザムは突然ブツが届かないと知らされ、知り合いのシャリーフを通じて、ロシア側で何があったかを調べてもらおうとした。シャリーフも陽亜連合とつながりがあったからです。陽亜連合は取引のあるロシア人を通じ、本来、自分たちに流れる筈だったブツが横取りされたことを知った。そこでブツの回収はあきらめ、これを北領を痛めつける材料にした。ただし痛めつけるのは陽亜ではなく、道警や麻取という絵図です。つまり、我々も陽亜に利用された」

小宮山の表情が険しくなった。

「ウラはとれるのですか」

「アーザムもシャリーフも殺されてしまったので、はっきり陽亜がからんでいると供述できる者はいません」

「お宅の情報提供者はどうです？　国井といいましたか」

「探りを入れています。陽亜の誰がそれを考えたのか」

「国井はどこです？」

大塚は首をふった。

「それを話すのは、私が退院するまで待って下さい。奴は、私の提供者なんです」

「保護しなくて安全だといえますか。ほしは国井のところにもいくかもしれない」

「今は自宅以外の場所にいます。明日、退院したら私自身が、奴を迎えにいくつもりです」

「つまり大塚さんは、道警を信用していない、ということですか」

「そうではありません。そこでさっきいった、お訊《き》きしたいことが関係してくるんです。道警はどこから、今回の北領のネタを仕入れたのでしょうか」

小宮山は沈黙し、堀を見た。

「お前、聞いているか」

堀は首をふった。

「いえ。元は四課だとは思いますが」

「捜査本部には四課の人も入っているのですか」

塔下が訊《たず》ねた。二人は頷《うなず》いた。

「もちろんです。そこまで集めなけりゃ、二百人態勢は組めません」

大塚は口を開いた。

「四課のパイプは陽亜連合でしょう。だから明らかになりづらいと思います」

「それについては帰って調べてみます。先をうかがっていいですか」

大塚は頷いた。

「北領の組員を逮捕し、メタンフェタミンを押収したあと、私は国井の保護に動きました。さらにシャリーフのところにいって、イワンコフとでくわしたのです」

「待ち伏せていたのですか」

「それは何ともいえません。ただ、奴は、まるで……」

大塚はいいよどんだ。幽霊のように現れたと口にすれば、自分の判断力を疑われるだろう。

「まるで何です？」

「いえ。どうやってあのマンションに入ったかが、どう考えてもわからないのです」

大塚はロックマンが現れたときのことを詳しく話した。午前中、塔下たちに話した内容のくり返しだった。

「——私が一階に降りたとき、ロビーには誰もいなかった。車をとりにいき動かしている間にも、マンションに入っていった人間はいなかった。なのに村岡たちが降りてきたときには、奴はオートロックの内側で待ちうけていたのです」

「マンション一階には裏口があって、ゴミの集積所や自転車置き場とつながっています。イワンコフはそこから入ったのかもしれない」

堀がいった。

「それはオートロックの内側ですか」

「ええ。ただし外から入るには鍵《かぎ》が必要です。したがって住人の出入りの際にいっしょに入りこむしかない。現在、あのマンションの住人に訊きこみをおこなっていますが、今のところイワンコフを見たという者はいません」

「大塚さんは一瞬も、マンションの玄関から目を離さなかったのですね？」

小宮山が念を押した。

「そういえば一瞬、ほんの一瞬だけ、見えなくなりました」

「見えなくなった？」

「強い風が吹いて、地吹雪が舞ったんです。それで前が見えなくなった。奴が現れる直前、私はもうマンションの前に車を止めていました。そのとき、二発の銃声が聞こえた」

「誰が撃ったのですか」

「たぶん村岡だと思います。そのあとすぐつづいて一発聞こえ、私はマンションにとびこみました。そうしたら、オートロックの扉の向こうに、奴がいたんです。村岡とシャリーフはエレベータを降りたところでした」

「村岡さんの銃は六発すべてを撃ち尽くしていました。そのうち三発が、マンションのロビー内で発見されています」

堀が手帳を広げ、いった。

「村岡の銃には四発しか弾が入っていませんでした。二発は昼、漁港で威嚇射撃に使ったのです」

「すると四発をロビー内で発砲した――」

「そうです。最後の一発はイワンコフの体に当たっています」

「現場には、大塚さんのベレッタの薬莢《やっきょう》も四つ落ちていました。すべてオートロックの外側です」

大塚は頷いた。

「そこから奴を撃ったんです。ガラスごしに――」

「四発すべてを？」

「そうです。全弾、イワンコフにあたりました。奴のコートが裂けるのまで見えました」

病室の中は静かになった。やがて小宮山が口を開いた。

「現場の血痕《けっこん》には、三種類の血液が含まれていました。死亡した村岡さんとシャリーフ、あとの一種類は、大塚さんです」

「イワンコフは防弾チョッキを着こんでいたと我々は考えています」

堀があとをひきとった。大塚はゆっくり首をふった。

「奴が防弾チョッキを着ていたかどうかはわかりません。ですが最後の一発は、奴の頭にあたりました。それも私は見ました」

再び全員が口をつぐんだ。

「確かですか」

小宮山の問いに、大塚は自分のこめかみを指さした。

「ここに穴が開くのを見ました。確かです」

「しかし、それは——」

堀が反論しかけ、黙った。大塚の目を見ている。

「わかっています。防弾チョッキを着ていたかどうかはともかく、全部で五発の弾を浴びて、そのうち一発は頭にまで命中している。なのに倒れもせず、血の一滴も流していない。そんな馬鹿なことはない、といいたいのでしょう。私自身、何度もそのことを考えました。ですが、それが真実なのです。さもなければ——」

「さもなければ？」

おだやかに小宮山が訊ねた。

「私が幻覚を見たか、です。ショックで」

堀が息を吐いた。大塚の言葉を信じられないと考えているのは明らかだ。

「そのときのイワンコフのようすを覚えていますか。何か薬物をやっていたとか」

小宮山がいった。

「確かに異様な感じはしました。漁港で北領組さし回しの車に乗りこんだときとは、明らかに印象がちがっていた。どこをどう、とはいえないのですが、まるで眠っているようでした」

「眠っている？　どういうことです」

堀がつっこんだ。

「目を閉じているように見えたんです。というか、異常に睫毛《まつげ》が長かった。それで半分目を閉じているような印象でした」

「睫毛が長い……」

「漁港で見たときはどうだったのです」

「ふつうでした。何というか、マンションに現れたときは、まるで付けマツゲをしているような長さがあったんです」

「何でそんなものをしていたんです？」

堀がいったが、大塚に答えられる筈《はず》はなかった。大塚は首をふった。

「頭に銃弾をうけたあと、イワンコフはでていったのですか」

小宮山は無表情に大塚を見つめた。

「奴は、倒れている村岡を担ぎあげました。そしてガラスドアごしに私めがけて投げつけたんです。村岡の体重は九十キロです。それを空の段ボール箱でも投げるように投げました。ガラスドアが割れ、私は村岡とぶつかって倒れました。そのあとのことはあまり覚えていません。たぶん、玄関からイワンコフはでていったのだと思いますが……」

「現場の状況は、今のお話と一致します」

小宮山はいった。

「オートロックのガラスドアは、内部から何か大きく硬いものをぶつけられたように破壊されており、破片には大量の血痕が付着していました」

大塚は小さく頷いた。

「村岡がつき破ったんです」

「お話をうかがっていると、まるで化けものですよ。撃たれても血をださず、九十キロの人間を担ぎあげてぶん投げる。いったいどんなクスリをやったらそんな怪物になれるんだ」

堀が手帳を閉じ、吐きだした。

「わかりません。睫毛のことは忘れて下さい。動転して、奴の顔を見あやまったのかもしれない。ただ撃たれても血がでなかったこと、村岡を投げたことは本当です」

塔下が咳《せき》ばらいをした。

「午前中、同じ話を彼から聞いた我々も信じられませんでした。ただ大塚は、うちの取締官の中でも、冷静な人間です。混乱して幻覚を見たとは思われません」

「だが今、大塚さんは動転していたといわれた」

堀がかみついた。

「目の前で同僚が殺されたんです。動転しない人間がいますか」

塔下は堀を見つめ、訊《き》き返した。堀は気まずげに目をそらした。

「イワンコフを含め、三人がいたのはオートロックの内側で、私は中に入ることができませんでした。ほんの何メートルかしか離れていないのに、二人が殺されるのを止めることができなかった。叫び、叩き、しまいにはガラスごしに奴を撃った。なのに、奴は平然としていた。わかりますか。まるで悪夢だ」

堀は無言だった。

大塚は小宮山を見た。

「奴が現れる直前、南小樽で、アーザムが殺されたと聞きました。犯行の状況はどうだったのです」

小宮山は一瞬躊躇《ちゅうちょ》したようすを見せたが、手帳を開いた。

「アーザムの死体が発見されたのは、経営する中古車屋の事務室です。犯行時刻、他の従業員は帰宅しており、アーザムはひとりでした。内部からロックされていた事務室の扉が破られ、アーザムは首の骨を折られて死亡していました。事務室の天井には、アーザムの頭によって作られた穴と血痕、それに頭皮と毛髪が残っていました」

「シャリーフを殺したやり方といっしょです。まるで上に向かって杭《くい》を打つように、天井に頭を叩きつける。そのときの音や響きが今も耳に残っている」

「クスリですよ、クスリ。ほしは何かとんでもないクスリをやっているんだ。だから馬鹿力をだしたり、そんなむごい犯行ができる」

堀がいった。小宮山は塔下を見た。

「そういうクスリに心当たりはありますか」

「我々は当初、PCPの可能性を疑っていました。動物用の麻酔薬で、飲むと痛覚が麻《ま》痺《ひ》し、撃たれても刺されても動き回れてしまう。ただしPCPでは出血は抑えられない」

「強力な止血成分の混じった麻酔薬とかはないのですか。たとえば戦場とかで兵士に投与するような」

「それを今、DEAなどにも問いあわせてもらっています」

「DEA?」

「アメリカ連邦麻薬取締局です」

大塚は口を開いた。

「どんなに強い止血成分があっても、破壊された体組織から一滴も血を流さないということはありえません。それではゾンビだ」

「だが大塚さんの話を聞いていると、ほしはまるでゾンビですよ」

堀がいった。

「頭にあたったというのは、見まちがいだったとは考えられませんか」

「私のベレッタの弾が、マンションで見つかったというのなら、見まちがいだと認めます……」

「見つかってませんよ。だから、頭じゃなくて、体の他の場所にあたったとか」

大塚は黙った。信じられなくて当然だろう。これ以上のやりとりは不毛だ。

小宮山を見上げた。

「何か他に訊きたいことがありますか」

「イワンコフに同行者はいましたか」

大塚は首をふった。

「いませんでした。少なくともそれらしい人物は、マンションの中でも外でも見ていません。北領の西田は見つかりましたか」

「まだです。ほしと行動を共にしていると見られます。少なくともほしの移動には車が必要だし、土地鑑のある運転手もいる。それが西田というわけです」

「二人をつかまえないと、また殺しをやりますよ」

小宮山は大塚を見返した。

「どこで誰を殺すんです？」

「陽亜連合へ仕返しに動くかもしれない。アーザムを拷問しなければ、犯人たちはシャリーフにまでたどりつけなかった筈です。そしてアーザムを拷問すれば、今度のことが陽亜連合の罠《わな》だと気づいた筈だ」

「陽亜は大組織ですよ。ひきかえ北領はちっぽけな組で、しかも組長《オヤジ》以下主だった組員をもっていかれて、潰《つぶ》れる寸前だ。そんな組が仕返しに動けるわけがないでしょう」

堀があきれたようにいった。

「じゃあ、犯人たちはどうすると？」

「別れます。これだけ殺せば死刑だってことくらい、西田にもわかっている筈ですからね。いつまでもイワンコフにくっついていたら、自分まで共犯で死刑になる可能性がでてくる。冗談じゃないってんで、遠からず西田はイワンコフをほうりだし、自首してくると我々は見ています」

「イワンコフの方は？」

「さあ。そうなりゃ非常線にひっかかるのも時間の問題だ。特殊急襲部隊《SAT》も待機していることだし、見つけたら今度こそ逃がしはしない」

自信ありげに堀はいいきった。

「そうなるといいんですが」

「とにかく、大塚さんはゆっくり休んで下さい。ご協力ありがとうございました」

小宮山が頭を下げた。

「さっきの件、よろしくお願いします」

「タレコミの件ですね。四課の者にそれとなく訊いてみます」

「お願いします」

道警の刑事二人がでていき、病室には塔下と袖井が残った。塔下は無言で首をふった。

「あの連中、君の話をまるで信じていなかったな」

袖井がぽつりといった。

「しかたありませんよ。俺だったら、そんな話をする奴がいたら、こっそり尿検をします。何か食ってるんだろうって疑って」

大塚はいい、力なく笑ってみせた。

「食ってんのか」

塔下が真顔でいい、直後に破顔した。

「冗談だ。俺はお前のいうことを信じる。ただ、理由を知りたい。なんでそんな化けものなのか。もともとどんでもない石頭で馬鹿力の持ち主なのか、それとも何か、俺たちの知らないクスリで、そんなになっちまったのか」

「リハチェフの件だが、駄目もとで、サハリンに照会している」

袖井がいった。大塚は胸が熱くなった。

「ありがとうございます。信じて下さり」

「馬鹿。仲間を信じなくて誰を信じる。先生の話じゃ、明日退院だそうだが、無理しなくていいぞ。二、三日休んで、落ちついてからでてこい」

塔下はぶっきら棒に答えた。

「すみません。心配をおかけして」

「それから君のベレッタは、道警が証拠品としてもっていっている。いずれは返却されるだろうが、こればかりはしかたがなかった」

袖井の言葉に大塚は頷《うなず》いた。不意に感情がたかぶってくるのを感じた。泣くのをこらえるのがせいいっぱいだった。

それを感じとったのだろう。塔下と袖井はほどなく、病室をでていった。北海道厚生局の麻薬取締部も、ロックマンがつかまるまでは全員出動態勢、といって。

二人がいなくなると、大塚は目を閉じた。涙が瞼《まぶた》を押しあげた。目尻《めじり》から、一粒、二粒とこぼれる。

看護師が入ってきて、点滴をとりかえる気配があったが、目を開かなかった。

13

目覚めたのは真夜中だった。いつのまにか点滴がとり外されている。尿意を覚え、大塚はベッドを降りた。

用を足し、病室に戻ったが、眠ることができそうもなく、携帯電話を手に喫煙所にいった。

午前一時を回っている。丸一日何も食べていないが、食欲はない。

携帯電話には何のメッセージも残されていなかった。

無人の喫煙所は、清涼飲料水の自販機の明かりだけが点《とも》っている。

くたびれたソファに背中を預け、大塚は息を吐きだした。

今度はベストを尽くした。なのに救えなかった。

村岡の笑顔や大柄な体つきを思いだした。

本当にベストを尽くしたといえるのか。まだベレッタには弾丸が残っていた。全弾を撃ち尽くしてこそ、ベストといえるのではないか。

喫煙所の壁をぼんやりと見つめた。

射撃には自信があった。教官も才能がある、とほめていた。四発の弾は、まちがいなくロックマンの体に命中した。

大塚のベレッタに装塡《そうてん》されていた九ミリショート弾は、決して非力な弾丸ではない。同じ九ミリでも軍用弾《パラベラム》ほどの破壊力はないが、一発で人間を即死させる威力はある。

それを四発、自分はロックマンに撃ちこんだのだ。百歩譲って、頭に命中したと見たのが自分の錯覚だとしても、そしてロックマンが防弾チョッキを身に着けていたとしても、四発の着弾による衝撃は、決して小さくなかった筈《はず》だ。

防弾チョッキは、銃弾が着ている者の体に貫通するのを防ぐ効果はあるが、着弾の衝撃までを吸収するものではない。金属製のアーマーベストなどならそれも可能だろうが、衣服の下に着ける、ケブラー繊維などによって作られたものは、貫通を防ぐだけで、衝撃は肋骨《ろっこつ》や内臓を損傷させることがある。

なのにロックマンはびくともしなかった。

まるでロボットのように動き、ガラス扉の向こうにいる大塚を無視した。

ロックマンの目的は、最初からシャリーフを殺すことにあった。村岡はその巻き添えをくった。

大塚はくり返し、ロックマンの行動を阻止しようとして、殴り倒された。

何度思い返しても、今さらどうにもならないとわかっている。だが、思い返さずにはいられないのだった。

あのとき、自分ではなく、村岡に車をとりにいかせていたら、村岡は死なずにすんだ。

それはもちろん、かわって死にたかったという意味ではない。が、自分の銃にはもっと弾丸が残っていたし、至近距離でより多くを撃ちこむことができたのではないか。

とっくみあいになれば、自分より村岡の方が有利だったろう。村岡は体も大きいし、柔道の心得もある。ひきかえ大塚は、逮捕術の一環として少林寺拳法《けんぽう》や合気道をかじったていどだ。

だが素手では、村岡もロックマンにたちうちできなかった。あの場合、やはり拳銃を使用する以外、道はなかった。ならば、射撃の腕も上で、残弾数の多いベレッタをもっていた自分が、シャリーフの護衛に残るべきだったのだ。

実際、村岡は残弾が四発しかないことを気にしていた。

大塚は目を閉じ、壁に頭をもたせかけた。体の苦痛よりも、むしろ心の痛みの方が激しい。

自分は誘いだされたのも同然だ。

駅前の雑踏の中でこちらを見上げていたロックマンに。

だが、あれは本当にロックマンだったのだろうか。

大塚は歯をくいしばった。

ロックマンだった。そうでなければ、奴がマンションのロビーに姿を現す筈がない。

幻覚なんかでは決してない。奴はわざと大塚に姿を見せつけ、下に降りてくるよう仕向けたのだ。そしてどうやってか、ロビーに入りこんだ。

裏口か、あるいは地吹雪が舞ったあの一瞬か。

銃声を聞き、エントランスにとびこんだときの光景がよみがえる。

村岡が警告し、撃った。だがロックマンの体は揺れもせず、二人に迫っていた。

奴がシャリーフを殺そうとしている、とわかったとき、自分は銃を抜いた。手応《てごた》えはあった。コートに穴が開くのも見た。外してはいない。

では頭は。頭にあたったと見たのはどうだったのか。

迷いはなかったのか。頭にあてる——殺してしまうかもしれない、ということに。

迷いがあったとすれば、それはロックマンの背中に向けて一発目を放つときだろう。奴がシャリーフを殺し、村岡に向き直るのを見たときには、もう迷いなどなかった。村岡を救いたいという一心だった。

大塚は目をみひらいた。

やはり自分は幻覚を見たのではないか。村岡を救うためにベストを尽くしたと、自分自身に思わせたいがゆえに、頭を撃ち命中したと信じこんでいるのではないか。

ちがう。絶対にちがう。

激しく首をふったので、後頭部が壁にぶつかった。幻覚ではない。確かに頭を撃った。側頭部にぽつりと黒い穴が開くのを、自分は見たのだ。

本当にそうか。あのことに対する後悔と怒りが、今度はベストを尽くしたと信じたいがゆえの幻を見せているのではないだろうか。

咲子と飯田。

車をとりに降りるときも、自分はあの二人を思いだしていた。

――よう、何してんだ。

そのひと言をかければ、咲子は死なずにすんだのではないか。

再び咲子の白く小さな顔がよみがえる。後部席の暗がりにすわっていた筈なのに、咲子の顔は、そこだけ照明があたっているかのように浮かびあがっていた。

飯田は俺を見た。咲子が俺に気づくと、飯田も気づいたのだ。

飯田を恐い、と思ったことはなかった。厄介だ、とは感じていた。札つきのワルで、蔑《さげす》んだ視線を誰にでも向ける飯田は、好んでかかわりたい人間ではなかった。

咲子が大塚に気づき、飯田がそれを知って視線を向けてきたときのことを大塚は覚えている。

おそらく飯田は、これから何が起こるのかわかっていた。いや、それをするために咲子を車に乗せていたのだ。

飯田の視線には、いつも同じ蔑みがあった。

大塚はそれが自分に向けられたのだと感じ、怒りを覚えた。大塚の咲子に対する思いを飯田が知っており、その咲子を自由にできる優越感が蔑みとなって視線にあらわれたと感じたのだ。

だからこそ、声をかけなかった。大塚は、飯田の視線を通してまず咲子に、次に飯田に、怒りを感じた。そして、無視した。

駅で電車を降り、止めておいた自転車にまたがろうとしていたとき、あの車がいた。黒い軽自動車だ。おろした窓からうるさい音楽が流れていた。咲子の隣に飯田、前の席に不良が二人。

二人の不良は、大塚のことを知らなかった。

自転車に歩みよった大塚に咲子が気づき、見た。そして隣にいた飯田が大塚を見る。あとの二人が自分を見ていたかどうか、大塚には記憶がない。

咲子と飯田だけを見ていたからだ。

飯田の口が動いたのを覚えている。咲子に何かをいったか、前の席の不良二人に何かを告げた。

車は動いていなかった。大塚は自転車の防犯チェーンを外し、駐輪の列から自転車をひきだした。その間もずっと、咲子と飯田の視線を感じていた。

声をかけるとすれば、あのときだった。自転車で走りだす直前、車に歩みより、ひと言咲子にいえばよかったのだ。

——何してんだ。

それでよかった。そうすれば咲子は死なずにすんだかもしれない。

だが実際は、大塚は声をかけず、咲子を無視して走り去った。

それから三日間、咲子は行方不明だった。三日後、見つかったときは全裸の死体となっていた。東京と千葉にまたがる国道沿いの、潰《つぶ》れたモーテルに捨てられていたのだ。

全身に暴行の跡があった。

咲子は、ほぼ一昼夜、飯田を含む三人の男たちに暴行をされつづけ、最後に殺されたのだ。

逮捕された三人の供述は分かれていた。

車の前部席にすわっていた二人の不良、十八歳のAと十七歳のBは、十四歳のC、つまり飯田に、「女を紹介する」と誘われたのだ、と述べた。その女は「誰とでも寝る」

というふれこみだった。そこで四人でホテルにいこうとしたところ、女が嫌がった。Cが殴りつけ、「かまわないからやってしまおう」とたきつけた。そこで廃墟《はいきょ》となったモーテルに連れこみ、かわるがわる暴行した。途中腹が減るとコンビニエンスストアにいき、食べものや飲みものを買ってきた。女には、飲みものは与えたが、食べものは与えなかった。女は初めのうちは激しく抵抗したが、Cが暴力をふるうので、やがておとなしくなった。

一昼夜それをつづけ、飽きたので帰ろうという話になった。だがCは、「このまま女をおいていけば、親や学校にバレる」といい、女を絞め殺した。女は「殺さないで」と懇願したが、Cのそれに対する返事は「そうはいかねえんだよ」だった。

一方、Cの自供は異なっていた。

不良の先輩であるAとBに「女を紹介しろ」といわれ、咲子を連れていった。咲子本人ではなく咲子の友人を誰か紹介するつもりだった。その前に先輩二人を、咲子に会わせておこうと考えた。ところが先輩二人はすぐに咲子と性行為をしたがり、止めたが押しきられた。咲子が嫌がるのでホテルに連れこめず、廃墟のモーテルへといった。Cは、暴行に協力するよう強要され、逆らえなかった。

最後に、「口止めをしておけ」と先輩に命じられたが、どうしたらよいかわからず咲子の首を絞めた。咲子は逆らわなかった。それどころか「殺して」といった。

警察の取り調べ段階では、A、B二名の〝先輩〟の供述とCの供述のどちらが事実に近いかは明らかにならず、三名は家庭裁判所に送致された。

その結果、A、Bの二名は検察庁に逆送され刑事裁判の結果、懲役刑に処せられた。

問題は、Cの飯田だった。当時は少年法の改正前で、十六歳未満は刑罰の対象とならなかった。飯田は家庭裁判所で保護処分となり、少年院に送られた。それから二年弱で少年院を退院したことは、大塚も知っていた。

当時、事件はマスコミに注目された。

「女子中学生廃モーテル殺人事件」として、週刊誌などが取材に動き、通っていた中学にもテレビカメラや記者が押しよせた。

学校からは取材には応じないように、という通達がで、区の教育委員会がマスコミ各社に、取材自粛の要望をだすほどの騒ぎとなった。

地元ではさまざまな話がとびかった。咲子が売春をしていた、という残酷な噂も流れた。事件の内容には尾鰭《おひれ》がついていたが、取り調べに対して三人がどう供述したかについては、かなり正確な情報を、大塚らは知ることになった。それは刑事が、飯田が実際にどのような生徒であったか、中学まで訊《き》きこみにきたからだった。

供述がふたつに分かれくいちがっていると聞いたとき、大塚は、AとBの話の方が事実に近いと確信した。飯田は初めから咲子を「オモチャ」にするつもりで呼び出したのだ。

AとBは、確かに地元の暴走族にも所属していたワルではあったが、飯田とはその質が明らかに異なっていたように大塚には思えた。

主犯は飯田にちがいないのだ。

だが学校側は、責任を問われることを恐れた。飯田の授業態度はそれほど悪いものではなかったと主張し、あくまでも「先輩に強要された」のが事件の原因だと校長は記者会見で述べた。

かわりに悪者にされたのが、死んだ咲子だった。授業や生活態度も悪く、制服のスカートをひどく短くしていたなど、あたかも原因が咲子の側にあったといわんばかりだった。

大塚は激しい憤りを覚えた。だが、それを校長やマスコミにぶつけはしなかった。そうしたところで聞き入れてもらえる筈《はず》はない、とわかるていどには大人だったからだ。

と同時に、咲子の死は、自分にも責任があると感じていた。

事件の直前、駅前で咲子を見かけたことを、大塚は誰にも告げていなかった。噂の渦の中に自分が巻きこまれるのも嫌だったし、何より止められなかった自分を恥じる気持ちが強かったからだ。

止められた、止められた筈だ。そんな思いがずっと、大塚の胸から消えなかった。そしてそこには、飯田や先輩の不良たちを、自分が恐れたからではないかという自分自身への怒りが含まれていた。

声をかけることをなぜ、しなかったのか。

かけていれば、結果はちがった。

そのたびに、大塚は咲子の顔を思いだす。

そこに、待ちうける悲劇を予感した不安が浮かんでいたような気がしてならないからだ。

もしかすると、大塚に救いを求めていたのではなかったか。大塚が声をかけ、押しこめられた軽自動車の後部席から咲子をひっぱりだすのを願っていたのではなかったのか。

後悔は、いつもそこへと収斂《しゅうれん》していく。

咲子の死は、大塚に激しい苦しみを与えた。その苦しみは、わずかだが今もつづいている。

東京を離れたのも、そのせいだった。

逃げたわけではない。東京に残り、地元で就職したからといって、咲子は決して戻ってこない。

咲子の存在がこの地上から消えたと知ったとき、大塚は咲子に感じていた腹立ちの正体を知った。

自分は咲子が好きだった。強気を装いながら、実は一途《いちず》で傷つきやすい心をもった咲子に惹《ひ》かれていたのだ。

その咲子が家庭環境の崩壊から、グレていくのを止められなかった自分に、ずっと歯《は》痒《がゆ》さを感じていた。さらに飯田が現れ、今度は嫉妬《しっと》した。

つまりは、意地と嫉妬のせいで、咲子を救うことができなかったのだ。

思春期独特の勘で、咲子は大塚の感情に気づいていたにちがいない。男である大塚自身が気づかなくとも、女で、なおかつませていた咲子は大塚の気持ちを嗅《か》ぎとっていた。大塚はそんな気がしてならない。

だからこそ、咲子は大塚に、言葉にはださず、救いを求めた筈だ。

決して忘れることのできない、白く浮かびあがった咲子の顔が、大塚を責めていた。

信じてほしい。わかってほしい。飯田やそれ以外の不良を自分は恐れたわけではないのだ。彼らの暴力の匂いに屈して、咲子を見殺しにしたのではない。

心の中でずっと訴えつづけてきた。咲子に届くことはないとわかっていても。

少年刑務所に送られたAとB、少年院に入った飯田。その後の三人がそれぞれ社会に戻ったことは知っている。

飯田は地元には帰ってこなかった。もし帰ってきて、どこかで出会っていたら、大塚は決して許さないと心に決めていた。たとえどんな卑劣な手を使っても、飯田を完膚なきまで叩《たた》きのめし、真実を吐かせてやる。飯田のことを〝彼氏〟だと信じていた咲子を、あんなむごい目にあわせた張本人は飯田だ、と。

怒りはずっとためこまれたままだった。その怒りから逃れたくて、大塚は北海道の大学に進んだ。

あの日のような、むし暑い、東京の夏から解放されることは、大塚の中にためこまれた怒りをわずかだが和らげる役に立った。

十七年たった今は、怒りが、飯田へのものか自分へのものか、漠然としてきている。おそらくその両方なのだろう。ただ、あれ以来、大塚は人間の卑劣さだけは許せずにいる。

麻薬取締官という職業を選んだのも、そういう卑劣さをもった人間に法の裁きを受けさせたいという、自己中心的な動機だった。

だが多くの薬物依存者や犯罪者と接しているうちに、大塚の心は少しずつかわってきた。

人はもともと、弱く、あいまいな存在なのだ。立場がかわれば心もかわり、信念も揺らぐ。立場が強いときは卑劣な行動を決してとらないような者が、足場が揺らいだとたん、保身のための卑劣な行動に走るのを何度も見た。

初めの頃、憤りを感じていた大塚だったが、やがてそれが変化した。怒りから悲しみに、もっというなら人の哀れさのようなものをうけいれられる心の幅が生まれた。

人を憐《あわ》れんだり、赦《ゆる》す、という気持ちとはちがう。

自分には、人を憐れんだり、赦すような資格はない。そこまで立派な人間でもないし、寛大な心ももってはいない。

ただ、人間にはどんなことも起こりうる、という可能性をうけいれられるようになったに過ぎない。

職業による影響だということはわかっている。薬物犯罪は、人間の欲望に直結している。

むきだしのエゴや裏切りに直面する機会が絶え間なくある。それに対して怒りつづければ、やがては我が身を焼き尽くすことになってしまう。

怒りをおさえ、見つめていけば、やがてそこにあるのは、欲望の前に脆《もろ》い、人の弱さだとわかってくる。誰の心にもあり、むきだしにせずに生きていけるかどうかのちがいに過ぎないと見えてくる。

大塚は、それを成長だと感じていた。

だが、飯田に対してだけは、そういう気持ちにはなれない。

飯田は咲子を利用し、もてあそび、そして殺した。しかも殺した動機も、保身のためだけではなかったように思えてならない。

邪魔になったから殺したのではないか。

咲子は一途な性格だった。ワルとはいえ、〝つきあっている〟飯田に夢中になった。

初めのうちはそれでよかった飯田だが、やがて咲子の存在が重荷になった。そこで先輩に押しつけ、逃れようとしたのではないか。

思いをよせている男に、自らへの陵辱の手引きをされた咲子の悲しみはいかばかりのものだったろう。死にたいほど、悲しくくやしかったことはまちがいない。

なのに咲子は生きようとした。

「殺さないで」と懇願したという、A、Bの供述はそれを裏づけている。だが飯田はそれを許さなかった。

なぜか。

自らの犯罪が、さらに咲子を自分にとっての重荷にすると、飯田にはわかっていたからだ。咲子に与えた苦痛が、今度は自分への咲子の〝貸し〟にかわるのを飯田は恐れたのだ。

「そうはいかねえんだよ」

咲子の首を絞めながら発した飯田の言葉にはその思いがこもっている。

さらに――。

麻薬取締官として犯罪捜査の経験を積んだ大塚には、あのときの飯田の卑劣な計画が、今はわかる。

飯田は咲子を絞殺するのに、スラックスに締めていたベルトを使った。それは索条痕《さくじようこん》となって咲子の首に残されたろう。しかも絞殺のあと、再び飯田はそのベルトを腰に巻き、使用していた。

殺害の手を下したのが自分であることはいい逃れできないと、飯田はわかっていた。だから、殺しを強要されたかのような供述をしていたのだ。そうでなければ、実行犯は自分ではなく、二人の先輩だといいはったにちがいない。

わずか十四歳で、飯田はそこまで頭を働かせたのだ。しかも少年法により、刑罰が科せられないことも知っていたろう。

これほどまで卑劣で残酷な人間を、大塚は知らない。十年近く麻薬取締官をやってい て、飯田より頭が回り、かつ残酷な被疑者と対峙《たいじ》したことはなかった。

昨日、それが改められた。飯田を超える残酷さをもった人物と自分は対決した。そして、敗れた。

無力感と自分への怒りが大塚をさいなんでいた。咲子への思いと、村岡を救えなかった無念が交錯する。今この瞬間でも街へとびだしていき、ロックマンを見つけ、その全身にありったけの銃弾を浴びせたい。

さもなければ飯田を見つけ、叩き殺してやりたい。そうしなければ、大塚は自分を赦すことができない。

拳《こぶし》を口におしあてた。嗚咽《おえつ》の声が洩《も》れるのを防ぐためだった。

三度目は決してない。自らに生きていくことを赦すなら、三度目は決して、あってはならないことだった。

14

その日の午後、大塚は退院した。迎えにきた塔下の車で札幌に戻った。

ロックマンは見つからなかった。北領組の幹部、西田も自首していない。

「関東から回答がきた。DEAも、強力な止血成分の混じったドラッグには心当たりがないそうだ。PCPではありえない、ということだ」

車を走らせながら塔下はいった。明日、村岡の葬儀がおこなわれる、と大塚は知らされていた。

「道警は血眼だ。小樽近辺の山狩りをやろうかという話もでているらしい。実際、ヘリを飛ばして、付近の山に不審な者がいないかを調べさせている」

「定山渓の別荘はどうだったんです」

塔下は首をふった。

「空振りだ」

「――俺は札幌にいると思います」

大塚はつぶやいた。

「なぜそう思う」

塔下は大塚をふりかえった。

「木を隠すなら森の中、です。人が多いところの方が隠れやすい。それと、奴は必ず、陽亜連合への復讐《ふくしゅう》に動きます」

「道警の刑事は信じてなかったな」

「ええ。ですが、奴はふつうじゃありません。並の人間じゃありえないようなことをする」

塔下は黙った。大塚は無言でフロントガラスの先に目を向けていた。札樽自動車道のインターチェンジのすべてにパトカーがはりつき、走行車をチェックしている。

「そういや、調べてみたことがある」

しばらくして塔下が口を開いた。

「小樽の地方気象台に、一昨日のあの時間帯、朝里付近で地吹雪を起こすような突風が吹いたか。吹いたとすれば何時頃か」

大塚は塔下を見た。

「答えは？」

「当日、気圧は安定していた。海に近いから多少の風はあったろうが、地吹雪を起こすほどの強風が吹くとは考えにくい」

塔下は感情のこもらない声でいった。

「そんな馬鹿な！」

「お前を信じてないわけじゃないんだ。俺にも勘があって、そいつを確かめてみたくて調べたんだ」

「どんな勘です？」

大塚は塔下を見た。

「このヤマはふつうじゃない。確かにクスリでいかれちまってる奴らは、シラフじゃ考えられないようなことをしでかすが、それにしたって異常だ。大男のロシア人プラス俺たちの知らない何か強烈なドラッグという可能性を考慮しても、ロックマンは強すぎるし、足取りもつかめなすぎる」

「では、何だと」

「わからん」

塔下は首をふった。

「俺の経験でも、こんな犯人は見たことがない。確かにロシアマフィアには凶悪なのがいるとは聞いているが、タレコんだ人間の、それも地元じゃない、日本の自宅にまで押しかけて殺すなんてのは考えられない。復讐するならするで、もっと時間をかけ、別の殺し屋を送りこむやり方だってあるだろう。麻取や警官を巻き添えに殺してまでつっ走る必要があったのか。たとえばこれが、犯人が西田だというならわかる。組の浮沈をかけたでかい取引を潰《つぶ》され、組長以下主だった組員をもっていかれたら、絶望的な気分になり暴走するということもある」

「西田は本当にロックマンと行動を共にしているのでしょうか」

「奴の移動のことを考えると、運転手は絶対に必要だ。ロックマンに来日経験が過去あったとしても、市街地からの逃走、さらに南小樽でアーザムを殺し、短時間のうちにシャリーフの自宅をつきとめ現れている。道案内をする人間の存在は不可欠だ」

「しかし西田の姿を見た者はいないいんですよね」

塔下は頷《うなず》いた。

「西田が最後に見られたのは、小樽港マリーナだ。そこをモーターボートでていき、どこかに上陸したあと、市街地から逃走してきたロックマンと合流したと考えられる。だから海上を移動して非常線をかわした可能性もあるんだ。もちろん、どこかで再上陸はしなければならなかったろうが」

「海保からは何かあがっていないのですか」

「ない。西田のモーターボートもまだ発見されていない」

自宅のあるマンションまで送るという塔下にあらがって、大塚は合同庁舎にいくといい張った。ついには根負けし、塔下は大塚を合同庁舎へと乗せていった。どのみち、大塚の自宅もさほど離れてはいない。

部長の袖井や他の部員に心配と迷惑をかけた詫《わ》びを告げ、大塚は銃器保管庫に向かった。

麻薬取締部の拳銃《けんじゆう》保管庫は、一挺《ちよう》ずつひきだしにおさめられている。ひきだしにはふたつの錠がついていて、ひとつがその拳銃を支給された取締官、もうひとつが部長のもつ鍵《かぎ》で開く仕組だ。袖井の許可を得た大塚は、コルトディテクティブをとりだした。別に保管されている三十八口径実弾六発を装塡《そうてん》する。

腰にコルトのホルスターを装着し、大塚はようやく心が落ちつくのを感じた。

「まだロックマンを捜す気なのか」

心配そうに袖井が訊《たず》ねた。大塚は首をふった。

「道警があれだけやって見つからないものを自分ひとりで捜しだせるとは思っていません。ただこれから情報提供者と会うので、用心のためです」

「国井だな。無事なのか」

「きのうの時点では無事でした。ですがかなり怯《おび》えています。ロックマンに次に狙われるとしたら自分じゃないかと」

「陽亜が情報を流せば、それもありうるな」

「哀れな男です。何とか助けてやりたいのですが、北海道にいては危険なので、どこかへいかせようと思います」

「どこだ？」

「できれば東京とかの方が安全じゃないか」

聞いていた塔下が口をはさんだ。大塚は頷いた。

「私もそう思います。私の地元で工務店をやっている友だちに頼んで、しばらく預かってもらおうかと……」

「それはかまわないが、こちらを離れる前にありったけの情報を吐かせておけ」

「了解しました」

大塚がでていこうとすると、袖井が呼び止めた。

「ひとりで大丈夫か」

「大丈夫です。むしろひとりの方が目立たなくて安全でしょう」

大塚はきっぱりといった。もう同僚を巻きこみたくはなかった。もしロックマンが国井を襲いに現れるなら、そのときは自分ひとりで対処する。

合同庁舎の駐車場に、村岡と使っていた公用車が止められていた。誰かが朝里の駅前から運んできたのだろう。

それに乗りこむと、大塚は国井の携帯電話を呼びだした。

「はい――」

「大塚だ、これからそっちにいく」

「え、今どこですか」

「札幌のカイシャだ」

大塚が告げると、国井はうろたえた声になった。

「今、俺、ホテルじゃないんです。例の昔の仲間に会うことになっていて、月寒《つきさむ》の方にきてるんです」

「大丈夫なのか、表をうろついて」

「そいつのマンションに直接いくんで、大丈夫だと思います。きのう、そいつが急に事務所の夜当番になっちまって、会えなかったんすよ」

月寒は札幌市の南東部だ。

「タクシーで移動してるのか」

「いや、女房が車で迎えにきてくれて――」

嬉《うれ》しそうな声で国井はいった。昔の仲間と会うのを、別れた妻を呼びだす口実に使ったにちがいない。

「大塚さんに頼まれた仕事だっていったら、乗っけてってくれるって……」

大塚は息を吐いた。何としても復縁したいのだろう。

「いつ頃、こっちに戻れる？」

「もう五分かそこらで奴のマンションに着きます。そこで一時間くらい話したら、戻りますから」

大塚は時計を見た。

「じゃあ三時頃には帰ってこられるな」

「大丈夫です。遅れるようなら連絡します」

「わかった。ホテルの近くで待ってる。うろうろせずに帰ってこいよ。本当にお前は狙われている可能性があるのだからな」

「わかってますって。大塚さんが喜ぶようなネタを仕入れてきますから」

別れた妻といっしょにいられるのが嬉しくてしかたがないようだ。きのうの怯えが嘘のように、国井の声は弾んでいた。

大塚は公用車をだした。一度自宅に戻るためだった。シャワーを浴び、着替えをしたかった。

大塚の住居は、北区の合同庁舎から車で十分足らずの白石区《しろいし》にあるマンションだった。

2LDKの広さだが、家賃は東京に比べると驚くほど安い。

車を止め、部屋に入った。シャワーを浴び、誰もいないリビングのソファに腰をおろすと、さすがにこの数日間の疲れがどっとでてきた。

ガラスの破片で負った傷は、そう深くはないものの、まだ痛みが残っている。拳銃と財布、身分証などを並べたテーブルの前で動けなくなった。

大塚は財布に手をのばした。場合によっては国井にまた金を渡してやらなければならない。こうした〝必要経費〟はあるていど認められているが、後精算になるので持ち金を確かめておきたかったのだ。

財布を開くと、小さな名刺が目に入った。とりだし、それが「コルバドール」のジャンナのものであることに気づいた。日本で働いて金を貯め、フランスで美術の勉強をしたいといっていたホステスだ。携帯電話の番号が記されている。

ジャンナから何か、ロックマン捜索に役立つ情報を得られるだろうか。

ぼんやりと考え、大塚はふと思いだした。「北鬼」を降りたとき、ロックマンがもっていた大きな包みはどうしたのだろう。額縁が入っているかのような、平べったい四角い包みだ。朝里で襲ってきたときは、ロックマンは何も手にしていなかった。

大塚は携帯電話に手をのばした。ジャンナの携帯電話を呼びだす。

「――はい」

三度ほど鳴ったところで応《こた》えがあった。

「ジャンナさんか。大塚です」

「大塚サン。元気ですか」

「まあまあ、かな。仕事でトラブルがあったりしたから」

「大変ですね。声、疲れてるよ」

「そちらはどうだい」

「別にかわらない。そういえば、今日また、ボリスサン、くるよ。きのう、お姉サン、いってた。高森社長もいっしょ」

「毎晩きているみたいだな」

「そうね。でもわたしは席につくことないね。ボリスサン、ロシア人ホステスはいらないみたい」

「そうか」

「テレビのニュースでやってるの見ましたか？　人いっぱい殺した、悪いロシア人が逃げてる」

「ああ。知ってる」

「早くつかまるといいね。ロシア人皆悪いと思われるよ」

「そうだな。そういえば、ジャンナ。ロシア人は、絵とか写真を大事にするかい？」

「大事にする人もいます。日本人と同じ。自分にとって大切なものなら」

「いや、それはそうだけど、いつももち歩くようなことってあるかな」

「いつも？」

「そう。たとえば日本にくるときももってくるとか」

「それ、どんなもの？」

「中身は見てないんだ。四角い包みで、大きさは三十センチ四方くらい。厚みがないので、写真とか絵を入れる額縁のような形をしている。本人はすごく大切にしているようなんだ」

「そのロシア人は大塚サンの友だち？」

「いや、そうじゃない。知り合いなら直接訊《き》けるからね。仕事で小樽港にいったときに見かけた人だ」

「その人、悪い人？」

いきなりジャンナがいったので大塚はとまどった。

「え？　そうだな。あまりいい人ではないかもしれない。なぜだい」

「ロシア政府が外国にもちだすの禁じている美術品あります。イコン。わかります？」

「イコン？」

聞いたことのある言葉のような気もするが、意味はわからなかった。

「イコーナ。聖人の絵。キリスト教の偉い人の絵を板に描いたもの。マリアや主キリスト。ロシアの古い家では、壁に飾ります。教会にもたくさんある。古いものは、とても美術的価値が高いので、外国にもってでるのを禁止されています」

「つまり売ればお金になる？」

「なるものもあります。古いものなら、何百万円にもなります」

「イコン……」

大塚はつぶやいた。ロックマンが敬虔《けいけん》なクリスチャンだとは思えない。とすると、あの包みは売るために密輸入したイコンかもしれなかった。

入国審査の際、コントロールド・デリバリーのため、税関をスルーさせた。その結果、ロックマンは禁輸品のイコンを所持していることをとがめられずに日本に上陸したというわけだ。

ロシア国内で、何らかの手段で美術的価値の高いイコンを入手したロックマンが、運び屋として来日するついでに換金しようとしたとも考えられる。北領組事務所近くで所持品検査を警官にされた際、あやまって包みを地面に落とした刑事を殴りつけた理由も、それで説明がつかなくはない。大金の価値があるイコンを壊されそうになってかっとなったのだ。

「ジャンナ、イコンは日本でも高く売れるかな」

「ふつうの人は価値がわからないね。たいていのイコンは、木の板に絵が描いてあるだけのもの。油絵とちがって、作者のサインもない。けれど、十七世紀、十八世紀のものなら、すごい価値がある。古ければもっと高い」

「すると美術商にもちこまなければお金にはならないな」

「そう。それもイコンに詳しい人じゃないと無理ね」

そんな美術商がいるとすれば、やはり札幌だろう。あるいは東京や大阪のような大都市だ。イコンを買いとる契約をした美術商がロックマンの逃走を手引きしている可能性もある。もしそうなら、ロックマンはすでに北海道を離れているかもしれなかった。

「大塚サン、警察の人ですか」

勘の鋭い娘だった。ジャンナは訊《たず》ねてきた。

「いや、警察じゃない。ただいろいろ調べる仕事はしている」

これ以上は嘘をつきたくなくて、大塚はいった。話のようすで、ジャンナはロシアマフィアとのかかわりがなさそうだと判断したからだ。

「そう。じゃあ、あの悪いロシア人も捜してる？」

「見つけられたらいいと思っている。あのロシア人は――」

いいかけ、大塚は言葉に詰まった。ジャンナは無言で待っていた。

「――俺の大切な友だちでいっしょに働いていた仲間を殺した」

ジャンナがロシア語で何ごとかつぶやいた。

「何ていったんだい」

「神サマにお祈りしたよ」

「ありがとう」

「元気だして下さい。わたしで何かできることあったらいって」

「そうだな。また連絡する。それと――」

「わかってるよ。大塚サンのこと、お店でナイショね」

「その方がジャンナのためだと思う」

大塚はいって、電話を切った。

イコン。大塚は、ジャンナから教えられた、ロックマンのもつ包みの可能性を考えこんだ。

だが具体的にどのようなものか、想像がつかない。大塚はこれまで一度もイコンなるものを見た経験がなかった。実物はもとより、写真や絵ですら、見たことがない。いや、あったかもしれないが、それがイコンであるとすら気づかなかったとも考えられる。

麻薬取締部に戻れば、パソコンを使って検索ができる。インターネットを使えば、あるていどイコンがどのようなものか情報が得られるだろう。

携帯電話が鳴った。国井かと思って手にとると、たった今話したジャンナからだ。

「はい」

「大塚サン、イコンのこと書いた本、わたしもってます。見たいですか」

「それはありがたい。でも貴重な本ではないのかい？」

「学校で使った教科書。ロシア語だから、大塚サン、読めないね。わたしが説明するよ」

「助かるよ。どうすればいい？」

「そうね。夕方、すすきのにこられますか？」

「そうだな……」

　大塚は時計を見た。国井のもたらす情報しだいだが、六時頃なら会えそうだ。その旨を告げると、ジャンナはすすきのにあるホテルのティーラウンジの名をあげた。

「そこで六時、どう？　ダイジョウブ。ドウハンして下さいといわないから」

　ドウハンとは同伴出勤のことだろう。「コルバドール」のようなクラブでは、誘客のためにホステスに、客を伴って出勤するノルマを課していることが多い。

　ジャンナは笑い声をたてた。

「わかった。同伴はできないが、食事くらいならご馳走《ちそう》する」

「ホントに!?　わたし嬉《うれ》しいよ」

「コルバドール」に同伴出勤して、陽亜連合のようすを探る手もあるが、顔の傷が目立ちすぎて、高森らに顔を覚えられてしまう危険があった。

　第一、今の大塚は、クラブで酒を飲むような気分にはとうていなれない。

　電話を切ると、気力をふりしぼって立ちあがった。国井が戻る前に、ビジネスホテルの周辺をチェックしておく必要がある。国井だけは殺されずに北海道から逃がしてやりたかった。

　東京で一からやり直すというアイデアは、別れた妻との復縁を願う国井にとっても、悪い申し出ではない筈《はず》だ。

15

大塚の予想通り、国井は上京するという案にとびついてきた。

「本当すか。もし使ってもらえるのなら、俺、死ぬ気でがんばりますから。女房も、本気で足を洗ったとわかれば、きっと戻ってきてくれると思うんですよ」

目を輝かせた。

「さっき、地元の友人に電話で訊《き》いてみた。左官の見習いでなら雇ってくれるそうだ。寮がわりに使っているアパートも空きがあるといっていた。風呂《ふろ》なしだが、近くに銭湯がある。今回の件の報奨金も、とりあえずいくらか仮払いしてもらえば、準備金になるだろう」

大塚がいうと、国井の目が潤んだ。

「本当に、何から何まですみません。俺、大塚さんにパクられて、よかったす」

「馬鹿なことというな。それより何か新しい情報はあったか」

「やっぱり道警にもチックリが入ってたのは事実らしいです」

国井は体を丸め、低い声でいった。

「流せって指示は本部長からでたって話で」

「北海道の本部長か。高森だな」

「そうです。高森は、このところロシアからきている大物とべったりらしいです。その大物がでかい話をもってきたらしくて」

「ボリスか」

「名前までは教えちゃくれませんでした。ただ北領が駄目になると、小樽周辺の港が好きに使えるようになるんで、ロシアとの仕事はえらくやりやすくなるっていってました」

「北領の仕返しは警戒してないか」

国井は首をふった。

「それはまるで。実際、北領はもう終わりですからね。西田が行方知れずなんで、組はガタガタらしいです」

「西田の行方についての情報はないのか」

「西田については、陽亜の方も気にしちゃいるらしいんですが、殺されたか、自殺してるんじゃないかって噂もあるようです」

「殺されるって誰にだ」

「あのロシア人ですよ。野郎の本業は、運び屋じゃなくて、取り立てとか殺しとかの、かなり荒っぽい仕事だったようです。ロシアからきている大物ってのが、今度の件さえなきゃ、こっちであの野郎を始末したいって相談をもちかけてたらしくて」

「ボリスがロックマンを？」

「ええ。ロックマンは向こうでずいぶん殺してて、あちこちに恨みを買ってるらしくて、日本で消せるのなら消しちまいたいって話があったようです。ただこんなことになったんで、逆に手がだしにくくなったと。まあ、陽亜としちゃ、ほっといてもサツが片付けてくれるだろうとタカをくってる節はありますがね」

「クスリの件はどうだ」

「そいつは何も。ただ、本当は陽亜にブツを届ける筈《はず》だった運び屋、リハチェフって奴の話をしたの覚えてますか」

大塚は頷《うなず》いた。リハチェフのかわりにロックマンが、陽亜ではなく北領にメタンフェタミンを運んできたというのが今回の事件のきっかけだ。

「消されてたそうです。ユジノサハリンスクの外れで、頭にぶちこまれてるのが見つかったって」

「どこの情報だ」

「ロシアですよ。陽亜には、リアルタイムでサハリンとかウラジオストクのニュースが入ってくるんです。ロシア語のできる人間を何人か使ってるみたいで」

陽亜連合にとって、事件は当初の期待以上に北領組の勢力を削《そ》ぐ効果があったというわけだ。これでロックマンと西田が逮捕されれば、小樽を完全に掌握できる。北領組の目を気にせず、ボリスの組織との大がかりな〝貿易〟が可能になる。

だがそのからくりが暴かれることはないだろう。密告じたいは法に触れない。

高森とボリスが、「コルバドール」で祝杯をあげる理由にもなろうというものだ。陽亜連合は手をよごすことなく、小樽を手に入れた。

「あ、でも高森はボディガードを増やしたとはいってました。それは、例のロシアの大物がそうしろといったかららしくて」

思いだしたように国井はいった。

「ボリスは警戒しているんだな」

「それがロシア人の間で、妙な噂がでているらしいんです」

「噂？」

「消されたリハチェフってのが、もともとシベリアの出身で、サハリンにくるとき、その地元に寄ってきたらしいんです」

「地元というのは、シベリアのどこだ」

「そこまではわかりません。ただそんときに教会に寄っていて、そこの神父だか何だかから預かりものをしてたと。ところがリハチェフの死体からはそれが見つからなくて、ニュースを見たその神父ってのが、サハリンまででてきて大騒ぎをしてる——」

「大騒ぎとはどういうことだ」

「怪物が目覚めるとか、そんな話だそうです。で、そのロシア人の大物が、迷信深いのだか何だか、気にして、自分もボディガードを増やすから、お前も増やせって高森にいったらしいんですよ」

それが真実なら、怪物の話はさておき、ロックマンの異常な狂暴性について、ボリスには何らかの知識があるということになる。

「その迷信の中身は何だ？」

「それはわかんないです。何せ、また聞きですから。ロシア人の中にも信じてないのがいるらしいし。要はそのボリスって大物が用心深いってことじゃないですか」

リハチェフが出身地の神父から預かったという品物とロックマンの狂暴性とのあいだには何か関係があるのだろうか。

ボリスがそのことについて何かを知っているならば、警戒してボディガードを増やした説明にはなる。

神父から預かったという話でまっ先に思い浮かぶのは、ジャンナのいっていたイコンだ。だが、宗教的な芸術品と、ロシアマフィアの大暴れがどうつながってくるかがわからなかった。

何か宗教的な儀式で使う秘薬でもあったのだろうか。

いや、ありえない。怪しげなカルト宗教ではないのだ。人間を狂暴にするような薬物をキリスト教の神父がもっていたとはとうてい思えない。

かりにその神父が薬物依存者で、隠しもっていたクスリをリハチェフに渡していたとしても、リハチェフの死を知って騒ぎをおこしたら、自分に疑いが及ぶ。わざわざそんな危険を薬物依存者がおかす筈はなかった。

大塚は国井を別のビジネスホテルに移し、すすきのに向かった。あと一、二日ようすを見て、東京へ逃がすつもりだ。これ以上国井から新しい情報をひきだすのは難しいが、ロックマンと西田の動向がまるでつかめない状況では、まだ空港などには近づかせたくない。

当然、空港では警察が警戒にあたっている。だが何が起こるか予想がつかない。

すすきのは、一見平穏なようすだった。この街は、他の盛り場にはない特性を備えている。それは観光客の多さだ。たとえば東京の新宿などへも、地方から遊興を求める人間がやってくるが、その比率がまるでちがう。

本来盛り場とは、その土地に住む人間を対象にして発展するところだ。旅行者が訪れたとしても、わずかな割合でしかない。

だがすすきのはちがう。地方都市の盛り場としては、福岡の中洲《なかす》と並んで全国的に有名なこの地は、すすきのそのものを目あてにやってくる観光客が非常に多い。

一番の理由はやはり、北海道の食物だろう。北の海や大地で得られる美味を求めて、まずすすきのへと、人々は向かう。

さらに女性を接客に使う、バーやクラブ、スナック、加えて風俗系の店舗数の多さがある。しかもそれらが一ヶ所にかたまっている利便性がある。

たとえば風俗系の店は、同じ地区にかたまり、飲食店とは営業区域が離れているのが通常の盛り場のありようだ。

しかしすすきのはちがう。同じビルの中に、割烹《かっぽう》や居酒屋、スナック、クラブ、そしてファッションマッサージ店が共存していたりする。客は食事をして酒を飲み、さらに性的なサービスまで、ひとつのビルで欲求を満たすことができる。

初めてすすきのの街を訪れたとき、大塚もそのおおらかさというか、こだわりのなさに驚かされた。働く人々もそれに慣れており、ふつうなら職場と同じビルに風俗店があることを嫌がるホステスも、

「便利でしょう」

などと笑っていうのだ。

「一軒のビルで全部すむよ」

というわけだ。しかも彼女らは、観光客を扱い慣れている。すすきので飲みたい、という他県からの来訪者がそれだけ多い証《あかし》だ。

もちろんその背景には、長びく北海道の不況がある。

地元の遊興客だけを相手にしていたのでは、とてもやっていけない事情があるのだ。それだけに、店によっては〝観光客値段〟を設定していて、東京からきた客が、鮨屋《すしや》などで高額の代金を請求されたという話が流れることもあった。

だが、どこであれ盛り場とはそういうものだと大塚は思っている。すべてが健全で、嘘やごまかしがなく、明るさしかなかったら、人々はやってこない。いかがわしさや怪

しげな雰囲気を求めて盛り場を訪れる者も多いのだ。それは香りのようなものだ。無味無臭の食物がおいしそうには思えないのと同様、いくらかのいかがわしさが漂わない盛り場は、人を集めることができない。

その最たる場所が東京の新宿だ。恐い、危険だといわれながらも、毎夜、一年三百六十五日、これほど人が流れこむ盛り場は存在しない。

犯罪の発生件数も多く、暴力団事務所がひしめきあい、さらに各国の不良外国人が跋《ばっ》扈《こ》している。にもかかわらず、いや、だからこそか、新宿を求めてやってくる人々は多い。

今のところ、すすきのが新宿化する要素は少ない。

が、未来はどうなるかわからない。東京における取り締まりの強化が不法滞在外国人の地方分散をうながしているからだ。

東京にいづらくなったとき、彼らがめざすのはまず、盛り場に活気のある地方都市だ。あたり前の話、産業の種類が乏しく、人口の少ない場所に、彼らの収入手段はない。

盛り場には、異邦人を多く受けいれるすきまがある。とりあえずの仕事を求めれば、身許《みもと》をうるさくいわずもぐりこませてくれる職場が存在する。

ひとり、二人、とそこに住みつき、生活をするうちにネットワークは広がっていく。

それは中国人だけに限ったことではない。大塚ら麻薬取締官が警戒するロシア人においても同様だ。

むしろ、本国に帰ったらふつうの生活人に戻るのを前提に日本に出稼ぎにくる者が多い中国人よりも、すでに本国で犯罪組織を形成しているロシアマフィアの方がはるかに危険ともいえる。

なぜなら、中国マフィアによる多くの犯罪は、日本においてのみ成立するものが多い。パチンコの裏ロム、ＡＴＭ強奪、ピッキング盗など。中国に戻ったら、同じ犯罪で大金を稼ぐのが難しいものばかりだ。

一方でロシアマフィアはちがう。薬物、銃器、組織売春など、日本の暴力団とあまりかわらないシノギの種類だ。かつてはその重複が、彼らの上陸をくい止めていた。同じシノギを外国人には許さない、暴力団の圧力があったからだ。

しかし現在はちがう。海産物や中古車の取引などで、〝表〟の取引関係が、日本の暴力団とロシアマフィアの間で成立し、さらに薬物や女といった、〝裏〟の取引も進行している。

これらはいったん根を張れば、「ヒットアンドアウェイ」タイプの中国マフィアの犯罪とは異なり、深く日本の社会に浸透していく。日本人暴力団との癒着は、骨がらみとなるだろう。

だからといって、すべての外国人を排斥するのは不可能だし、現実的ではない。

人口が減少する一方の日本社会は、今後外国人労働者の受け入れなしでは、産業の地盤沈下がおこるのは目に見えている。

労働力は受け入れ、犯罪は排除する。その方向でやっていくしかない。が、それがいかに困難であるか、大塚でなくとも、多くの司法関係者にはわかっていることだった。日本の司法システムが限界に近づいている。多民族国家化を念頭においた、新しいシステムに作りかえる時機がきているのだ。

だが、かんじんの行政府、立法府にその認識がない。

麻薬取締部という、小さな組織にあってすら、〝限界〟を感じている大塚が、将来を考えると、ふとうすら寒ささえ覚えてしまう、それが現在の日本の実態だった。

六時に数分早く、待ちあわせたティーラウンジに着くと、ジャンナはもう窓ぎわの席にすわっていた。店でドレスに着がえるつもりなのか、ジーンズにセーターというラフな姿だ。椅子の背には毛皮のショートジャケットがかけられている。大塚に気づくと小さく手をふって合図した。店ではおとなしく、地味に見えるジャンナだが、こうして外で会うとむしろ活発な印象をうける。おそらく、ホステスという仕事にまだ馴染《なじ》んでいないのだろう。

大塚がテーブルに歩みよると、ジャンナの笑顔が消えた。

「大塚サン、怪我いっぱいね。大丈夫？」

「見た目ほどは痛くないんだ。小さな傷が多いから」

大塚は首をふった。

コーヒーを注文し、ジャンナを見つめた。ショートヘアのジャンナはこうして私服姿を見ると、まるで学生のようだ。

「わたし、悲しいよ」

ジャンナが不意にいったので、大塚は驚いた。

「どうして」

「同じロシア人が、日本で悪いことといっぱいしている。人殺しをして、その中には大塚サンのお友だちもいる。大塚サンにそんなひどい怪我をさせたのもロシア人？」

「別にロシア人すべてが悪いわけじゃない。ジャンナが気にする必要はない」

「本当ですか？　ロシア人いなくなればいいって、思っていませんか」

大塚は首をふった。

「そんなことはまったく考えていない。本当だ。それどころか、これからの日本は、もっといろいろな国の人たちが増えてくるだろうし、そうなって当然だと思っている。もちろん、犯罪者ばかりがこられても困るが、日本にだって悪い奴らはたくさんいて、そいつらが呼んでいるという事情もある。結局は、我々が努力していかなければしかたがない」

ジャンナは頷《うなず》き、わずかに躊躇《ちゅうちょ》したようすで訊《たず》ねた。

「大塚サンのお仕事、何ですか」

「麻薬取締官というんだ。英語では『ナルコ・エージェント』といっている。ロシア語で何というかはわからないが、イリーガルなドラッグを取り締まる仕事だ。例のロシア人、名前はイワンコフというのだけれど、奴も日本に悪い薬を運びこんできた。それをつかまえようとしているんだ」

「イワンコフ……」

「そう。通称はロックマン」

ジャンナはロックマンとつぶやき、首をふった。

「わたし知りません。聞いたことないよ」

「ロシアでは殺し屋のような仕事をしていたらしい。クスリも本当は別の人間が日本に運んでくる筈《はず》だったのを、その人間を殺して奪ったんだ」

ジャンナは目をみひらき、大塚を見つめた。大塚は国井から聞いた話をした。本来の運び屋リハチェフがシベリアの出身で、出身地の神父から何か預かりものをしていて、それも奪われていたことを話すと、ジャンナは何度も頷いた。

「もしかするとその預かりものというのが、君のいうイコンかもしれない」

「きっとそうです。教会なら、たくさんイコンがあります。その人、神父サンじゃなくて司祭サンね。東方正教会にいるのは司祭です」

「同じキリスト教でもちがうんだ」

ジャンナは頷いた。

「キリスト教には大きな種類、三つあります。カトリック、プロテスタント、東方正教会。カトリック、神父サン。プロテスタントは牧師です。東方正教会は司祭。十字もちがいます。カトリックはこう」

ジャンナは実演した。額から胸、左肩、右肩と指を動かす。

「でも東方正教会はこう」

額から胸は同じだが、右肩、左肩の順で、カトリックとは逆だ。

「プロテスタントは？」

ジャンナは首をふった。

「プロテスタントは十字を切りません。ひざまずいてお祈りするだけ」

「そうなんだ……」

考えてみれば、仏教でも宗派によって、念仏や読経がちがう。キリスト教もひとくくりにできないのは当然だ。

「で、イコンというのは、カトリックやプロテスタントにもあるものなのかい」

「いいえ。イコンは東方正教会だけです」

ジャンナはいって、足もとにおいたバッグから分厚い本をとりだした。キリル文字が表紙には入っている。

「カトリックには、イエス像、マリア像、それに宗教画があります。レンブラント、エル・グレコ……」

「なるほど。プロテスタントは？」

「ありません。プロテスタントは偶像崇拝にとても厳しい。だからプロテスタントの教会には、イエス像、マリア像もありません。十字架だけ。東方正教会はイエス像がないかわりに、イコンがあります」

「イコンというのは、そもそも何なのだい」

「イコンは、ギリシャ語の『エイコーン』、肖像という言葉からきています。コンピュータのアイコンといっしょ。五世紀頃の話。初めて描いたのは、福音書を書いたルカだといわれています。十世紀の終わり、ロシアにキリスト教が伝わると、当時の皇帝は、それまであった古い宗教の偶像をすべて壊させました。そしてドニエプル川に国民を集め、洗礼をうけさせます。みんなクリスチャンになりなさいと、命令しました。古い、昔の宗教の神サマの像は全部、壊しなさい」

「国民全員を改宗させようとしたわけだ」

ジャンナは頷いた。

「でも、人は何かに祈りたい。昔は偶像あったけど、今は駄目。でも空にはお祈りできない。そこでイコンがありました。イコンは、宗教画とはちがいます。何が一番ちがうか。アーティストの個性はありません。レンブラントは、聖書から自分の描きたいシーンを選び、アングルも人の顔も、リアルに描きました。イコンはそれはありません。何を描くか、決まっています。キリスト、マリア、そして教会が認めた聖人だけ。描くときは、同じ聖人なら、同じ顔、同じファッション、絶対です。アーティストが勝手にかえてはいけない。イコンは、神の国の窓であって、作った人の芸術であってはいけないからです」

「それはなぜだい」

「ロシアにキリスト教が伝わる前、八、九世紀頃、イコノクラスムという論争がありました。聖なる存在を、目に見える形で描いていいのですか。キリスト教は、いかなる像も作ってはいけない、と教えています。偶像崇拝の禁止を定めています。そこでイコノクラスムは、イコンを壊しなさい、という運動に発展しました。その結果、イコノクラスムより前のイコンはたくさん壊されました。でも時代がかわって、イコンはオーケーになります。イコンを聖なるものではなく、聖なる存在を描いただけのものと解釈したからです」

「わかりにくいな」

大塚はつぶやいた。

「つまり、こうです。イコンそのものを敬ったり、拝むのはいけない。でもイコンに描かれている聖人を拝むのは大丈夫」

「なるほど。絵は絵にすぎない。絵に宗教的な価値を与えてはいけない、という意味か」

「そう。目に見えるもの、手にとれるもの、は、人が作ったもの。人が作ったものをあがめてはいけない。でも、人が描いた聖なる存在そのものを敬うのはいいのです」

たとえば仏像の場合、仏の像だから手をあわせるのであって、像そのものを仏だと考えて手を合わせているのではない、ということなのだろう。だが実際には、人はそこまで分けへだてしていないのではないか。

「ところがイコンには、不思議な力がある、ともいわれているのです」

「不思議な力？」

「奇跡を起こす力です」

「イコンが奇跡を起こす？」

大塚は訊ねた。

「はい。たとえば、七世紀の初め、ビザンティン帝国の首都、コンスタンティノープルは、ペルシャ軍に包囲されました。そこで総主教が神の助けを願い、キリストとマリアを描いたイコンを掲げて都を囲む城壁の上をぐるぐる回りました。すると、ビザンティン軍は奇跡的な勝利をおさめたのです。それから二百年後、ロシア軍の艦隊が攻めてきたときに嵐に襲われたのも、同じイコンの力だといわれています」

「日本の神風のようだな」

「カミカゼ？」

「いや、いい。もっと教えてくれ」

「やがてこの奇跡を起こしたイコンは、コンスタンティノープルからキエフに伝わります。十二世紀の半ばのことです。それからウラジーミルへ、さらに十五世紀にはモスクワへと移されます。その結果、モスクワは三度もモンゴルの来襲から救われたといわれています」

「奇跡のイコンというのはひとつだけなのかい」

「いいえ、他にもあります。同じように、ロシアを戦争の勝利に導いたといわれているものや、病気を治したり、血や涙を流したイコンもあります」

ジャンナはテーブルにおいた本を開いた。

写真を示す。褐色の背景に、黒いマントのような服を着た女性が、白っぽい服を着た子供を抱っこしている絵が描かれている。

確かにあまりリアルではない。

「これが奇跡を起こしたといわれている、ウラジーミルから伝わった、キリストとマリアのイコンです」

「これは木の板かい」

「はい。木の板にテンペラで描きます。卵で絵の具を溶いて塗るのです」

「どういう人が描いたの？」

「イコンを描くのは修道士です。修道院で暮らし、神へ祈りをささげる毎日の中で、描きます」

大塚は頷《うなず》いた。〝奇跡を起こしたイコン〟だといわれても、クリスチャンではない大塚の目には、何か特別な力が秘められているようには見えない。

「イコンは誰でも作れるものではありません。東方正教会の信仰をもった者にのみ許されます。また色づかいや構図には決まりがあって、好き勝手に描いてはいけません。宗教画との最も大きなちがいはそこです」

「つまり同じようなデザインのイコンがいくつも作られているんだ」

ジャンナは頷いた。

「そうです。キリストとマリアを描いたものの他に、『至聖の三者』と呼ばれる、父と子と聖霊を描いたデザインが有名です。他にも聖人を描いたイコンはたくさんあって、ロシアでは教会だけでなく、信仰篤《あつ》い人の家にも飾られています。わたしのおじいちゃん、おばあちゃんの家にもありました。おじいちゃんの家にいくとまず、イコンに十字を切ります。クラスヌイ・ウーゴル、美しい部屋の隅という意味で、イコンを飾っている祭壇のことです。駅や公園にも、イコンはたくさんあります」

「聖人というのは？」

「迫害にあって亡くなった殉教者や信仰に一生をささげた人、奇跡をうけた人、などで、教会が認めた、聖なる人たちです。今は死後十年がたっていることや、バチカンの認定が必要ですが、昔はそんなことはありませんでした。教会に全財産を寄付したりして、教区の司祭が認めれば、聖人になれたのです」

「いったい何人くらい聖人はいるんだい」

「何万人といます。有名な聖人は、悪魔と戦った聖アントニウス、フランスの守護神、聖女ジャンヌ・ダルク、福音書を書いた聖マタイ、もちろんマリアサマも聖女です」

「そういう人たちすべてのイコンがあるの？」

「いえ。イコンに描かれるのは、やはり大昔の人で、有名な聖人ばかりです」

「価値があるのは？」

「それはやはり古いものです。十七世紀になるとツァーリ派のイコン画家たちが活躍するようになりますが、それ以前のイコンになると、たいへんな価値があります。日本でいう、国宝か、それ以上です。ロシア政府は現在、イコンの国外もちだしを禁止していますが、それは貴重な美術品の流出を止めるためで当然のことです。でも、こっそりもちだしてお金にかえる人たくさんいます。十七世紀より前のイコンだと、お金をいくらでもだすという人がいます」

「つまり絵と同じで大金持ちの収集家がいるんだね」

「はい。でもイコンはただの絵ではありません。宗教画ともちがう。だから特別なのです」

「日本にもイコンを集めている人はいるかな」

「いると思います。たくさんではないでしょうけれど、イコンの価値を知っている人はいます」

そういう人間に売りつける目的でロックマンがイコンをもちこんだのだとすれば〝商談〟はすでに成立していたことになる。インターネットで前もって画像などを送っておけば、あとは金とひきかえに手渡すだけだ。

「ロックマンがイコンを運んできたとして、いったいどんなイコンだとジャンナは思う？」

大塚の問いにジャンナは首をかしげた。

「それはわからないよ。ロシアで貴重なイコンが盗まれたとか、そんなニュースがあればわかるかもしれないけれど……」

「そういえば、シベリアの教会の司祭がサハリンでニュースになっているらしい。知ってた？」

ジャンナは首をふった。

「何それ？」

「ロックマンに殺された、シベリア出身の運び屋、リハチェフというらしいんだけど、その知り合いの司祭が、サハリンにまででてきて騒いでいるというんだ。何でも怪物が目覚める、とかいって」

「怪物？　わからないよ」

ジャンナは考えていたが、不意に立ちあがった。

「大塚サン、インターネットで調べてみるよ。インターネットカフェ、この近くにあるね」

「よし、そうしよう」

ホテルのティーラウンジをでた二人はその足で、近くにあるインターネットカフェに向かった。ジャンナの話では、ロシア人ホステスには、インターネットカフェの利用者が多いらしい。故郷の家族や友人とメールのやりとりをしたり、母国のできごとをニュースがわりに検索しているというのだ。

パソコンの前にすわると、ジャンナは慣れた仕草でキィボードを叩《たた》いた。やがて画面の表示がキリル文字一色になった。

それをスクロールさせ、ジャンナは目で追っていった。やがて、マウスにかけた手が止まった。

「あったよ、大塚サン。これね」

「どんな内容だい」

「ケジュマの教会の司祭が、アンドレイ・リハチェフに預けた重要な芸術品が奪われたと、ユジノサハリンスクの警察に届けでた。アンドレイ・リハチェフはユジノサハリンスクの郊外で死体で発見された」

「それだ。ロックマンはリハチェフを殺し、もっていたドラッグとイコンを奪ったんだ」

大塚はいった。ジャンナは頷き、表示されたニュースの先を読んだ。

「その司祭、ユーリ・ヴィクトゥルは、二月二十九日までに奪われた芸術品を回収しないとたいへんな災害が起こると、ユジノサハリンスク警察に警告した」

「二月二十九日……」

大塚はつぶやいた。ロックマンが小樽に上陸した日の前日だ。

「その芸術品というのは？」

「待って……」

ジャンナはいってパソコンの画面を見つめた。

「書いてない。警察は司祭の警告にとりあわなかったらしい。司祭は、百年に一度目覚める怪物が災害をひき起こすといっていて、その怪物が何で、奪われた芸術品とどんな関係があるかまでは、このニュースにはでてないよ」

「他のニュースはどうだい」

ジャンナは頷き、マウスを動かし、キィボードを叩いた。しばらくそうして、ロシアのネットニュースを検索していたが、やがて首をふった。

「でていない。最初のも真面目なニュースじゃなくて、ジョークみたいなニュースを集めているコーナーなの。UFOとか、雪男とか、そういうものばかりでている……」

だがボリスは真にうけてボディガードを増やしたという。インターネットでは流れなかった情報を何か入手したのだろうか。

「調べる方法はあるかな」

「あるよ。今、掲示板で誰かに訊《き》いてみるから」

答えて、ジャンナはキィボードを叩いた。ロシア人による、ゴシップなどを集めた掲

示板に加わるつもりのようだ。やがて目あての場所を見つけだしたらしく、キィボード
を打つ手が速くなった。
「何か情報をもっている人がいたら教えて、と書いたよ。今見ている人の中に知ってい
る人がいたら、返事がある筈」
二人は無言で画面を見つめた。キリル文字の文章では何が書いてあるかはわからない
が、ジャンナの問いにレスがあれば、大塚にもそうとわかる。
数分後、文章が現れた。
「きたかい」
「ちがう。これは別の書きこみ」
ジャンナは首をふり、大塚は息を吐いた。掲示板では多くの書きこみが交わされてい
る。ジャンナの質問以外にも、何かを訊ねたり、それに答えるやりとりがおこなわれて
いて不思議はない。
さらに何行かの文章がつづく。ジャンナが入ったのはかなり人気のある掲示板のよう
だ。
大塚は時間が気になった。食事をする約束だったが、このままではジャンナをまっす
ぐ「コルバドール」にいかさなければならなくなる。
「ジャンナ、食事をする時間がなくなる」
「大丈夫。お店終わってから食べればいいよ」

「そうはいかない。この書きこみに対する返事は、それこそお店のあとにでも見ればいい。さっ、食事にいこう」

大塚はいった。貴重な情報を与えてくれたジャンナに対して、食事もさせないで出勤させるのは、良心がとがめる。それにこの二日間というものまるで食欲がなかったが、ジャンナといっしょなら食べられそうな気がするのだ。

インターネットカフェをでると、二人はジャンナの希望でジンギスカンの店に入った。観光客がくるような有名店ではないが、値段のわりに味がよいことで定評がある。

「大塚サンは独身?」

ビールで乾杯し、運ばれてきた肉を焼き始めるとジャンナは訊ねた。

大塚は頷いた。

「独身だよ。ちなみに恋人もいない」

「今までずっと?」

ジャンナは目を丸くした。大塚は笑った。

「ずっとじゃない。大学生のときはつきあっていた女性がいたが、ふられてしまった」

「そう。大学では何を勉強しました?」

「法律だ」

「今の仕事がしたくて?」

「はっきりとは決めていなかった。でも何か、法律関係の仕事につきたいとは思っていたよ」

「なぜ？」

大塚は口をつぐんだ。咲子の話をするのはためらわれた。食事の際の話題としては重すぎるし、ジャンナに大塚の〝悔い〟が理解してもらえるかどうか、自信がなかった。

「ごめんなさい。わたし、失礼なこと訊いた？」

察しのいいジャンナがうつむいた。

「そんなことはない。いつか聞いてもらいたいけど、今はちょっと……」

大塚は急いでいった。本心だった。女性として意識しているというのとは少しちがうが、ジャンナに対し好意を感じ始めている自分がいる。

「わかったよ」

ジャンナは微笑んだ。

「じゃあ、いつか聞かせて」

それから二人はとりとめのない会話をした。互いの家族構成や、親の仕事など、だ。

ジャンナは、父親が歴史の教師で、母親が美術の教師という、教育者の一家の生まれだった。

「日本にお金を稼ぎにいくといったら、お父さんは反対したね。でもお母さんがオーケーといってくれた。勉強するためにお金を稼ぐのは大切なこと。苦労してためたお金で勉強すれば、きっと忘れない。人生は長いから、いくつから勉強始めても、遅いことは何もない、といって、お父さんを説得してくれました」

「立派なお母さんだ」

「お母さん、絵の勉強していたとき、いろんなところにいっていろんな人と会ったといっていました。その頃はまだロシアじゃなくてソヴィエトだったけど、国がかわっていくのを感じたといってました」

「ときどきご両親とは話しているの？」

「メールで。父親の働いている学校のコンピュータにメールを送っています。家にはコンピュータ、ありません。ロシアになってから、公務員は生活がたいへんです。最近少しよくなったけれど、わたしが高校生の頃は、本当に貧乏でした……」

「日本にはあとどれくらいいるの？」

「一年くらい。もしかするともう少し。お金、思ったよりたまらないです。私もお洒落《しゃれ》したいし、あちこちの美術館に旅行しますから……」

「そうか」

留学資金をためたジャンナがフランスにいき、向こうの学校を卒業する頃には三十を越えているだろう。それでも好きなことを学び、仕事にできるなら決して遠回りとはいえない。

若いうちに学問を終えなければならないと考えるのは、日本人くらいのものだ。ＤＥＡにいた知り合いのアメリカ人は、三十を過ぎてからロゥスクールに入学し、四十近くになって弁護士を開業した。

大塚はこれまで、他の仕事につきたいと思ったことはなかった。

だが今回の事件で初めて、迷いが生まれていた。ロックマンによる被害をこれ以上防げないとしたら、自分には司法警察職員という職業が向いていないのではないだろうか。

むろんひとりができることには限界がある。それに比べれば、人間の欲望には限界がない。

麻薬取締官という仕事についたとき、ある先輩がいった言葉が、今も忘れられない。

「麻薬は俺たちが生まれる前からこの世にあるんだ。そして死んだあとも決してなくならないだろう」

麻薬汚染との戦いに終わりがないことを端的に告げている。

「大塚サンは他の仕事したいと思ったことありますか」

「いや、ない。俺は、人間の悪をただしたいとずっと思ってきた。悪い奴を許せない。悪いことをする人間をつかまえて裁きを受けさせなければならない、と。世の中を、善と悪としかに分けない、ひどく子供っぽい考え方をしていたと思う」

「人は皆、そういう風に考えます。その方が楽ですから」

ジャンナがいったので、大塚は目を向けた。

「自分が正しいと思い、自分を苦しくさせるものは皆悪いと考える。それはとても簡単な生き方です。簡単な方が人生は楽しい」

大塚は苦笑した。

「その通りだな」

「絵を描くとき、光はとても大切な問題です。光の当たりかた、角度や強さで、ものは皆、ちがって見えます。影にも、濃い影と薄い影があり、それで絵に描かれたものが立体に見えるのです」

大塚は頷いた。

「もし、絵に、光っているところとまっ暗なところの二種類しかなかったら、それには何か必ず意味があります。なぜなら、光に二種類しかない現実は存在しないからです。人間も同じと思います。正しいだけの人、悪いだけの人はいません。みんなグレイです。濃いグレイ、薄いグレイ、まっ黒に近いグレイもいるけど、どこか明るいグレイが残っている」

「麻薬取締官の仕事をして、俺も同じことを思うようになった。ただ、この世の中には、まっ黒な人間もいる、とは思う」

「まっ黒な人……」

ジャンナはつぶやいた。

「そう。最初から心が壊れているのかもしれない。あるいは、人間の姿をしているけれど人間じゃない。関係のない他人を傷つけたり苦しめることを何とも感じないだけでなく、自分によくしてくれた人間に対してすら、平気で残酷な真似をする」

「大塚サン、会ったことある？」

ジャンナは大塚を見つめて訊ねた。

「ひとり、いた。子供の頃、会った。そんな奴は、世の中にめったにいない」

「その人はあなたを傷つけましたか」

「肉体的にという意味では何もされなかった。だけど、俺にとって大切だった人を殺した」

ジャンナは目をみひらいた。

「もちろん警察につかまった。だが上手な嘘をついたのと、まだ子供だったせいで、すぐに世の中に戻ってきた筈《はず》だ。今どこで何をしているかは知らない。だがそいつだけはずっと許せないと思っていた。俺がこの仕事についたのは、そのことがあったからだ」

ジャンナは沈黙していた。やがて訊《たず》ねた。

「今その人に会ったら、大塚サン、わかりますか？」

「たぶんわかると思う」

「その人がもし、ふつうの人だったら？　悪いことを何もしないで生きていたら、どうします？」

大塚は首をふった。

「信じない。あいつはどんなに上べをとりつくろっても、まっ黒な人間なんだ。周りをだまして、悪いことをしているに決まっている」

「――かわいそうに」

ジャンナがつぶやいたので、大塚ははっとした。

「あいつがかわいそう？」

「その人も、大塚サンも。大塚サンはその人を憎んでいます。憎しみをずっともって生きていくのはつらいこと」

「確かに憎んでいるのかもしれない。憎まれて当然の奴だと俺は思う。だけど憎まれるだけじゃ、そいつにとっては痛くもかゆくもない。俺がどれだけ憎んだって、そいつは平気に暮らしている。きっと俺のことなんか知りもせずに」

「じゃあその人を憎んでいると、大塚サンはその人に教えたいですか」

大塚はジャンナを見返した。

「お前を憎んでいる、ずっと憎んでいる、とその人に教えようとは思いませんか」

「考えたこともなかった。そんなことをしても、何の意味もない」

「意味はあります。大塚サンが憎んでいることその人に教えたら、その人もきっと大塚サンを憎む。憎まれたら、人は憎みます」

大塚は唇を強くかんだ。

「あいつはとっくに憎んでいるさ。自分以外のすべてを憎んでいる。そうでもなけりゃ、あんな奴が存在する筈がない」

ジャンナが小さく息を呑《の》んだ。

「俺は奴を地獄に叩《たた》きこんでやりたいと思っている。憎むというのはそういうことだろ。ロックマンもそうさ。今はロックマンも憎んでいる。もしロックマンを見つけたら、銃でハチの巣にしてやりたい。そうして地獄に叩きこんでやる」

ジャンナはしばらく無言だった。

「――大塚サン」

「何だい」

「たぶん、ロックマンもその人も、大塚サンのいう通り、黒い人なのでしょう。だけど、あなたが地獄に送る必要はないよ。なぜなら、その人たちはとっくに地獄にいる。今生きているこの世界が、その人たちにとって地獄だから」

16

食事を終え、ジャンナを「コルバドール」に送って、大塚は自宅に戻った。めったに自宅では飲まない酒が飲みたかった。傷にはよくないとわかっていたが、アルコールの刺激が欲しかったのだ。

ウィスキーをグラスに注ぎ、ストレートのまま、ちびちびと飲んだ。ときおり、ひとりでそうして飲むことがある。考えるのはいつも咲子のことだった。

ジャンナの言葉が強く残っている。

「今生きているこの世界が、その人たちにとって地獄」

飯田もそうだったのだろうか。わずか十四歳で、地獄を生きていたというのか。

飯田の家庭環境がどのようなものだったか、大塚は思いだそうとした。

両親が不和だった？　家の中で孤立していた？　人の愛情に飢えていた？

思いだせなかった。飯田がどんな家庭で育ち、親が何をしていて、兄弟がいたかいなかったか、何ひとつ思いだせない。

自分がもし地獄に生きていたらどうだろう。この世のすべてを憎む。地獄の住人などと仲よくしたいとはとうてい思わない。地獄の住人を傷つけることに、何の痛痒《つうよう》も感じない。

それは確かだ。

理解できるのか。

大塚は自問した。そう考えたら、飯田やロックマンを、奴らのしたことを理解できるのか。

性善説とはちがう。奴らが地獄に生きていることを理解したからといって、奴らがそうなった理由までをも理解する気はない。たとえどんな目にあってきたとしても。

苦い気持ちだった。事件が起こり、ロックマンの話をジャンナにしたのがきっかけで飯田のことを思いだし、大塚は自分の憎しみが少しも薄れていないことに気づいた。

人を憎んで生きていくのはつらい、とジャンナはいった。そんな風に考えたことはなかった。飯田に対する憎しみが理由で麻薬取締官という職業を選んだとしても、その憎しみを容疑者にぶつけて生きてはこなかったと自分は断言できる。むしろ、多くの犯罪者を知れば知るほど、飯田の特異性を再認識した。そのことがきっと、飯田への憎しみを風化させなかったのだ。

ジャンナにはいえなかったが、その憎しみの原動力となっているのが、自分の〝後悔〟である、と大塚はわかっていた。

駅前で咲子と会ったとき、声をかけなかったことで、咲子の死を防げなかったという後悔だ。

それは、たまたまかけなかったのではない。あえて、かけなかったのだ。だからこそ、後悔がある。

不思議だった。ロックマンへの怒り、憎しみが、飯田に対するそれを薄れさせてもいい筈《はず》なのに、そうはならない。ロックマンへの憎しみが増せば増すほど、飯田への憎しみもふくらんでいくような気がする。

憎しみにとりつかれた人間になってしまいそうな不安すらあった。

大塚は時計を見た。午後十時を回った時刻だ。

ジャンナは大塚の体を気づかい、「コルバドール」の閉店後、インターネットカフェにはひとりでいく、といった。そして何か情報が得られたら、明日一番で連絡をくれると約束したのだ。確かにインターネットでのジャンナの書きこみにすぐに何らかの返事

のだ。
大塚はテレビをつけた。何か捜査関連のニュースが入っていないか、知ろうと思った
酔いはまだなかった。今は飯田のことを忘れ、ロックマンに集中すべきだ。
があるという確証はなく、大塚は厚意に甘えた。

リモコンでニュースを流している局を探した。不意に見慣れたすすきのの風景が映しだされた。中継映像のようだ。パトカーや救急車が止まっている。

「すすきののクラブで銃撃戦」

テロップが流れ、大塚は画面を見つめた。アナウンサーにカメラが移った。

「――お伝えしていますように、今日、午後九時二十分頃、札幌市中央区すすきのの、クラブ『コルバドール』で発砲事件が発生しました。警察によれば、店内で十発以上もの発砲があり、少なくとも三名が死亡し、五名が病院に運ばれました。死傷者の詳しい情報はまだ入っておりませんが、死者のなかには外国人も含まれている、とのことです」

大塚は立ちあがった。凍りつくような恐怖が頭を痺《しび》れさせている。

「くり返します。今日、午後九時二十分頃、札幌市すすきのの、クラブ『コルバドール』で、客どうしによる撃ち合いがあり、八名の死傷者がでたもようです。現場は、すすきのの中心部にあるビルの三階に入った高級クラブで、事件発生時には、ほぼ満席だったとのことです。北海道では先日、サハリンから船で覚せい剤を運んできたロシア人

の男が、警察官など五名を殺害する事件も発生し、未解決なだけに、関係者には深刻な衝撃が広がっています」

画面が切りかわった。救急病院の前からの中継だ。

「こちら、すすきののクラブで起きた発砲事件で負傷した人が運ばれた病院です。関係者の話によりますと、運びこまれた人の中には、ロシア人の男性が含まれていて、胸を撃たれて大怪我をしているということです」

大塚は電話に手をのばした。ジャンナの携帯電話を呼びだす。だが、電源を切っているか、電波の届かない場所にいる、というメッセージが返ってきた。

電話を切ったとたん、鳴りだした。塔下の携帯電話からだ。

「大塚です」

「ニュースを見たか」

「今、見ています」

「道警から連絡があった。死人の中に、ロックマンがいるらしい。お前にもメンを確認してほしいそうだ」

「ロックマンが？」

「死体はまだ現場だ。すぐにでられるか」

「でられます。飲んでしまったので、タクシーになりますが」

「すぐにきてくれ。先にいっている」

塔下は告げて電話を切った。大塚は急いで顔を洗い、歯を磨いた。「コルバドール」にいけば、ジャンナの安否もわかるだろう。電話でタクシーを呼び、着替える。

タクシーは五分足らずで到着した。乗りこむと、大塚はふと気になり、国井の携帯電話を呼びだした。

「――国井です」

「大塚だ。ニュースを見たか」

「何です？」

まだ知らないようだ。

「『コルバドール』で撃ち合いがあった」

「えっ」

国井は絶句した。

「三人が死んだ、という話だ」

「マジですか」

「テレビを見ろ。あとで連絡する。ホテルをでるなよ」

「はい」

電話を切り、深呼吸をした。ロックマンが殺されたのだとすれば、「コルバドール」になぜいたのか。

答えはひとつしかない。陽亜連合への復讐《ふくしゅう》だ。ジャンナの話では、「コルバドール」

には今夜、高森とボリスが現れる予定があった。それを嗅《か》ぎつけ、襲撃をかけたのではないか。

まさに神出鬼没だ。これだけの警戒の中をどうかいくぐって、すすきのまでたどりついたのか。

タクシーがすすきのに到着した。警察車輛《しゃりょう》と報道関係の車、それに野次馬で、道路は大渋滞をひきおこしている。

「ここでいい」

大塚はいって、タクシーを降りた。コートの前を留め、凍りついた歩道を滑らないよう、注意して歩きだす。

携帯電話が鳴った。ジャンナだ。

「もしもし！」

「大塚サン！」

泣きだしそうなジャンナの声が耳にとびこんでくる。

「無事だったのか」

「はい。でも恐かったです。皆がいっせいにピストルを撃ちだしました」

「今、どこにいる」

「お店の控え室。警察の人と話をして、もう帰っていいといわれました」

「俺はそっちに向かっているが、すぐには会えないと思う。仕事があるんだ」

歩きながらいった。

「わかっています。あの男がいたよ。テレビでいっていた、悪いロシア人」

「ロックマンだな」

「はい。みんなに撃たれて、それでも平気でした。でも――」

いいかけ、ジャンナは黙った。

「どうした？　もしもし」

「あの、あとで話します。さっきのインターネットカフェ、いきます」

どうやら近くに誰かがきたらしい。

「わかった。少し待たせるかもしれないが、必ずいく。そこにいてくれ」

「はい。あとで……」

数分後、「コルバドール」の入ったビルの前に着いた。テレビ中継車のライトであたりは煌々《こうこう》としている。立ち入り禁止のロープの前に立つ制服警官に身分証を提示した。

「呼ばれてきた。麻取だ」

「どうぞ。三階です」

ロープの周辺にはぎっしりと野次馬がつめかけている。その中にジャンナの顔がないか探したが、見つからなかった。

「コルバドール」の店内では現場検証がおこなわれていた。道警一課の、小宮山と堀の顔もある。二人は店の隅で塔下と話していた。

入ってすぐの場所に、男の死体があった。日本人だ。やくざのような風体で、首が不自然な角度に折れ曲がっている。

さらに奥へ進むと、別の日本人の死体があった。全身に弾丸を浴びていて、血の海に横たわっていた。死体のすぐそばに、弾を撃ち尽くして遊底の開いたトカレフが転がっている。

店の中はめちゃくちゃだった。テーブルや椅子が倒れ、割れたボトルやグラスの破片が散乱している。いたるところに弾丸の跡があった。アルコールと血の臭いの混じった異臭がたちこめていた。ひっきりなしにカメラのフラッシュがたかれて、目を射る。

塔下が手をあげた。検証中の鑑識官の邪魔にならないよう、テーブルや椅子を回りこんで近づいてくる。床のそこここに空薬莢《やっきょう》が転がっていた。

「派手だろう」

塔下はいった。

「三人死んだとテレビでいっていましたが」

「四人だ。さっき、病院でひとり、息をひきとったそうだ。ロシア人だ」

「ロックマンですか」

「いや、奴はこっちだ」

塔下は血の海に横たわっている日本人を指さした。

「わかるか」

「誰です」

「西田だ。逃げていた、北領の若頭だよ」

「この男が……」

大塚は死体を見おろした。血だまりの中に顔を押しつけていて、人相はわからない。

「塔下さん、大塚さん」

小宮山が呼んだ。一番奥のボックスに近い位置だった。塔下は頷《うなず》き、大塚をうながした。

「奴はあそこだ」

大塚は歩みよっていった。小宮山と堀が足もとに目を向けている。

倒れている椅子やテーブルにはさまるようにして、大男が横たわっていた。

大塚は手袋をとりだし、はめた。うつぶせに倒れているその顔を見なくとも、ひと目でロックマンだとわかった。

写真を撮っている鑑識官の許可を得て、小宮山が死体の顔をもちあげた。大塚はのぞきこんだ。こめかみに痣《あざ》のような、黒ずんだ小さな穴が開いている。

「まちがいありません。奴です」

ロックマンは目を閉じていた。大塚はその死に顔を見つめた。瞼《まぶた》に異常はない。睫毛《まつげ》の長さもふつうだ。それどころか、苦しんだようすもなく、眠っているような表情だ。

ひざまずいていた小宮山と堀は顔を見合わせた。堀が口を開いた。

「ご協力ありがとうございます。それと……大塚さんを疑うようなことをいってすみませんでした。こいつの頭には、確かに弾傷があります」

「いえ」

大塚は首をふった。ロックマンの死体も血だまりの中にある。

「どんな状況だったんです」

小宮山は立ちあがった。

「こいつと西田がカチこんできたようです。店には陽亜連合の北海道本部長がいました。それとロシア人の客です。両方ともボディガードを連れていて、入り口で死んでいるのは、陽亜のボディガードです」

堀があとをひきとった。

「店にいたホステスや黒服の話によると、イワンコフと西田は客のふりをして入ってきたようです。ですが、ロシア人の客がイワンコフに気づいて、怒鳴ったそうです。陽亜のボディガードが二人を止めようとして、イワンコフに首を折られました」

「それを見た、ロシア人のボディガードが銃を撃ち、西田が応戦して、撃ち合いが始まった。西田は撃ち殺され、ロシア人の客も撃たれて死にました。病院で死んだのがそうです」

「ボリス」

大塚はいった。

「たぶん、ボリスというのがその客の名前です。ロシアマフィアの大物で、陽亜連合と取引をしていた」

「そうです」

小宮山が頷いた。

「ついていたホステスが、その客をボリスと陽亜の連中が呼んでいたといっていました」

「それで？」

大塚は先を訊《たず》ねた。

「この奥のボックスに、ボリスと陽亜の本部長、高森がすわっていました。手前のボックスにそれぞれのボディガードです。ロシア人が撃ち始めると、ボディガードの席にいたホステスと近くの席の客などが流れ弾に当たりました。店の中は大騒ぎになり、イワンコフだけがまっすぐここに向かってきたそうです」

「ボリスと高森の席に？」

「そうです。ボリスは西田の弾を喰《く》らってのびていましたが、高森はテーブルの下にもぐりこんで無事だった。イワンコフはそれこそハチの巣にされながらも、倒れもせずにやってきた――」

小宮山の言葉が止まった。大塚はロックマンの死体からふりかえった。

「どうなったのです、それで」

「はっきり見ていたのがいないんですが、どうも急にばったり倒れたらしい。ここまできて、ついに力尽きたとでもいうように。というのは、イワンコフが店の奥に入ったので、他の席の客やホステスが逃げようと出入り口に殺到したんです。だからそのときのことをはっきり見ている人間がいないんです」

「高森はどうなんです」

「奴は腕にかすり傷を負っていて、今は病院です。まだ話しちゃいません」

「この状況では、高森は被害者です。イワンコフの標的は、ボリスと高森だったようですが、高森には手をだせずに殺されたといったところでしょう」

堀がいった。

「イワンコフは何か喋《しゃべ》りましたか」

「終始、無言だったそうです。西田の方は、キレて、叫んでいたようですが」

「何と？」

「『思い知ったか』とか『思い知らせてやる』とか、そんな内容です。所持品の中に、しゃぶのポンプがありました。ずっとしゃぶを射《う》ちながら逃げ回っていたようです」

「イワンコフは？」

大塚が訊ねると、堀は首をふった。

「クスリはもっていませんでした。チャカもなしです」

「絵はどうです？」

「絵？」

意外そうに訊《き》き返した。

「上陸したとき、額縁のような包みをもっていました」

「いえ。従業員の話でも、二人は荷物を預けなかったそうです。荷物は何ももっていなかったということで」

「素手で人殺しができる奴だからな」

塔下がいった。大塚はロックマンの死体にかがみこんだ。撃たれた傷から出血しているのか、コートの生地が黒く濡《ぬ》れている。

「妙です」

「何がだ」

「今日のこいつは血を流しています。あのときは一滴も血を流さなかったのに」

誰も答えなかった。大塚は手袋の先で、こめかみの傷に触れた。

「ここからは出血したようすがない。なのに今は血まみれだ」

「解剖すれば何かわかるでしょう。四、五発は喰らったでしょうから」

堀がいった。大塚はふり返った。

「今日だけで？」

「え？」

「俺もこいつを撃ちました。四発は当てた」

再び堀や小宮山は黙りこんだ。塔下が口を開いた。

「とにかく、解剖の結果を待とう」

大塚は頷き、小宮山に訊ねた。

「関係者の身柄《ガラ》は全部おさえてあるんですか」

「ボディガードが逃げている。ロシア人の方だ。陽亜の連中はおさえた」

「つかまえられそうですか」

小宮山は声を低めた。

「ここだけの話、難しいだろう。ロシアからきている漁船は何十隻とある。その中に潜りこまれたら終わりだ」

「陽亜を叩《たた》けばいい」

「連中は〝被害者〟だ。追いこむのは難しい」

小宮山の口調にはあきらめがにじんでいた。大組織である陽亜連合を簡単にはつき崩せないと考えているようだ。

「とにかく、高森には事情聴取をする。だが奴は丸腰でした。チャカを撃ったのは、ボディガードです。しかもひとりは殺されている」

堀がいった。

「いずれにせよ、イワンコフは死んだ。つかまれば当然、死刑の奴ですが、これで少し、腹の虫をおさめて下さい。もうこいつが暴れ回ることはありません」

大塚はロックマンの死体を見おろした。何とも表現のしようがない虚《むな》しさがある。村岡を殺されたとき、自分はこいつに四発もの弾丸を浴びせた。しかし血を流さず、倒れもしなかった。なのに今日は、やくざやロシアマフィアの銃弾にあっさり撃ち倒された。なぜだ。

あのときは防弾チョッキを着けていて、今日は着けていなかったのか。

ありえない。復讐《ふくしゅう》のため、西田が高森とボリスを撃ったのなら、当然ボディガードによる反撃を予想している。もし防弾チョッキをもっていたなら、着けずにくる筈《はず》がなかった。

だが現実には血だまりの中でこと切れているロックマンがいる。自分には倒せなかったのに、やくざやロシアマフィアには倒されたロックマンがいる。

大塚は大声をあげ、ロックマンの死体を蹴《け》りつけたかった。こんな形であっさり殺されやがって、自分の怒りを、憎しみを、どうしてくれると罵《ののし》りたかった。

だがこらえた。この場でそんな真似をすれば、精神的に問題があると思われかねない。

「大丈夫か」

黙りこくって死体を見つめている大塚に、塔下が声をかけた。

「ええ。こいつは解剖するんですよね」

大塚は頷き、小宮山を見た。

「もちろんです。明日にでも法医学教室にもっていきます」

「結果を教えて下さい」

小宮山は塔下と目を合わせ、頷いた。

「必ず送りますよ」

「お願いします」

大塚は道警の刑事二人を見つめた。

「こいつがどうやって逃げ回っていたのか、結局わからずじまいなんですね」

「西田も死んだ今、そうなります。いずれ、この近くで西田の車も見つかるでしょうが」

堀が答えた。

「道警にとっちゃ痛い失態です。大塚さんはこの二人によるカチこみを予測していた。なのに我々は、最後まで動きをおさえられませんでした」

「明日にでも高森から事情聴取をさせて下さい」

大塚がいうと、小宮山と堀は顔を見合わせた。

「麻取にはまだ何か、この件で調べることがあるのですか」

「道警に北領の情報をリークした人間の正体がわかっていません」

大塚がいうと二人は無表情になった。

「その件ですが、うちの四課に、最初に話を聞いた人間がいました」

「誰です」

「城山という男です」

聞き覚えのある名だ。大塚は思いだした。小樽港マリーナで「邪魔だ」とすごんだ刑事だ。

「で、城山さんは誰から聞いたと？」

小宮山が首をふった。

「いいません。マル暴のベテランでしてね。自分の情報源は明かせないの一点ばりです」

「城山さんはずっと陽亜連合を担当していたのじゃないですか」

「さあ。よその部署なので、そこまではわかりません。いずれにしても被疑者死亡ということですから……」

これ以上つつき回してほしくない、という口調だった。

「大塚」

塔下が呼んだ。

「今日はもう疲れたろう。あとはこっちでやっておく。帰って休め」

大塚は息を吐いた。この場で道警といがみあってもしかたがない、と目でいっていた。

「わかりました。お任せします」

塔下は大塚の腕を握り、小声で告げた。

「気持ちはわかる。だが無理はするな。高森の入院先は訊いておくから」

「お願いします」

大塚は頭を下げ、小宮山と堀にも礼をいって「コルバドール」をでていった。

だが、どうしても納得できない気持ちだった。ロックマンに何が起こったのか。それを何とかして知りたい。

ジャンナの待つインターネットカフェに急いだ。

17

インターネットカフェの奥の席で、ジャンナは待っていた。不安に青ざめた顔でココアをすすっている。私服に着替える余裕がなかったのか、ドレスの上にショートジャケットというでたちだった。

「たいへんだったね」

大塚がいうと、小さく何度も首をふった。

「すごく恐かったよ。お店の人も何人も撃たれた」

「幸い、お店の人で死んだ人はいなかったようだ」

「よかった……」

ジャンナはほっと息を吐いた。

「何があったか話してくれないか。ジャンナが見ていた範囲でいい」

大塚はコーヒーを頼み、いった。

ジャンナが異変に気づいたきっかけは、ボリスの叫び声だった。ロックマンと西田が現れたとき、店はほぼ満卓で、ジャンナは入り口に近いボックスで接客していた。不意にロシア語で、気をつけろ、という叫び声があり、ジャンナはふりかえった。叫んだのはボリスで、その手前のボックスにいたロシア人のボディガードが立ちあがった。入り口に、ロックマンと西田がいた。西田が怒鳴った。

「高森、手前《てめえ》、地獄に落ちろ」

そのときちょうど高森のボディガードのひとりがトイレから帰りかけて、二人の近くにいた。ボディガードが西田にとびつこうとするとロックマンがつかまえた。抱えあげ、天井めがけ叩《たた》きつけた。首の折れるぼきっという音が、静かになった店内に響き渡ったという。

「それからはパニックだったよ。ボリスのボディガードがピストルを撃って、あとから入ってきた日本人も撃ち返した。撃ち合いが始まってすぐ、ボリスは倒れた」

西田はほぼ最初の位置から動かず、弾丸がなくなるまで拳銃《けんじゅう》を撃ちつづけた。対照的なのはロックマンで、つかのま初めの場所にいたが、やがて高森に向かって歩みだした。

「奴はそれまで撃たれなかったのか」

「わからない。わたしも恐くて床に伏せていたね。でも、目の前を通っていく、大きな足が見えたよ」

「ロックマンのようすに何かかわったところはなかったかい」

ジャンナは瞬《まばた》きし、考えこんだ。

やがて答えた。

「目を閉じていました」

「目を？」

「はい。最初に見たときです。天井に、高森社長の部下の人をぶつけていました。でも目をつぶっているように見えました。どうしてか、睫毛《まつげ》が長かったから」

「本当か」

ジャンナは頷《うなず》いた。

「女の人のよう、いや、もっと長かったです。つけ睫毛をしているみたいでした」

大塚は息を吸いこんだ。朝里のマンションで会ったときと同じだ。だが死体の睫毛に異常はなかった。

「それで？」

ロックマンは高森たちの席にまっすぐ歩みよっていった。そのときにはもう、西田は撃ち倒されていた。

「ピストルの音がしなくなったんで、わたし上を見ました。そうしたらあの大男が、高森社長の前にいました。社長は腕を怪我していてまっ青でした。二人は目と目を合わせていました。急に大男が倒れた。大きな音がして、倒れた」

「つまりロックマンは高森のすぐそばまでいったんだね」

「はい。みんなびっくりしていたと思います。大男をいっぱい撃った。でも平気でした。高森社長もびっくりした顔して大男を見ていました」

そこまでは同じだ。撃たれても撃たれても、倒れないロックマンだったのだ。

「血は？　大男は血を流していたかい」

ジャンナは首をふった。

「わかりません。わたし恐くて、涙で目がぼやけてました」

ロックマンは呆然《ぼうぜん》としている高森の正面までいった。つまり高森の顔を知っていたのだ。

「二人はどれくらい見合っていた？」

「五秒、十秒、それくらい。すごく長く感じたけど」

「そのときのロックマンはどんな表情をしていた？」

「わたしには見えませんでした。背中だから」

「高森は？」

「目を丸くしていたよ。何ていったっけ、日本語で、蛇に、蛇に——」

「蛇ににらまれた蛙？」

「それ。吸いこまれるような顔」

硬直して動けなかったようだ。

「急に大男が倒れたよ。ばーんと音がして、みんなまたびっくりした……。そのときは血がいっぱいでているのわかった。みるみる、床が血だらけになったから……」

再び店内はパニックになった。逃げだす客やホステス、高森のボディガードらの怒号がこだましたという。

大塚は息を吐いた。防弾チョッキを着けていなかったロックマンは、銃弾を多く浴びながらも動き回り、高森に肉薄した。にもかかわらず、手の届く距離まで近づいたところでついに力尽きたかのように聞こえる話だ。

「大塚サン、大塚サン」

その情景を思い浮かべていた大塚は、ジャンナに何度も呼びかけられ、我にかえった。

「何だい」

「どうしますか。イコンの話。インターネットでまだ調べますか」

イコン……。大塚はジャンナを見つめた。

ロックマンが死んだ今となっては、奴が日本にもちこんだイコンのことなど、どうでもよいような気がした。今さら調べて何の意味があるのだ。

だがそのイコンはまだ見つかっていない。おそらくは、すすきののどこかに乗り捨てられた西田の車の中にでもあるのだろう。

「大丈夫？　大塚サン」

再びジャンナに問いかけられた。

「すまない。奴が、ロックマンが殺されたというのが、納得いかないんだ。今日殺せるなら、なぜあのとき殺せなかったのか、そればかりが気になって……」

「やめます？」

ジャンナの顔には同情の色があった。

「イコンのこと調べたら、大塚サン、またつらくなるよ」

「つらいのはいいんだ。実際、仲間を救えなかったのは俺の責任なのだから。ただ、理解ができない。なぜなのか。なぜだ、なぜだって、そればかりを考えてしまうんだ」

ジャンナがそっと腕をのばした。大塚の手に手をのせた。

「結局、それは自分をいじめているのと同じです。自分の中ばかり見ては駄目」

大塚は息を吐いた。これではまるで逆だ。目の前で人が殺され、恐ろしい思いをしたジャンナに、自分が慰められている。

「ありがとう。本当は俺がジャンナにやさしくしなけりゃいけないのに、これじゃあべこべだな」

ジャンナは笑みを見せた。

「誰でもつらいときあるよ。大塚サン、最後にお店で話したときのこと覚えてる？」

「『コルバドール』で？」

ジャンナは頷いた。ボリスが現れた日だ。

「もちろん。君が電話番号を教えてくれた」

「あの日、わたし暗かったよ。お店でどの席にいっても邪魔者。お客さん、お前はくるなって思ってるとわかった。それで大塚サンについた。大塚サンも最初、恐かった。わたし訊《き》いた。嫌い？　チェンジする？」

「覚えている」

「何といったか、思いだせる？」

「同じ人でほっとする」

　ジャンナの笑顔が大きくなった。

「そう！　わたし嬉《うれ》しかった。それまで泣きたかったけど、急に嬉しくなった。そして大塚サンといろんな話をした」

「ああ、美術を勉強していたこととか、内地にいったこととか」

　ジャンナは頷いた。

「大塚サンにとってはどうでもいいこと。でもわたし初めて、ちゃんとお客さんと自分の話ができたよ。大塚サンは知らないで、わたしのこと助けてくれた」

　それを聞き、大塚は胸が詰まった。あのとき自分は、高森やボリスの動向を監視することで頭がいっぱいだった。ジャンナとはその場限りのおざなりな会話を交わしたに過ぎない。ジャンナにことさら興味があったわけではないし、喜ばそうとも思っていなかった。

　なのにジャンナは、あのとりとめのないやりとりをはっきり覚えていて、それが彼女を〝救った〟と感謝の気持ちすら抱いている。

「――俺は恥ずかしい。本当にすまない」

「いいんだよ。あやまっちゃ駄目。大塚サンはあのとき、そんなにいっしょうけんめい話してはいなかったけど、わたしのこと訊いてくれた。それが嬉しかったんだよ。わたしがいいたいのは、誰かを助けようと思って助けるときもあるけど、そんなの何も考えないで、助けているときもある」

「もし、俺があのとき、少しでもジャンナのことを助けていたのだとしたら、本当によかった」

ジャンナは頷いた。その笑顔を見つめ、大塚はあらためて、この娘がひとりぼっちに耐えてきたことに気づいた。言葉も習慣もちがう日本で、しかも酔客の相手をする苦痛をこらえてきたのだと知った。それでも、大塚に対する思いやりを失わずにいたのだ。

「俺は……」

いいかけ、大塚は言葉を探した。何といったらよいのだろう。下手なことをいえば、恋愛感情の告白のように聞こえてしまいそうだ。

ジャンナのやさしさに打たれた。同時にこの娘の中にある強さにも感動した。それに比べ、自分はずっとめそめそしていた。十七年前のあのできごとを思いだしては、自分を責めることしかなかった。責めるだけでは、何もかわりはしないのに。

うまい言葉が見つからなかった。そこで大塚はジャンナの手を握りしめた。本当は強く抱きしめたかったが、人目もありできなかったのだ。両手でジャンナの右手を包み、強く握りしめた。

「ジャンナ、ありがとう。本当にありがとう。俺は気がついた。君のおかげだ」

ジャンナは目を丸くした。が、何もいわず、左手を大塚の手にかけた。

「よかったよ、大塚サンが元気になってくれて」

大塚は頷いた。

「さっ、インターネットで調べてみよう。いったい、ロックマンの奴が日本に何をもってきたのか」

ジャンナは頷き返した。照れたように微笑み、そっと手を離す。コンピュータに向き直った。

ジャンナの手がキィボードの上を走るのを、大塚は見守った。

「あったよ、大塚サン。レスがきてます」

ジャンナの書きこみから五時間近くが経過し、多くの人間がそれを目にしたようだ。

ジャンナはそれをひとつひとつチェックしていった。多くは冷やかしや、冗談の類《たぐい》ばかりのようだったが、突然、マウスを動かすジャンナの手が止まった。目が真剣味を帯びて、モニターを見つめている。

ジャンナの手が猛烈なスピードでキィを打った。

ロシア語の文章が画面に現れる。今打った文章のようだ。ジャンナは食いいるように画面を見た。

「どうした？」

「ケジュマからの書きこみがあったよ」

「ケジュマ？」

「シベリアの町。サハリンにきた司祭サンの教会があるところ」

「怪物の話をした司祭か」

ジャンナは頷いた。

「それで？」

「その司祭サンは、ヴィクトゥルという人。ヴィクトゥルは、教会にあったイコンを殺されたマフィアに預けた、と教えてくれています。今その人に、もっと詳しい話教えてと打ちました」

「今も見ているかな」

「その人が書いたの、今から一時間くらい前。今も見ていたら、きっと返事がきます」

モニターに文章が現れた。

「きました！」

ジャンナは小さく叫んだ。

「ヴィクトゥル司祭は、サハリンの警察に調べられた、と書いてあります。イコンを外国にもちだしたから」

「何のために外国にもちだしたのか訊いてくれ」

ジャンナは頷き、キィボードに向かった。やがてレスがきた。

「司祭の話では、海に沈めてもらうためだった。自分は教会を離れられないので、友だちのマフィアに頼んだ。そのマフィアは、日本にいく船の上から海に捨てる予定だった。ところがそのマフィアの死体が見つかって、イコンは盗まれていた」

リハチェフのことだ。殺してイコンを奪ったのがロックマンだ。話は符合する。

「なぜ、海に捨てようとした？」

ジャンナが打った。返事はすぐにはこなかった。やがて文章が現れた。

「わたしのこと訊いている。なぜそんな関心があるのかって」

大塚をふりかえり、ジャンナはいった。大塚はいった。

「じゃあこう打って。自分は日本の警察関係者の知り合いで、リハチェフを殺してイコンを奪ったロシア人の事件の捜査を手伝っている。そのロシア人は、日本でも何人もの人間を殺した」

「そんなこと書いたら、他の人もいっせいに書いてくるよ。みんな、好きなことという」

「だが本当のことを書くしかない」

ジャンナは頷き、キィを叩いた。やがて、短い返事があった。

「それは？」

「この人のウェブメールアドレス。直接、メールで話したいってことみたい」

「よし、じゃあそっちにメールを送ってくれ」

「きっとみんな送ってくるから、テストされると思うね」

ジャンナはウェブメールのアドレスを公開した人物のもとにあらためてメールを送った。すぐに返事があった。

「リハチェフを殺したのは誰かって」

「確実ではないが、イワンコフというロシアマフィアだと思われる。通称はロックマン」

「何のためか訊いてる」

「口封じだ。リハチェフはメタンフェタミンを日本に運んでくる筈《はず》だったのが、組織の幹部がつかまったので殺された」

「あなたの名前と身分を教えてくれって」

「大塚。麻薬犯罪を取り締まる捜査官だ」

ジャンナは大塚の言葉を打った。しばらくモニターは沈黙した。大塚は不安になった。メールのやりとりをしている相手が司法関係者と知って、相手は動揺したのだろうか。

「この人物は自分のことを何といっていた？」

同じように不安げにモニターを見つめているジャンナに訊《たず》ねた。

「何も。ただケジュマに住んでいる、とだけ」

「ハンドルネームは？」

ジャンナは首をふった。

「掲示板では名前なし」

「俺が捜査官だとわかって、恐くなったのだろうか」

「もしそうなら、この人は嘘吐きだったのかもしれない。いろいろ知っているふりをして、わたしや大塚サンをからかっていたのかも」

大塚は息を吐いた。

五分近く、モニターに新しい文章は現れなかった。大塚はコーヒーのお代わりを頼み、煙草に火をつけ待った。

不意に大量の文章がモニターに出現した。

「ジャンナ！」

「きたよ」

ジャンナも興奮した表情でモニターを見つめている。やがて通訳を始めた。

「自分はユーリ・ヴィクトゥル。ケジュマの教会の司祭とは、自分のことだ。イコンの行方が心配で、インターネットでずっと日本のニュースを調べていたといっているよ」

「なぜイコンの行方を心配したんだ」

「それも書いてある。待って」

ジャンナは目を走らせ、いった。

「あのイコンは、百年前から、ヴィクトゥル司祭の教会で、ええと、保管されていたものだった。とても大切で、危険なものだから……」

「危険？」

「ヴィクトゥル司祭は、百年目の今年、百年前と同じような災害が起きる、と」

「災害、災害ってどんな」

「わからない。まだメールはつづいていて、ヴィクトゥル司祭は、イコンを日本にいく船から海の底に沈めてほしい、とリハチェフに頼んだ。ところがリハチェフの死体がユジノサハリンスクで見つかって、船に乗っていないことがわかり、とても心配になった。それでケジュマからユジノサハリンスクの警察にいき、リハチェフに渡したイコンを捜してくれと頼んだ。でも警察は、イコンのことなど重大ではないと考え、逆にヴィクトゥル司祭を疑った。禁止されているイコンの輸出をしようとしたのでは、と。そこでしかたなくヴィクトゥル司祭はケジュマに戻った。でもイコンの行方が不安で、二月二十九日からずっと教会で祈りをささげている」

「二月二十九日に何の意味があるんだ」

　ヴィクトゥル司祭からのメールはそこで終わっていたようだ。ジャンナは大塚の質問をメールで打ち返した。

　今度はすぐに返事がきた。

「その日がカシアンの記念日だから」

「カシアン？」

大塚はジャンナを見た。ジャンナも不思議そうにモニターを見つめている。

「たぶん、聖人だと思います。イコンに描かれるのは皆、聖人」

「それと災害と、どんな関係があるのだろう?」

ジャンナは打った。返事がきた。

「カシアンは聖人でありながら、魔の世界とつながりをもっている。地獄で悪魔の召使いに毎日、ハンマーで叩《たた》かれている。それをされずに地上にでるのを許されるのが、四年に一度の二月二十九日。その日、カシアンは街をさまよい歩き、人々に災いを与える。ときには、人にとりついて、その人に災いをなさせる。とりつかれた者は皆、カシアンと同じ災いの眼のもち主となり、それを隠すために睫毛《まつげ》を長くのばす」

「何だって⁉」

大塚は思わず大きな声をだした。インターネットカフェの従業員や客が何ごとかとふりかえるほどだった。

「今、何と?」

「えっ」

「睫毛が長い、といわなかったか」

「はい。災いの眼を隠すために、睫毛を長くのばす。まだつづきがあります。その災いの眼は、家畜を殺し、木や草を枯れさせる。それゆえ、二月二十九日は外出してはならない、と伝えられた」

「それは事実なのか、迷信なのか」

驚いたようにジャンナは大塚を見た。

「迷信です、もちろん。大塚サン、信じるのはおかしい」

「だがこの司祭はそういっているのだろう」

ジャンナは小さく頷いた。モニターの文章は尚《なお》もつづいた。

「一九〇四年、この年は閏年《うるうどし》だった。二月二十九日、ひと晩のうちに、たくさんの犬や羊、牛などが死んだ。一九〇八年には伝染病の流行でケジュマで三百人が死んだ。どちらもカシアンのおよぼした災害ではないかといわれ、教会は、それまで聖堂に飾られていたカシアンのイコンを封印することを決めた。それから百年、カシアンのイコンは、誰の目にも触れないように教会で保管されてきた。けれども、百年目の閏年の二月二十九日が近づくと、イコンに悪い力が宿っていると、ヴィクトゥル司祭は感じた。このまま教会においておけば、必ず悪いことが起きる。それで海に沈めることにした」

「なぜ海なんだ。イコンは木でできているのだろう。燃やせばいい」

ジャンナは頷《うなず》き、キィを叩いた。

「カシアンは、悪い風に乗って災害を及ぼす。もし燃やせば、その灰は風に乗って、シベリア中に広がる。だから燃やすことはできない。ヴィクトゥル司祭が考えたのは、海に沈める方法だけ」

ジャンナは大塚を見やり、首をふった。

「この司祭サン、きっとすごくお年寄り。迷信の話ばかりです。だからサハリンの警察も怪しんだんです」

確かに、イコンに描かれた〝怪物〟が暴れ、災厄をもたらすという話など信じられない。二月二十九日に偶然起こった災害に、尾鰭《おひれ》がついたと考えるべきだろう。民話やおとぎ話に登場する「鬼」のようなものだ。

だが、睫毛の話だけは、偶然にしては無気味だった。

「ジャンナ、こう打ってくれ。そのイコンは、イワンコフによって日本にもちこまれた。イワンコフは、ピストルで撃たれても倒れず、たくさんの人間を殺した。そのときまるで目を閉じているように見えるほど、睫毛が長かった」

ジャンナがはっとしたように大塚をふりかえった。睫毛のことを思いだしたようだ。

「そう……。確かにあの大男の睫毛は長かったよ。でもそんなの、おとぎ話だよ」

「いいから、打ってくれ」

ジャンナはキィを叩いた。返事がすぐにあった。

「イワンコフは今どうしているか訊いてます」

「突然死んだ。ジャンナが見た通りのことを教えてやってくれ」

ジャンナはモニターを見つめた。やがてキィを叩き始める。

そのようすを見ながら大塚は冷えてしまったコーヒーを口に運んだ。

ロックマンの長い睫毛を見た者は少ない。睫毛の話は、ヴィクトゥル司祭のカシアンとかいう怪物の〝物語〟と符合するが、ロックマンが死んだ今となっては、それを検証する手だてはなかった。

司祭はおそらくイコンの行方を気にするだろう。西田の車から発見されたら、ロシアに送り返すなり、処分するなり約束してやらなければならない。

ロックマンは怪物にとりつかれたので、不死身で神出鬼没になっていたのだなどとは、とうてい人に話せない。たとえ塔下であっても、精神状態を疑われる。それでなくとも、ストレスでおかしくなっているのではと思われているのだ。

ジャンナが打ち終わった。モニターは沈黙していた。だがやがて、文章が並んだ。

「重要な質問がふたつあります」

ジャンナが訳した。

「イコンは見つかったのですか。死体のイワンコフの睫毛は長かったのですか」

「どちらも答えは、ノー、だ」

「ニェットね」

ジャンナはつぶやいた。

「そのイコンがどんな形をしているか訊いてくれ」

「木でできていて、三十センチ四方くらいの大きさをしている。厚みは十センチもない。リハチェフに渡したときは白い布で包んであって、周りに鉄の鎖を巻きつけてあった」

鎖は見なかったが、ロックマンが船を降りてきたときかかえていたものと形は一致する。

「イコンは見つかっていない。イワンコフは逃げているあいだもち歩いていたらしいが、殺されたときにはもっていなかった。そして死体の睫毛は長くなかった。生きていたときには長かったが、死んだときはふつうの長さに戻っていた」

ジャンナが打ちこんだ。

すぐに返事があった。

「イコンを捜して、すぐに処分しなければたいへんなことになる。カシアンは死んだイワンコフの体をでてイコンに戻った。心の悪い者がイコンに触れれば、カシアンにとりつかれる」

訳しながら、ジャンナは首をふった。

「やはりこの人、変だよ」

「待ってくれ。カシアンにとりつかれたらどうなるんだ」

「大塚サン、この人のいうことを信じているの？」

ジャンナは目を丸くした。

「そうじゃない。だがイワンコフは確かにふつうじゃなかった。撃たれても平気で動き回っていた」

ジャンナは小さく首をふり、大塚の質問を伝えた。

「自分もはっきりとはわからない。なぜなら、教会の戒めで、決してイコンを直接見てはならないといわれていたから。いいつたえでは、カシアンにとりつかれた者はカシアンと同じように風に乗って移動し、災いをなす。カシアンにとりつかれている間は、その者を止めることはできない」

ヴィクトゥル司祭は答えた。

「カシアンはとりつく者を自分で選べるのだろうか」

「古い記録によれば、カシアンはとりついた者が生命を終えるとき、悪い心をもつ者を探すという。だから正しき心をもつ者ばかりなら、誰にとりつくこともできずにイコンに戻る他ない」

「カシアンを倒す方法はあるのか」

「ない。カシアンにとりつかれた者が死に、イコンに戻ったとき、イコンを封印する以外方法はない」

「二月二十九日を過ぎても？」

「二月二十九日だけがカシアンに与えられた自由の日。けれども二月二十九日に人にとりついたカシアンは、地獄に帰らず、その人と行動を共にする。だからこそ自分は、二月二十九日の前に、イコンを海に沈めようとした。もしカシアンが、イワンコフが死ぬ前にとりつく人間を決めていたら、今もカシアンは自由でいる」

「その場合、イコンはどうなる」

「カシアンにとって、イコンは大切な家。とりついた者が死んだら帰る場所。だからカシアンにとりつかれた者は、イコンをとても大事にする」

ロックマンがカシアンにとりつかれていたなら、イコンをどこかに隠したのかもしれない。そう考え、大塚ははっとした。いつのまにか、カシアンの実在を信じている。

「——大塚サン」

ジャンナが呼んだ。モニターをじっと見つめている。

「どうした」

モニターにはさらにメールが届いていた。

「カシアンがとりつく人をどうするか、ヴィクトゥル司祭が書いているよ」

ジャンナの表情はひどく怯《おび》えていた。

「それによれば、カシアンにとりつかれた者が生命を終えるとき、近くにいる悪い心の者の目をじっと見る。見られた者はカシアンから逃れることはできない。これって、高森社長のことです。大男は、高森社長の目をじっと見ていたね……」

18

ヴィクトゥル司祭は、くどいほど、イコンを捜せと要求した。カシアンが解放されたままだと、惨事がつづくというのだ。

だがヴィクトゥル司祭の話をそのまま、麻薬取締部や北海道警にもちこむことなどできない。

　大塚は、最善を尽くすこととまた連絡をとる約束をして、メールのやりとりを終えた。ほうっておけばヴィクトゥルは日本にもやってきそうだ。しかしそうしても彼の言葉を信じる者はいないだろう。

「大塚サン、わたし何だか恐くなってきたよ」

　インターネットカフェをでると、ジャンナはいった。

「それは当然だ。あんな目にあったのだから」

「ちがうよ。わたしが恐いのはカシアン」

「迷信だといったのはジャンナだ」

「そうです。でも、司祭がいったのと同じこと、起こっています。大男は、高森社長をじっと見てた。高森社長が正しい心の人だったら、きっと見なかったよ」

　高森が暴力団幹部であることはジャンナも知っている。だがカシアンがとりついたと考える理由は、他には何もない。

「ただの偶然だ。あんな状況では、誰もがふつうの気持ちではいられない。さっ、送っていこう」

「待って」

　ジャンナは大塚の手をつかんだ。その指は、たった今まで暖房のきいた屋内にいたというのに、ひどく冷えていた。

ジャンナは今にも泣きそうな表情だった。

「お願い、大塚サン。ひとりぼっちは恐いよ」

冷たいジャンナの手に力がこもった。

「わかった」

大塚は頷《うなず》いた。今夜、ジャンナをひとりにすれば、彼女はつき離されたと思うだろう。通りかかったタクシーを止め、大塚はジャンナとともに乗りこんだ。

麻薬取締官という職業を考えれば、軽率のそしりをまぬがれないかもしれない。だがこれほど怯《おび》えているジャンナを見捨てることはできなかった。たとえ何も起こらないとわかっていても、咲子のことが大塚の頭にはある。

咲子とジャンナはちがう。しかし救いを求めてきた者をつき離すことは決してしない、と大塚は決めているのだった。


大塚のマンションでタクシーを降りた。部屋に入ると、ジャンナはほっと息を吐き、ソファにすわりこんだ。急に緊張がほどけ、疲れがでてきたようだ。

大塚は使っていないスポーツウエアをクローゼットからだした。

「これに着がえるといい。ドレスじゃいくらなんでも寒いだろう」

「ありがとう」

「何か飲むかい？」

ジャンナは首をふった。バスルームにジャンナを案内し、大塚も着ていた服を脱いだ。現場の血の臭いが染みついているような気がする。

ロシア人にしては小柄なジャンナには、大塚のスポーツウエアは大きかった。袖《そで》や裾《すそ》をまくりあげた姿でバスルームから現れる。

化粧を落としたジャンナはひどく幼く見えた。

「よかったら俺のベッドで寝るといい」

「大塚サンは？」

「ここで寝るさ」

リビングのソファを示した。ジャンナはいやいやをするように小さく首をふった。

「そばにいて下さい」

「ジャンナ……」

ジャンナは大塚にしがみついた。顔を大塚の胸に押しつけ、不意に泣きだした。こらえていたものが溢《あふ》れでたようだ。大塚はその背にそっと腕を回し、抱きしめてやった。

不思議に欲望はわかなかった。人間としてジャンナを好もしいと思う気持ちと、女性として性の対象に考える気持ちのあいだには開きがある。

「よし、じゃあ二人で寝よう」

ジャンナの腕に力がこもった。大塚はジャンナを寝室に連れていった。

ジャンナが寝入ると、大塚はそっとベッドを降りた。神経はまだ高ぶっている。

ウィスキーをグラスに注ぎ、寝室に戻った。ベッドのかたわらにすわり、暗い中で、ちびちびとすすった。

ジャンナは安心したのか、規則正しい寝息を立てている。

やがて、安心を与えているという充実感が、大塚の気持ちを和らげた。それはアルコールによる酔いより、はるかに心地よい。

グラスをおき、ベッドに入った。この数日で最も深い眠りが待っている予感があった。

19

翌日、ジャンナをアパートに送り、村岡の葬儀にでて、大塚は出勤した。警察による「コルバドール」での現場検証はつづいており、得られた情報は麻薬取締部にも入ってくることになっている。

「一日くらいは休んでもよかったんだぞ」

塔下がいった。塔下は昨夜、麻薬取締部に泊まったようだ。

大塚は首をふった。

「あとで国井のところにもいってやらなけりゃなりませんし。その後、何か情報は入ってきましたか」

「イワンコフの解剖は、夕方から始まる予定だ。高森の入院先はわかっている」

塔下は、すすきのに近い救急病院の名をあげた。

「道警は誰かつけているのですか」

塔下は首をふった。

「いや、昨夜の事件に限っていえば、高森は被害者だ。誰もつけちゃいないだろう」

嫌な予感がした。

「どうした？」

「いえ」

大塚は首をふった。カシアンの話はまだするわけにはいかない。

「道警の現検をのぞきにいっていいですか。その帰りに、病院で高森から話を訊《き》こうと思います」

塔下は大塚の顔を見つめた。

「何か、まだ気になっていることがあるようだな」

大塚は息を吸いこんだ。

「今の段階ではちょっと……」

「俺にも話せないようなことか」

「そうじゃありません。ただの思い過ごしだったらいい、というようなことです。高森と会えばたぶん、すっきりすると思います」

「わかった。じゃあ、俺もいこう」

塔下はいって、コートを手にとった。

「きのうの今日だ。俺も一課に挨拶《あいさつ》をしておこうと思っていたんだ。今後のこともあるからな」

二人は公用車に乗りこんだ。すすきのに向かう車中で、大塚はジャンナから聞いた、ロックマンの最期のようすを話した。

「そうか、お前さんは内偵であの店に通っていたのだったな。今の話を聞いていると、奴が何かクスリをやっていた可能性は高いな」

大塚は話を合わせた。

「ええ。撃たれても平気で高森に迫っていった。ですが最後の最後にクスリが切れ、力尽きたという印象です。そのとき目の前にいた高森に話を訊けば、何かわかるかもしれません」

「解剖のときには血液検査もやるだろうから、何かクスリが入っていれば、成分が検出される」

「それが早く知りたくて」

大塚がいうと、公用車のハンドルを握る塔下は、ちらりと目を向けた。

「村岡のことで、あまり自分を責めるな」

大塚は無言で頷《うなず》いた。

「お前はやれるだけのことをやった。ただ、俺がお前でも、思いは同じだろう。くやしさは先へつなげていくしかない」

「コルバドール」では、本格的な現場検証がつづいていた。死体のあった場所だけでなく、弾痕《だんこん》や薬莢《やっきょう》の落ちていた位置にも細かなマークがつけられている。

小宮山と堀の姿もあった。挨拶をすませると、塔下が訊《たず》ねた。

「逃げているボリスのボディガードはどうなりました？」

二人は首をふった。

「見つかっていない。だが小樽と稚内には人を張りつけています。これから船に乗ろうというなら、おさえられるかもしれません」

小宮山が答えた。

「イワンコフと西田の遺留品ですが、近くで見つかりましたか」

大塚は訊いた。一課の刑事たちは怪訝《けげん》そうな顔をした。

「遺留品て、何です？」

「車とか、絵です」

「絵？」

「イワンコフは船を下りたとき、絵の額縁のようなものを抱えていました。おそらくイコンだと思われます」

「イコン、て何です」

「聖人の絵を板に描きつけた、ロシア正教の美術品です。ロシア政府は国外へのもちだしを禁じていますが、日本にもちこめば、金をだすコレクターもいるでしょう。イワンコフは、シベリアの教会にあったイコンを強奪した疑いがあります」

　塔下が驚いたように大塚を見た。

「ここを襲ったとき、イワンコフはそのイコンをもっていませんでした。とすると、近くに止めた車あたりにおいていた可能性が高い」

「車はまだ見つかっていません。おそらく西田のベンツだと思われますが、駐車場の預かり証などを西田は所持していませんでした。このあたりの知り合いの店の駐車場などに止めてあるのではと考えて、今捜しています」

　小宮山が答えると、堀が訊ねた。

「イワンコフは教会からイコンを盗んだのですか」

「いえ。もともとは、ボリスの組織につながる、リハチェフという運び屋が、その教会の司祭から預かっていたものです。リハチェフは、我々の押収したメタンフェタミンを日本にもちこむ予定だった運び屋です。ところがイワンコフは、リハチェフを殺し、イコンを奪いました。こちらにくる直前です。リハチェフの死体がユジノサハリンスクの郊外で発見されたので、イコンを預けた司祭が騒ぎ、ニュースになりました」

「サハリンのニュースを調べたのですか」

「知り合いのロシア人に、インターネットでチェックしてもらったのです」

「インターネットか……」

堀は首をふった。

「それにしても、このイワンコフというのは、とんでもない野郎だな。いったい何人殺しているんだ」

「もともとロシアの殺し屋のような仕事をしていたようです。リハチェフを殺したのも、おそらく誰かの指示でしょう」

「イコンは？　それも命令でやったのですか？」

「それはわかりません。金になると見て奪ったのか、それともただ単に気に入っただけなのか」

小宮山が訊ねた。

「しかしその司祭はなぜ、イコンを運び屋なんかに預けたんです？　日本で売らせるつもりだったのですか」

「いえ。不吉なものなので、日本に向かう船から海に沈めてほしいと頼んだようです」

「そこまでニュースでやっていたんですか」

大塚は首をふった。

「昨夜、その司祭とメールを通して、やりとりをしたのです。もちろん通訳がいましたが」

塔下を含む三人は驚いた顔になった。

「できればそのイコンを回収して、ロシアに送り返してやりたいと思っています」

「車が見つかれば、たぶんそこにあると思うのですがね」

そのとき、「コルバドール」に新たな男が入ってきた。入り口に立ち、ポケットに手を入れた横柄な態度で、現場検証のようすを眺めている。

小宮山が声をひそめた。

「彼が、先日お話しした、四課の城山です。イワンコフの上陸情報を拾ってきた――」

「知っています」

大塚は城山を見つめた。その視線に城山が気づいた。大塚は目礼した。

「その節は」

「何だよ、その節って」

城山は居丈高にいった。

「あれか？　あんたら麻取は準キャリだから、俺ら兵隊はどいてろって小樽でいばりくさった一件か」

あたりが静かになった。その場にいる人間はすべて、北海道警の警察官だ。視線が大塚と塔下に集まる。

大塚は息を吸いこんだ。

「あなたは我々に公務執行妨害で逮捕するといい、麻取などその辺の売人をパクっていればいいんだと侮辱した。だから私は――」

「うるせえよ！」

城山は大塚の言葉をさえぎった。

「お前らがイワンコフを逃がしたからこんなことになったのだろうが」

「それはちょっとちがう。我々はCDに入っていた」

「なんだ、この野郎。悪いのは全部道警だっていうのか」

城山は歩みよってくると大塚をにらみつけた。

「そんなことはひと言もいっていない。私は、あんたが逆恨みをしているといってるんだ」

「ふざけんな。だいたいなんで麻取がこの現場にいるんだよ。関係ねえだろうが」

「まあまあ」

塔下が間に入った。小宮山もとりなした。

「大塚さんには、イワンコフのメンを確認してもらったんだ。この人は近くで奴を見ているからね」

ふん、と城山は鼻を鳴らした。

「お前だろう。目の前で相棒が殺されても、手もだせずに震えていた、腰抜けの麻取ってのは」

「城山くん！」

小宮山がとがめた。大塚は無言で踏みだした。塔下が肩をおさえる。

「よせ、大塚」

大塚は怒りをこらえ、嘲《あざけ》り笑いを浮かべた城山を見つめた。

「あんたは陽亜連合から今回のネタをもらった。ところが目の前で我々に油揚げをさらわれ、メンツが潰《つぶ》れた。それで頭にきているのだろう」

「そうだよ。俺は陽亜の担当だ。だけどよ、陽亜は被害者なんだよ。わかるか」

「その陽亜が、元道北一家の組員を密告のスケープゴートにしたてようとしたことも知っているのか」

「何の話だ」

「もうよせっ」

塔下が語気を強めた。

「そうだ。城山くんも止めないか。高森のところにいってきたのだろう。何か話は聞けたのか」

小宮山がいったので、大塚ははっとして城山の顔を見直した。

「野郎はいませんでしたよ」

城山が吐きだした。

「何？　どういうことだ」

「きのうの夜のうちに退院したそうです。怪我もたいしたことなかったみたいで」

「今どこにいる」

思わず大塚は訊《き》いた。それを無視して城山は小宮山に告げた。

「携帯もつながらないし、事務所にも顔をだしてないそうです」

小宮山の顔が険しくなった。

「行方不明ということかね」

「そうなりますかね。まあ、そのうち連絡してくるんじゃないですか」

ふてぶてしく答えた。

「心当たりはないのか、居どころに」

大塚が訊くと、にらみ返した。

「知らねえな」

大塚は小宮山と顔を見合わせた。

「じゃ、わたしはこれで。とりあえず本部に帰りますわ」

城山はいい、四人に背を向けた。入り口のところで待っていた若い刑事に、

「ぐずぐずすんな、車もってこい！」

と、命令し「コルバドール」をでていく。

小宮山が息を吐いた。

「何があったかは知りませんが、勘弁してやって下さい。マル暴のベテランなんです。気持ち的につい、あっちに肩入れすることもあります……」

苦い表情だった。

「別に驚くことじゃありません。つきあいが長くなれば、人間ですからどうしたってシ

ンパシーを抱く。まして今回は被害者ですからね」

　塔下がいった。

「ただ行方がわからないというのは、困りましたね。イワンコフが何か薬物をやっていた可能性が高いので、高森から死ぬ直前までのようすを聞かせてもらおうと思ったんですよ」

　小宮山と堀は顔を見合わせた。

「高森が飛ぶことはないと思います。北領ももう、仕返しができるほど組員が残っていませんし、奴をすぐに我々がどうこうするということは今のところありませんから」

「高森はボリスと組んで大がかりなシノギを始めようとしていた節があります。それで『コルバドール』で、ボリスを接待していた。ボリスが死んだので、その件は宙に浮いてしまったのでしょう」

　大塚はいった。

「するとボリスの対立組織が、陽亜とボリスとの取引を潰そうとしてイワンコフを送りこんだ可能性もある、ということですか」

「いや、確かにイワンコフは殺し屋だったかもしれませんが、もしボリスを消すよう命じられていたら、素手ではやってこないでしょう」

「それもそうだな。陽亜やボリスのボディガードのいる店にカチこめば、返り討ちにあう可能性の方が高い。実際、ボリスは殺したが、自分も殺されてしまったわけだから」

堀が頷《うなず》いた。

「でも、だとすると、何をしに奴はきたんですか。西田のカチこみにつきあった？　死ぬ覚悟で？」

小宮山が不思議そうにいった。

「たぶんクスリをやっていたのではないかと思います」

塔下がいった。

「西田には、警察や我々による捜査を、陽亜の密告だと疑うに足る材料があった。あのメタンフェタミンは、シノギに追いつめられた北領にとっては、起死回生の取引になる筈《はず》だった。それを密告で潰され、逆上したのでしょう。イワンコフも西田と行動を共にするうちに、クスリのせいもあって、復讐《ふくしゅう》につきあった――」

「素手で、ですか。西田はチャカをもっていたが、イワンコフは素手ですよ」

「奴はその素手で何人も殺しています」

大塚がいうと、二人の刑事は黙った。

「捜査本部は高森を捜すのですか？」

「捜査本部には、四課も応援で入っています。高森の行方を追うのはたぶん、四課の人間に任されることになるでしょう」

「さっきの城山さんのような？」

大塚の言葉を二人は否定しなかった。つまり、高森に事情聴取できるかどうかは、城山のやる気しだいというわけだ。

大塚は息を吐いた。

「とにかく我々も、できる限りの情報は提供しますから」

気まずそうに堀がいった。

「よろしくお願いします」

大塚と塔下は頭を下げ、現場検証の場を離れた。

20

国井に連絡をとると、別れた妻と会っているところだった。東京でやり直すという国井の話に、妻はのってきたようだ。もしかすると復縁できるかもしれない、と国井は嬉《うれ》しそうにいった。

「何か、情報は入ったか」

「陽亜はてんやわんやのようです。まさか北海道本部長が襲われるとは思っていなかったようで。北領の残党がカチこんでくるんじゃないかって、本部に召集がかかっているそうです」

今になってそれはないだろう。大塚は思った。北領の組長は逮捕され、若頭の西田は死亡している。主だった組員も、道警や麻薬取締部に身柄をおさえられている。仕返しをしたくとも、人がいない。

「高森の行方について何か聞いてないか」

「行方って、わからないんですか」

「きのうの夜病院をでていって、それからの足取りがつかめてない」

「そうなんですか。俺の連れは、高森の運転手だといってましたから、あとで探りを入れておきます」

「今はできないんだな」

「今、女房といっしょなんですよ。一時間待って下さい」

国井は情けない声でいった。

「わかった。またあとで連絡する」

電話を切った大塚に塔下がいった。

「大学病院で解剖が終わった頃だ。いってみるか」

大塚は頷《うなず》いた。国井と会う時間が遅くなったのでちょうどいい。

解剖は大学病院の法医学教室でおこなわれている。犯罪にかかわって死亡したと思われる人間は、すべて司法解剖の対象となる。

ロックマン、西田、ボリス。村岡もまた、同じ法医学教室で解剖された。

司法解剖には、執刀医、助手の他に、警察の捜査員、鑑識係も立ち会う。

大塚らが大学病院に着くと、ちょうど解剖が終了したところだった。密閉式の解剖室から、キャップやゴーグル、マスクなどを外した関係者がぞろぞろとでてくる。

その中のひとりに、塔下は手をあげた。

「やあ、ご苦労さん」

「遅いよ、今、終わったところだ」

答えた男は五十がらみで、眼鏡をかけ、小柄な体つきをしていた。

「うちの大塚だ。こちらは、道警鑑識のベテランで菊池《きくち》さん。日頃からお世話になっている」

大塚は頭を下げた。

「こちらこそ、最近の薬物事犯はややこしいのが多くて、しょっちゅう塔下さんに知恵を借りているんです」

菊池はていねいな口調で答えた。麻薬取締官に反感を抱かない道警の人間もいるようだ。

「どうです。菊池さん、何かわかりましたか？」

塔下が訊《たず》ねた。

「血液検査の結果はまだでていませんが、西田は相当、しゃぶをくってました。腕に新しい注射痕《こん》がいくつもありました。おそらく過去二十四時間、一睡もしないで動き回っていたでしょうね」

菊池は答えた。

「イワンコフはどうです」

大塚が訊ねると、菊池は顔をしかめた。

「奴は刺青《いれずみ》だらけでね。両腕から胸にかけてびっしりタトゥが入ってるんですよ。だけど注射痕らしいのは見つからなかったな」

「死因は？」

「失血死です。体には何発も銃弾が入っていましたが、どれも致命傷ではない」

菊池はメモをとりだした。

「頭部に一発、胸部に二発、腹部に三発、肩と腕にそれぞれ一発ずつ、計八発もくらったのに、いずれも直接の致命傷になっていない。これは珍しいですよ」

「頭部はどこです？」

「左側頭部から頭蓋骨《ずがいこつ》を貫通して、大脳に達していました。この傷は、死亡当日のものではなく、同様の銃創が他に三ヶ所ありました。これが妙なんですよ」

「妙とは？」

塔下が訊ねた。

「イワンコフの体内から発見された拳銃《けんじゅう》弾は四種類です。四発が、九ミリショート、三十八口径のオートマチック用弾丸、二発が七・六二ミリの三〇モーゼルといわれるトカレフ用弾丸、一発が三十八口径スペシャル、一発が九ミリでもショートよりわずかに大きい、マカロフ用弾丸です。九ミリショートは、頭部と肩、胸部などに入っており、トカレフやマカロフの弾は腹部が中心でした」

「その九ミリショートは、私が撃ったもので、三十八口径スペシャルは村岡です」

大塚がいうと、菊池は眼鏡の奥の目を広げた。

「本当ですか」

大塚は頷いた。

「使ったベレッタは証拠品として道警に提出していますから、ライフルマークを調べてもらえばわかります」

菊池は大きく息を吸いこんだ。

「で、何が妙なんです？」

菊池は周囲に目をやり、

「こっちへ」

と、大塚と塔下を法医学教室の建物の外へとうながした。日が暮れ、急速に気温が下がっている中、それを苦にするようすもなく、ベンチにかけて煙草をとりだした。

「イワンコフの死因が、失血死、つまり多量の血液を流失したことによるものだというのは、ドクターの剖検で明らかになっています」

火をつけ、いった。

「問題は、その失血が起こったのが、死亡時刻の直前に集中している、ということなんです」

菊池はつづけた。

「大塚さんがイワンコフを撃ったのは死亡の直前ではない」

「もちろんです。四十八時間以上前のことです」

菊池は頷いた。

「そうなんです。傷に古いものと新しいものがあり、どちらも出血を伴う種類であることはドクターも認めている。ところが、現場には――現場というのはクラブ『コルバドール』ですが、イワンコフのものと思われる血痕《けっこん》は一ヶ所にしかない。もちろんそこには、死亡するだけの大量の出血が見られたのだが、移動の間の流血がまるでなかった。傷に止血処置などがされたようすはないというのに」

「つまり、傷はあるのに血は流していなかったということですか」

「そうです。もっというなら、死亡の四十八時間前に負った銃創は、それじたいが即死するような傷ではないにせよ、止血処置を施さなければ、とっくに失血死していておかしくない位置にあったわけです。頭と肩、胸ですからね。痛みもさることながら、そんなに血を流して動き回れる筈《はず》がない。ところが実際は止血もしていないのに動き回り、人を殺すほど暴れている。考えられないと思いませんか」

「ドクターは何といっているんです？」

「首をひねるだけですよ。撃たれても撃たれても血を流さずに動き回り、それが最期の最期に、どっと出血して、死ぬ。そんなことはありえないでしょう。でも、これが生きているのなら、そのメカニズムを解明できても、死んでしまった今となっては、不明ということです」

塔下は大塚を見た

「朝里の現検でも、奴の血痕は発見されませんでした。今の話と符合します」

大塚がいうと、無言で頷く。

「生きていても血を流さないということはあるんですか」

「それはないのじゃないですか。血を流すというのは、心臓が動いているからこそで、流れなければ心臓は止まっている。つまり死体でしょう。死体でも血が凝固していなければ、傷つければその部位の血管は血を流しますよ」

「じゃあ、なぜ」

「それがわからないわけです」

しんしんとした冷気だけが理由ではなく、大塚は寒けを覚えた。夜になった大学構内に人の姿はない。

「イワンコフはゾンビだった、それがある瞬間、生身の人間に戻り、死んだ」

「ゾンビを信じるのですか」

菊池の言葉に大塚は首をふった。

「まさか。クスリのやりすぎでゾンビのように見える人間ならたくさん見てきましたが」

菊池と塔下が力なく笑った。

「まったくだ。血液検査で何か手がかりが得られますかね」

塔下がいうと、菊池は首をふった。

「イワンコフがかりに、我々の知らないような薬物をやっていたとしても、出血を完全に抑えるクスリなんてありえないでしょう」

三人は沈黙した。やがて塔下がいった。

「どうも、わからない事件だな」

「ええ。ドクターも首をひねってますよ。ホトケの筋肉はかなり鍛えられてはいましたが、それにしたって何発もの弾傷から一滴も血を流さないというわけにはいかないだろう、と」

「内臓その他に異常は見うけられなかったのですか」

大塚は訊ねた。

「通常の病変のようなものはあったそうです。イワンコフはかなり無茶な生活をしていたようですからね。だが、出血が抑えられていた理由と考えられるような変化はありませんでした」

大塚は頷き、地面を見つめた。

「おい――」

塔下がいった。

「お前さん、何か知っているのじゃないか。さっきのイコンの話といい、俺にもいってないことがあるだろう」

厳しい表情だった。大塚は迷っていた。

カシアンという怪物の話を今すべきだろうか。だが信じられる内容でないことは、大塚自身がわかっている。

「イコン?」

菊池が訊ねた。

「ええ。イワンコフは、ロシアの教会にあったイコンを日本国内にもちこんだようです。そのイコンはまだ見つかっていない。信じられない話なのですが、そのイコンがあった教会の司祭が妙なことをいっているんです」

大塚は決心し、口を開いた。

「問題のイコンには、カシアンという怪物の絵が描かれていた。カシアンは四年に一度、閏年《うるうどし》の二月二十九日に目覚めて、人にとりついて災いを及ぼす。とりつかれている者を止めることはできない」

「何だと」

塔下がつぶやいた。

「もちろん迷信のような話です。カシアンの描かれたイコンは、百年間、シベリアのケジュマという町の教会で封印されていました。百年前に、偶然なのでしょうが、そこでいろいろな災厄がおこったのが理由です。その司祭、ヴィクトゥルというのですが、ヴィクトゥルは、百年目の二月二十九日がくる前に、イコンを処分しようとした。というのは、カシアンは地獄に閉じこめられている怪物で、二月二十九日の一日だけ、解放され地上にでてくるというのです。そして地上で悪い心をもった人間にとりつくと、再び地獄には帰らず、人から人へと渡り歩く。百年間の封印のあいだに、カシアンの力が強くなっているのを感じたヴィクトゥルは、それを海に沈めてくれとリハチェフに頼んだ。リハチェフは、イワンコフがもちこんだメタンフェタミンを当初、日本にもってくる予定だった運び屋です。リハチェフは、二月二十九日がくる前に、サハリンからの船に乗る予定でした。その船べりから海に落としてくれと頼んだのです。ところが、イワンコフがリハチェフを殺し、イコンを奪った。イコンは国外持ち出しを禁止されている美術品なので、金になると踏んだのかもしれません。そしてイワンコフがもち歩いているあいだに、二月二十九日がきた」

「その司祭は、他の方法でイコンを処分しようとは思わなかったのかな。燃やすなり何なり、方法があるだろう」

塔下がいった。

「私も同じことを訊《き》きました。すると、煙になったカシアンがもっと災いを及ぼすのだというようなことをいわれました。カシアンは風にのるとか、何とか」

「風」

菊池がつぶやいた。

「伝染病のようなものかな。昔は日本でも、伝染病を妖怪《ようかい》のせいだと考えた」

「それはわかりません。ただ、朝里でイワンコフが現れたとき、突風が吹いて地吹雪が舞いました。もちろん、偶然だと思いますが」

塔下が息を吐いた。

「司祭の話というのはそれだけか」

「あと、睫毛《まつげ》のことがあります。カシアンは災いの眼をもっていて、それを隠すために睫毛をのばすというのです」

「ホトケさんの睫毛はふつうでしたよ」

菊池がいった。

「知っています。ですが、朝里のマンションで、私と村岡が会ったとき、イワンコフの睫毛が異様に長いのを、私は見ました。それと『コルバドール』にやってきたときも、睫毛が長かったのを、ロシア人のホステスが見ています」

「そのロシア人ホステスというのが、君の通訳か」

塔下が訊ね、大塚は頷いた。

「内偵中に何度か席につき、ボリスや高森に関する情報を得ました」

「個人的に親しいのか」

「男女の関係ではありません。それに彼女はアルバイトで、ロシアマフィアとはつながっていません」

塔下は首をふった。

「新種のドラッグがイワンコフをゾンビにしたという仮説のほうがまだ信じられる」

「その通りだと思います。ですが話はこれで終わらないんです」

「なんだ」

「記録によると、カシアンはとりついた者が死ぬとき、周囲に悪い心をもっている人間がいないか探すのだそうです」

「次にとりつくため、ですか」

菊池が訊ねた。大塚は頷いた。

「そのホステスの話では、イワンコフは倒れて血を流す直前、高森をじっと見ていたそうです。高森も、蛇ににらまれた蛙のように、イワンコフと見つめあっていたらしい」

「おいおい……」

塔下がいった。

「わかっています。偶然の一致でしかない。私だって、そんな迷信の怪物がロシアからやってきて、日本で暴れているなんていう気はありません」

大塚は急いでいった。

「だがそれですべては説明がつきますよ」

菊池がいった。

「菊池さんまで、何をいいだすんだ」

あきれたように塔下がいった。菊池の顔は真剣だった。

「長年、鑑識なんて仕事をしてますとね、これが本当に人間のやることか、なんて思うほど凄惨《せいさん》な現場にでくわすもんです。そういうときほど、ホシがあとになっていうのが、『魔がさした』って言葉です。馬鹿いうな、魔がさしたくらいで、あんなむごいことするのかって怒鳴るんですが、ぽかんとしている奴がいるんです。自分のやったことがわかってない。もっというと覚えてないんですな。人の体を切り刻んで、あたり一面血の海にしておいて、そのときの記憶がすっぽり抜け落ちていたりする。弁護士なんかが『心神喪失だ』などというのはそのせいです。もちろん、そのロシアの怪物がどうのこうのという話を全部信じるわけじゃありませんが、それでいくと妙につじつまがあう。イワンコフが大塚さんに撃たれても平気で動き回っていたのは、その怪物に体をのっとられていたからだと考えれば矛盾しない」

「じゃあなぜ『コルバドール』では射殺されたんです?」

塔下が反論した。

「怪物にのっとられたのなら、ずっと動き回っていたっていいのに」

「生身の体では限度があったということじゃないですか。あるていどまでなら、動き回らせることもできるが、いずれ限界がくる。そこで次にのり移る相手を探した。悪い心をもっている人間といったって、殺し屋みたいな仕事をしていたイワンコフと同じくらいのワルなんて、そうは見つからない。だが西田といっしょに『コルバドール』を襲えば見つけられる、そう踏んだとか」

「そうか」

大塚はいった。

「それなら奴が、西田とつるんで『コルバドール』にカチこみをかけた理由も説明できます」

「いい加減にしろ！」

塔下がいった。

「二人とも本気でそんなことを思っているのか」

「もちろん本気じゃないさ」

菊池が手をふった。

「だが、どんな馬鹿ばかしい理屈であっても、それですべての説明がつくとしたら、頭ごなしに否定はできない。そうは思いませんか、塔下さん」

塔下は大きくため息を吐いた。

「大塚」

「はい」

「高森を捜せ。そのカシアンにとりつかれているなら、睫毛が長い、そうなのだろ」

「そうです」

「高森を見つけて、睫毛が長くなければ、お前も納得する」

「はい」

「私も納得しますよ」

菊池がいった。大塚を見やり、微笑んでいた。実際に信じているかどうかはわからないが、菊池は味方をしてくれていたのだ、大塚は気づいた。

三人は立ちあがった。

「何かわかったら、連絡を下さい。私ももう少しドクターをつついて、イワンコフについて調べてみますから」

菊池はいった。

21

大学病院で塔下と別れた大塚は、国井の泊まるビジネスホテルへと向かった。ビジネスホテルの前で車を降り、玄関をくぐるといきなり怒鳴り声が聞こえてきた。

「貴様、とぼけんじゃねえぞ！　今この場でワッパかけて、帳場へ連れてってやろうか、え？」

一階にある小さな談話室からだった。宿泊者が訪ねてきた客に会うための施設だ。大塚は立ち止まった。談話室の入り口に、見覚えのある若い男が立って、他の人間を入れないようにしていた。城山が「コルバドール」で連れていた刑事だった。

談話室に城山と国井がいた。城山に威《おど》しつけられ、国井は今にも泣きだしそうな顔をしている。

「国井」

見張り役の刑事の肩ごしに大塚は声をかけた。はっと顔をあげた国井が、救われたような表情を浮かべた。

「どうしたんだ」

「おいっ、邪魔させせんなっつったろう！」

城山が若い刑事にいった。刑事の顔がこわばった。

「彼はうちの情報提供者ですが、何か」

大塚はその刑事と城山の顔を見比べた。

「何かもクソもあるか。この野郎は、北領のしゃぶの取引に絡んでるってタレコミがあったんだよ」

城山の顔が赤らんでいった。

「北領の？　この男はもともと道北一家だ。道北一家は陽亜連合に吸収されている。北領とつながりがあると考える理由は何です？」

「そんなものをいちいちあんたに説明する義理はねえよ。ちょっと借りてくぞ。おい、立て――」

城山は国井にいった。

「待って下さい。それは逮捕ですか、それとも任意同行ですか」

城山は大塚を見つめた。

「お前には関係ねえよ」

大塚は国井にいった。

「国井、令状を見せられたか」

国井は弱々しく首をふった。

「だったら任意だ。拒否したっていいぞ」

「何だ、手前《てめえ》。こっちの捜査を邪魔する気か、おい」

城山が立ちあがった。近づいてくると、アルコールの匂いがした。顔が赤らんでいるのは怒りからだけではないようだ。

「あんた、誰から国井がこのホテルにいると聞いたんだ」

「いちいちそんなこと教えられるか」

城山は吐きだした。

「国井の宿泊費をだしているのは麻薬取締部だ。情報提供者として保護している。それを勝手に連れだされるわけにはいかない。それにあんた、酒を飲んでいるだろう」

「こっちも情報提供者と会う仕事があってな。極道からネタを仕入れるには、それなりのやり方があるんだよ」

城山は手で大塚の肩を突いた。

「何するんだ」

「何だよ、やんのか、おい」

城山は大塚の目をのぞきこんだ。大塚は見返した。しばらくにらみあう。

やがて城山はフン、と鼻を鳴らした。国井をふり返る。

「麻薬取締官さまのおかげで命拾いしたな、おい。次はこううまくはいかねえぞ。首を洗って待ってろよ」

大塚の胸を肩でつきとばすようにしてでていった。

大塚は息を吐いた。道警にもものわかりのいい警官がいると思った直後にこれだ。

国井はほっとしたように両手で顔をおおい、へたりこんでいる。

「大丈夫か」

「ええ。でもマジでびびりました。あいつにかかったら、どんなヤマをしょわされるかわかんないですから」

「そんな評判の男なのか」

国井は両手をおろして大塚を見た。

「仲のいい極道にはけっこうよくしてくれる。けど怒らせたら、とことん嫌がらせをされるって評判で、ガサ入れのときにしゃぶのパケとかをおかれて容疑を増やされちまうこともあるそうです」

大塚は首をふった。

「奴は何しにきたんだ」

「高森の居場所を捜しているようでした。俺が高森の運転手をやってる連れにあれこれ訊《き》いたのを知って、なんでそんな真似してるって威しにきたんです。ここのことは、その連れから聞いたのだと思います」

「カミさんと話はついたのか」

「ええ。とりあえず東京で落ちついたら、一度ようすを見にきて、やっていけそうならヨリを戻してくれるって……」

「よかったな」

大塚がいうと、ようやく国井の顔に笑みが戻った。

「本当に大塚さんには世話になっちまってすみません」

「そんなことはない。お前さんが真面目にやろうっていうんで、神さまも味方してくれたのさ」

「大塚さん、神さまなんて信じてるんですか？」

驚いたように国井がいった。

「え？　本当のところ、あまり信じちゃいない」

「ですよね。初めて会ったときから、何かニヒルな感じの人だなって思ってました。そんな大塚さんの口から『神さま』なんて言葉がでてきたんで驚いちまいました」

大塚は苦笑した。確かに「神さま」という言葉を口にしてしまったことに、自分でも驚いていた。だが、「怪物」が実在するなら、「神」もどこかにいておかしくないのではないか。

「大塚さんてどっか、醒《さ》めた目で人間を見ているところがあって、だから冷たい人かっていうとそうでもないんですよね。不思議な感じがしますよ」

「俺のことはいい。それより高森について何かわかったのか」

大塚がいうと国井は首をすくめた。

「すみません。その高森ですが、組うちでも行方がつかめてないらしいんです。病院にいくときには付き添いがいたんですが、いつのまにかひとりででてったらしくて」

「妙じゃないか？」

「ええ。運転手やってる俺の連れも、あとで兄貴分にどやされたらしいんですけど、病院の話じゃ、ひと晩ようすを見たいから入院しろというのをふりきってでていったそうです」

「怪我はひどくなかったのか」

「血はけっこうでていたようですが、病院にいったらおさまったらしくて」

「他に何かかわった話は？　睫毛《まつげ》のこととかは？」

「睫毛？　何です、それ」

「いや、いい」

「とにかく陽亜の事務所も、高森に連絡はつけたいみたいで、あれこれ人はだしているようです」

大塚は頷《うなず》き、腕時計を見た。

「わかった。とりあえずお前はこのまま東京に飛んでしまえ」

「えっ」

「まだ羽田《はねだ》いきの便はある。向こうに着いたら、誰か迎えにきてくれるよう頼んでみる」

携帯電話をとりだした。国井のことを頼んでいた工務店の友人に電話をかけた。友人はふたつ返事でひきうけてくれた。

「東京駅まで何とかきてくれりゃ迎えにいく」

「恩にきる」

大塚は国井に出発の支度をするよういった。急だが、城山のような刑事に目をつけられているのでは、一刻も早く北海道からだしたほうがよかった。大塚に対するあてつけだけで国井に罪を着せかねない男だ。

友人の携帯番号を教え、何かあったら指示を乞《こ》え、といって大塚は国井を車に乗せた。新千歳空港に向かう。羽田いきのチケットを買ってやり、ATMでおろした現金十万円を渡した。

「こいつは貸しだ。報奨金がおりたらそこから返してもらう」

国井は目を潤ませた。

「何から何まで……すみません」

「とにかく東京にいったら、カミさんが見直してくれるよう、いちから頑張れよ」

国井は何度も頭を下げ、大塚が買い与えた友人への土産をもって、搭乗口に入っていった。

それを見送り、大塚はほっと息を吐いた。

国井が陽亜連合の現場とつながりがあることが城山に知られた今、情報提供者としては使えない。城山から陽亜連合にそれが伝わるかもしれないからだ。

陽亜連合が国井をどうこうするということはすぐにはないだろうが、城山に吹きこまれた偽の情報を大塚に流すためのパイプに使われる可能性はある。

いずれにしろ、麻薬取締官と関係があると知られた以上、北海道で仕事をつづけていくのは難しい。密告者の烙印《らくいん》を押されたに等しいからだ。

取締官にとって情報提供者は不可欠だ。だが情報を提供したことによって仲間からパージされてしまった者を助けてやらなかったら、次からは誰も情報提供者になろうとは思わなくなる。

空港の駐車場に止めておいた車に乗りこんだ。

高森はどこに消えたのだろうか。

組にも帰らず、自宅にも戻っていないことは明らかだ。高森には、札幌と東京の二ヶ所に自宅がある。

東京の自宅に戻ったという可能性はあるだろうか。

それなら怪我をおして東京に戻らなければならない理由が必要だ。

もちろん札幌よりも東京のほうが安全だと考えた可能性はある。陽亜連合は北領一家のさらなる報復を警戒している。

だが安全のために帰京したのであれば、少なくとも陽亜連合の幹部は知っていなければおかしい。知っていて、道警にとぼけているのだとすれば、それには何かある。

考えられるのは、ボリスの死亡によって頓挫《とんざ》したロシアマフィアとの取引の続行だ。

これだけの騒ぎになった以上、札幌で取引の打ち合わせをつづけるのが難しいと判断し、東京にその場を移したのか。

ただ、そうだとしても急すぎる。陽亜連合、ロシアマフィア双方に、よほど急がなければならない事情がない限り、交渉に携わる人間の後任がそれほど早く決まるとは思えない。

もうすでに大量の〝ブツ〟がロシアから日本に向け動きだしているのだろうか。

ありえない。札幌に向け、車を走らせながら大塚は思った。細かな契約条件を決めずにブツを動かしてしまうほど、ロシアマフィアは前近代的な組織ではない。ましてボリスのような男が属していた組織なら尚《なお》さらだ。

なぜボリスが死亡したのか、イワンコフと陽亜連合のあいだに何があったのか、それたちの駐車場においてあったっていうのだから」

「まったく間抜けな話ですよ。西田の車を総出で捜していたら、何のことはない。自分を待っていて案内した。

中央署には「コルバドール」襲撃事件の捜査本部がおかれている。小宮山と堀が二人わけはひと目でわかった。運転席のサイドウィンドウが割られていたからだ。

中央警察署の駐車場に、西田のメルセデスはおかれていた。「被害車輛」といわれた大塚と塔下は公用車に乗りこみ、中央警察署に向かった。

「そいつをいって、訊いてみようや」

「どういうことです？」

被害車輛《しゃりょう》として運ばれてきたっていうんだ」

署にもってこられていたらしい。それが西田の車とわかってじゃなくて、車上荒らしの

「とぼけたことに例のベンツは、『コルバドール』の事件から二時間後にはもう、中央た塔下がいった。

知らせは、札幌市の中心部を管轄とする中央警察署からもたらされた。知らせをうけのは、翌日の午後だった。

西田の使っていたメルセデスが見つかったという知らせが麻薬取締部にもたらされた

大塚は自宅に戻った。高森の行方に関する情報は、依然としてなかった。

を解明しない限りは、取引の開始など考えないだろう。

小宮山がいった。

「中から何かでましたか」

大塚は訊《たず》ねた。

「ええ、いろいろとね。あとでお見せします」

堀が答えた。

「この車はどこにあったんです？」

「『ゴールド』というラブホテルの駐車場です。経営者は元北領一家の組員で、西田に頼まれ断れなかったらしい。九時頃、西田がイワンコフと車を止めにきて、おいていった。そこから『コルバドール』までは歩いて五分足らずです。なぜわざわざ駐車場に車を止めたのかはわかりません。ちなみに、経営者はその後の調べで、『コルバドール』襲撃とは無関係だったことがわかっています」

大塚は車内をのぞきこんだ。遺留品はすべて捜査本部の手で運びだされたあとだった。車内には何ひとつ残っていない。

シートやヘッドレストを大塚は見つめた。血痕《けっこん》はなかった。ロックマンは車内でも血を流していなかったのだ。

少し離れたところで見ている捜査一課の刑事をふりかえった。

「絵は見つかりましたか」

「いや、それが見つかっていません」

小宮山がいって首をふり、堀と顔を見合わせた。

「妙なんです」

堀がいった。

「妙？」

大塚は訊き返した。

「それを説明する前に、この車が中央署にもちこまれたいきさつをお話しした方がいいと思います」

小宮山がいって、二人を署の内部へと誘った。車から見つかった遺留品を保管してある小部屋へ連れていく。

そこには上陸したときイワンコフがさげていたナイロンバッグと中身が並べられていた。着がえやロシア語の雑誌などだ。

かたわらに革製のペンケースがおかれている。皮下注射器と金魚がいくつか入っていた。

金魚というのは、弁当などについてくる醤油《しょうゆ》を入れるビニールのケースだ。水やワインで溶かした覚せい剤を入れて売る。金魚の数は十できかないほどあって、大半は空だった。

「これはイワンコフのバッグから？」

塔下が訊くと、小宮山は首をふった。

「車のグローブボックスです。西田が使っていたようです。ケースから西田の指紋《モン》もでました。あいつが相当しゃぶを入れてたのは、血液検査の結果からもわかっています」

「で、車がもちこまれたいきさつというのは？」

堀が手帳を開いた。

「きっかけは、車の盗難防止装置の作動でした。駐車場でメルセデスのアラームが鳴り始めたんで、ホテルの従業員がようすを見にでていった。すると、あのように窓が割られていたが、犯人の姿はなかった。それが午後十一時過ぎの話です。従業員は当初、メルセデスはホテルの客の車だと思った。先に帰った経営者から、西田の車だとはもちろん聞かされていなかったからです。駐車場には外から人も出入りできるので、高級車を狙った車上荒らしの被害にあったのだと考えたわけです。利用客の部屋にかたっぱしから電話して確かめたけど、乗ってきたという人間はいない。そこで困って、中央署に連絡をしてきた。

持ち主のわからない車が駐車場にあって、車上荒らしに窓を壊されている。このままおいとくわけにもいかないので、ひきとってくれ、と。その頃、中央署は、『コルバドール』の事件でてんやわんやだった」

「その時点では、それがまさか西田の車だとは誰も思わなかったのですね」

塔下の言葉に刑事たちは頷《うなず》いた。

「そうなんです。とりあえず交通課がレッカーでひっぱって、署にもってきました。持ち主がとりにきたら、中央署までこさせろ、ということで。『コルバドール』の現検が一段落して、西田の車が近くにある筈《はず》だということになり捜したが見つからない。で、今日になって交通課にも協力を依頼したら、もってきた巡査が、『そのメルセデスなら、うちにあります』といったんで、びっくりですよ。事件から二時間足らずで、もうここにもってこられていたことに誰も気づかなかった」

「それが妙なんですか」

大塚が訊ねると小宮山は首をふった。

「妙なのはこれからです。ご存じのように、ラブホテルはフロントに防犯ビデオカメラが設置されていますが、『ゴールド』は、駐車場にもカメラをとりつけていました。あのメルセデスの窓を割った車上荒らしは、ビデオに映っていたんです」

部屋には、ビデオ付きテレビがおかれていた。堀が電源を入れた。

大塚と塔下はテレビの画面を見つめた。モノクロの画面に、車が数台映りこんでいる。画面の下には、日付と時刻がでていて、時間経過とともに変化した。

「これが例のメルセデスです」

堀が、画面中央、左寄りに映った黒っぽい車輛を指さした。

男がひとり現れた。スーツ姿で、コートを着ていない。カメラに背を向ける角度で画面に入ってくる。

メルセデスの運転席のドアノブを引いた。ロックされているとわかると、いったん画面の外に消える。やがて戻ってきたときに、金属製のパイプのようなものをもっていた。

「この道具は、駐車場に元からおかれていたもののようです。建物の補強工事を先月やって、そのときの材料がおきっぱなしだったらしい」

堀は説明した。

男はパイプをメルセデスのサイドウィンドウに叩《たた》きつけた。ガラスが砕ける。力のこもった容赦のない一撃だった。ガラスの割れ目から車内に手をさしこみ、ドアを開いた。それから上半身をもぐりこませた。

後部席の方に腕をのばし、何かをつかんで体を引いた。つかんだものがちらりと見えた。

四角い物体だ。イコンだ、大塚は直感した。

この車上荒らしは、メルセデスからイコンを盗みだしたのだ。

男はイコンを胸に抱きかかえると向き直った。カメラに顔がさらされた。それは不鮮明ではあったが、はっきりと大塚には何者であるかわかった。

「高森！」

「何⁉」

塔下が大塚の顔を見た。

高森はそのまま画面から消えた。メルセデスのドアは開け放したままだ。やがてホテルの従業員と思《おぼ》しい人物が現れ、壊されたメルセデスに気づいて驚くさまが映った。

堀がビデオを止めた。

「妙だといったのは、ご覧の通りのことです。さっき、陽亜連合の若い衆にも確認させました。本部長だと認めました」

大塚はビデオを巻き戻し、再生した。高森が駐車場に現れたのは、午後十一時十分という時刻表示がされている画面だった。

再び手帳をのぞいて、堀がいった。

「高森が現場近くの救急病院に運ばれたのが、イワンコフと西田の犯行から四十分ほどたった午後十時です。約三十分そこで治療をうけたあと、徒歩で病院をでています。高森を病院に運んだのは、陽亜連合の組員で、高森のコートはそのまま車におきざりだった。つまりあの寒い中、高森は入院していけという医者の勧めをふりきって、コートも着ずに病院からホテル『ゴールド』の駐車場まで歩いてやってきて、西田の車からイワンコフがもちこんだと思しい絵を盗みだしたわけです。しかもその後、組の事務所にも札幌の自宅にも帰っていない。これはいったいどういうことなんですかね」

大塚を見つめた。

「大塚さんはおとといも現場で、イワンコフがもってきた絵のことを気にしていた。それはこれですよね」

「そうです」

大塚は頷いた。

「撃たれて怪我をしている高森が、入院もせず、若い者を連れもせずにやったのがこの車上荒らしだ。しかも盗《と》ったのは、イワンコフがもちこんだ絵です。いったいこの絵は何なのです？ なぜ高森までが、こんなにけんめいに手に入れようとしたんですか」

大塚は息を吐き、塔下を見やった。塔下も難しい表情を浮かべている。大学病院の庭で話した、イコンとカシアンの関係を今ここで説明して、刑事たちがわかってくれるとはとうてい思えなかった。

「絵のように見せかけているが、実はメタンの他にイワンコフがもちこんだブツだったとか。それを麻取さんがつきとめて追っかけていたのじゃないですか」

堀がいった。

「ちがいます。たぶんこれは、イコンです」

大塚はいった。

「イコン？」

大塚は説明した。

「キリスト教の一派である東方正教の教会などに飾られる、聖人を描いた絵です」

「なんでそんな絵を高森が欲しがるんです？ 高価なものなんですか」

「作られた時代によっては高価なイコンもあるそうです。このイコンは、シベリアのケジュマという町の教会にあったものです」

「なぜそこまで知っているんです？」

「きのう話したように、その教会の司祭とインターネットを通じて、メールのやりとりをしましたから。イコンには、カシアンという、本来は聖人でありながら民衆には魔物として恐れられている、一種の妖怪《ようかい》の絵が描かれているそうです」

堀は怪訝《けげん》そうな顔になった。

「どうしてそんなものを高森が盗むんです？」

大塚は首をふった。

「わかりません」

「わかりません、て、大塚さんも気にしていたじゃないですか。この絵がどうなったのかを」

「その司祭に頼まれていたからです。ヴィクトゥルというのですが、ヴィクトゥル司祭は、カシアンのイコンを処分しないとたいへんなことになる、と警告しています」

「たいへんなことって」

「カシアンが人間にのりうつって災厄を及ぼす」

堀はあっけにとられたような表情になって小宮山を見た。小宮山が咳《せき》ばらいをした。

「何か、それに関する証拠のようなものはあるんですか」

「カシアンが解き放たれるのは、四年に一度、閏年《うるうどし》の二月二十九日だけなんです。百年前の一九〇四年と一九〇八年に、シベリアではカシアンがひき起こしたといわれる災厄が起き、人や家畜がたくさん死んだそうです」

「迷信でしょう、もちろん」

堀がいって、大塚と塔下を見比べた。

「まさか本気で信じているわけじゃありませんよね」

「もちろんにわかには信じ難い話だというのはわかっています。ですがイワンコフが見せた異常な体力は、それで説明がつきます」

大塚はいった。

「待って下さい。イワンコフはもう死んでいる。我々は今、高森の話をしていたのじゃなかったのですか」

「カシアンがイワンコフの体を離れ、高森に乗り移ったんです。カシアンにとってイコンは、乗り移る肉体を失ったときの隠れ家です。もしイコンが破壊され、肉体も失ったら、帰る場所がなくなる――」

「待った、待った。我々は今、暴力団とロシアマフィアの抗争の捜査をしているんですよね」

堀が大塚の言葉をさえぎった。

「なぜそこに、ロシアの迷信がからんでくるんです？」

「イワンコフの解剖の結果は聞きましたか」

大塚は堀に訊ねた。

「もちろん」

「奴の体には、私が撃ったベレッタの弾丸がくいこんでいた。なのに倒れもせず、血の一滴も流さずに動き回っていた。駐車場にあったメルセデスにも血痕はまるで残っていない。妙だとは思いませんか」

「それは――」

「止血処置をしたというなら、遺体にその処置の跡があっていい筈《はず》です。しかしそれすらなかった」

「それは確かに不可解だ。けれどそれだけで奴が怪物だか妖怪だったというのは――」

小宮山がいった。

「カシアンは、乗り移った肉体が滅びる直前に、近くにいる邪《よこしま》な心をもつ人間に乗り移るそうです。イワンコフは『コルバドール』で死ぬ寸前、高森に詰めよっていました」

「いや、そんなのはちょっと……」

堀が首をふり、救いを求めるように塔下を見た。

「確かに私も初めて聞いたときは信じられない話だと思いました。ですから確認するためにも高森の行方を捜せと彼にいったのです。で、今日になってこんな映像がでてきた。もちろんイコンに、新手のドラッグでも隠してあるという方が納得はいきますが、高森がそれを知った理由がわからない」

「それ以前に、高森がなぜ、『ゴールド』の駐車場にイコンをおいたメルセデスが止められているのを知っていたかという問題があります。カシアンが乗り移っていたからこそ、高森はあそこをつきとめられた」

大塚がいうと、堀は驚きを通りこして恐ろしいものを見ているような表情になった。小宮山も、半ば唖然《あぜん》として大塚を見つめている。

「まあ、それが麻取さんの捜査方針だというのなら、我々は否定はしませんが……」

「もちろん、とんでもない話だというのはわかっています。信じろといわれても困るでしょう。ただ、もし高森がカシアンに乗り移られたのでなければ、なぜ事務所や自宅に戻らないのでしょうか。怪我をした体でコートも着ずに、夜の街をうろつくなんて、常軌を逸した行動だとは思いませんか」

「よほど急いでいた理由があったのだろう、と我々は見ています。もしかすると、陽亜連合の本部がらみの何かがあって、札幌の連中にも話せなかったのではないか。札幌では、陽亜といっても、もともとは地元の組から吸収された外様《とざま》の人間が多いですからね」

そう考えて不思議はない。実際、自分もそう思った――大塚はいいかけ、やめた。たとえどれほど冷静を装っても、この道警の刑事たちが大塚を信じることはないだろう。

「高森の行方は今も追っているのですか」

塔下の問いに、堀はテレビを示した。

「窃盗と器物損壊が加わったわけですからね。もちろん捜していますよ」

「何か情報は？」

二人は首をふった。

「四課から助《すけ》っ人《と》にきている連中があたっていますが、何も――」

「東京に戻ったというのは考えられませんか？」

大塚はいった。小宮山が頷いた。

「それもあるんで、警視庁の組対にも協力を依頼しました。高森の足どりが東京で確認できたら知らせをもらうことになっています」

「奴の怪我はどれくらいのものだったのですか」

「医者の話では、右腕の筋肉を少し抉《えぐ》られたような傷だったそうです。縫合して出血を抑えたので動き回ることは可能だが、痛みは相当ある筈だ、と」

大塚はテレビをふり返った。

「わかっています。怪我をしている人間にしちゃ、力がある。クスリを入れたのだろうと我々は思っています」

「クスリがからんでいると、何もかもそのせいにしたくなります。しかし出血を止めたり、撃たれても倒れない体にするクスリなんてありませんよ」

塔下がいった。

「痛みを感じないようなクスリなら別ですが……」

「とにかく、高森の行方は我々も追います。何かわかったら情報の提供をお願いします。その、何とかいう怪物の話は別ですが……」

堀がいった。話を終わらせたがっているのは明白だ。

「最後にひとつだけ、聞いて下さい」

大塚はいった。堀と小宮山はうんざりしたような顔で大塚を見やった。

「信じなくてもかまいません。当然だとも思いますから。ただ、高森の睫毛《まつげ》が以前より異様に長くなっているという情報があったら注意して下さい」

二人の刑事はすぐには答えなかった。やがて小宮山が、

「なぜです」

と訊《たず》ねた。

「カシアンは、睫毛の長い魔物なのだそうです。だからとりつかれた人間も睫毛が長くなる。朝里で私がでくわしたとき、イワンコフもそうでした」

「そういえば同じようなことをいっていた『コルバドール』の従業員がいましたな――」

小宮山がいいかけ、口をつぐんだ。堀が非難するような目で見たからだった。

「睫毛ですね。わかりました、留意します。どうもご苦労さまでした」

堀が強い口調でいった。

22

「奴《やっこ》さんたち、頭にきていたな。せっかく高森に関する情報を提供してやったのに、とんでもない話をしやがるって」

中央署からの帰り道、塔下が苦笑いを浮かべていった。

「すみません。塔下さんまで俺の妄想に巻きこんでしまったみたいで」

大塚はいった。カシアンの話は、道警には無視されるか、よくて捜査会議の席での笑い話だ。

「かまわんさ。ただ、これでもううちは公式には、高森の行方を追うわけにはいかなくなった」

塔下が答えたので、大塚ははっとした。その通りだ。

麻薬取締官の仕事は、法に定められた薬物に関連したものに限定される。それに照らしあわせる限り、高森を追う根拠は何もない。

「確かにその通りです」

「奴が東京に逃げたにせよ、北海道のどこかにいるにせよ、当面、我々が追っかける理由はなくなった」

塔下はいって、大塚を見やった。

「お前さんの〝説〟を証明するため以外には」

大塚は無言だった。

麻薬取締部に戻ると、イワンコフの血液検査の結果が菊池から届いていた。それを読んだ塔下は、無言で大塚に渡してよこした。

薬物と思《おぼ》しい成分は認められなかったという。

「とりあえず、今、我々がやらなけりゃならんことをやろう。逮捕した北領一家の人間の取り調べと、押収したメタンの経路追及だ」

「わかりました」

夕方、大塚の携帯が鳴った。ジャンナからだった。「コルバドール」は今日も営業を再開しておらず、どうやら当分、休みになりそうだという。

大塚はジャンナと夕食を共にする約束をした。カシアンのことを今、誤解を恐れずに話しあえる相手はジャンナしかいない。

二人はすすきのではなく、大塚の住居の近くで待ちあわせた。偶然、ジャンナの知るロシア料理店が、大塚のマンションの近所にあったのだ。

五時半に合同庁舎をでて、大塚はロシア料理店に向かった。

待ちあわせた時刻よりわずかに遅れてジャンナはやってきた。黒いニットのワンピースに毛皮のコートを着ている。

「ごめんなさい。ヴィクトゥル司祭とメールで話していたら遅くなったよ」

席につくとジャンナはいった。ロシア人のウェイターが歩みよってきて、ジャンナにロシア語で挨拶《あいさつ》した。ジャンナは微笑んで答えた。

「料理、わたしが注文していいですか。大塚サンにおすすめのロシア料理、食べさせてあげます」

「任せるよ。飲み物は、ビールを」

「わたしはグラスワインをもらいます」

酒が運ばれてくると乾杯し、ジャンナが口を開いた。

「ヴィクトゥル司祭はおじいさんじゃありませんでした。三十三歳。アンドレイ・リハチェフと小学校の友だち」

「そんなに若かったのか」

「ケジュマの教会にきたのは三年前だそうです。ずっといた司祭さんが歳をとって死んだので、教会の上の人に頼まれてきました。それまでカシアンのこと何も知らなかった。でも教会に古い本がたくさんあって勉強しました。それに百年前のことがでていました。ヴィクトゥル司祭も最初、昔の人の迷信だと思った。でも、あるとき、古い日記を見つけました」

前菜が運ばれてきた。薄いパンケーキにイクラとキャビアがのって、ピクルスが添えられている。

「誰の日記？」

大塚が訊《たず》ねると、ジャンナはバッグから小さなノートをとりだした。

「レドチェンコ司祭。一八八二年から一九一一年まで、ケジュマの教会で司祭をしていた人です。キャビアにはレモンをしぼるとおいしいよ」

ジャンナがいったので大塚は言葉にしたがった。レモンの酸味がキャビアの濃厚な塩味を中和させ、確かにうまい。

「これは酒が進むな」

ジャンナはにっこり笑った。

「そう。食べすぎたら駄目。あとで喉《のど》が渇くし、お金もいっぱいかかります」

「なるほど」

「でも大丈夫。このお店、わたし友だち。さっきのウェイター、わたしに訊《き》きました。大塚サン、わたしのお客さんですか、友だちですか。すごく大事な友だち、といったので、お金高くありません」

大塚は苦笑した。

「助かるな」

「レドチェンコ司祭の日記読んで、ヴィクトゥル司祭、初めて知りました。昔、カシアンのイコンは教会に飾られていました。一九〇四年、牛、羊、犬、何百頭と死にました。二月二十九日の夜です。村のお年寄りが教会にきて、カシアンのせいだといいました。レドチェンコ司祭は信じなかったね。『カシアンは聖人です。悪い人じゃない』だからイコン外さなかった。でも一九〇八年、今度は人が何百人と死にました。天然痘のせい。でも、ひと晩のうちに天然痘が広まったのは不思議。レドチェンコ司祭は恐くなりました」

「カシアンのせいだと思った？」

ジャンナは頷《うなず》いた。

ノートを読みあげた。

「『天然痘が伝染病であって、決して地獄の門番のしたことではないと私は知っている。だが不安はなくならない。四年前、私は年寄りのオレッグの言葉を信じなかった。オレッグは去年死んだ。オレッグの魂が安らかであるように。オレッグが生きていたら、何といっただろう。四年前、オレッグは私にこういった。

ケジュマに心悪しき人はいない。カシアンはそれに怒り、災いを我々に及ぼした。カシアンが欲しいのは、その心を手に入れられる悪人なのだ。地獄の鎖から自由になる二月二十九日、カシアンはケジュマをさまよい、とりつく者を探した。けれども悪い心をもった人間を見つけられなかったので動物たちを殺した。四年後を恐れよ。再び解放されるカシアンは、より厳しい災いを我らに運ぶだろう。

オレッグの言葉は正しかった。今年、一九〇八年、多くの者が伝染病によって命を失った。教区でもたくさんの人が死に、教会では毎日、泣き声を聞かない日がない。それは伝染病によるものだと誰もが知っている。だがこの恐ろしい病気を運んだのは何者なのだ。カシアンではないのか。私は不安だ。もし伝染病を運んだのがカシアンならば、その責任は私にもある。オレッグの言葉を笑い、イコンを教会に飾っておいたのは私だからだ。明日、私はイコンを外すとここに約束する。そしてイコンに長い眠りを与える。

十年、二十年、もしかするともっと長い眠りを。カシアンがイコンとともに眠りつづけてくれることを神に願おう。

ただそれで不安がすべてなくなるわけではない。眠りにあるあいだ、カシアンは力をためる。何十年か、何百年かあとに、もしカシアンが眠りからさめることがあれば、その力は強まっているだろう。そのときも、今と同じく、心正しき人々だけがケジュマに暮らしていればよいのだが』」

「それが百年前に起こった災害のことか」

「そうです。ヴィクトゥル司祭はレドチェンコ司祭の日記を読み、カシアンのイコンが教会に今もしまわれていることを知りました。災いの年からちょうど百年。毎日、祈りを捧《ささ》げていましたが、イコンから力がでている、それがだんだん強くなることを感じたのです。ヴィクトゥル司祭は恐くなりました。でもケジュマの人にはいえず、子供の頃の友だち、リハチェフに頼んだのです」

大塚は息を吐いた。ボルシチが運ばれてきた。あっさりしているのに深いうまみのあるスープだ。赤いのはトマトの色かと思ったら、そうではなくて赤カブの色だと教えられた。

「ロックマンがイコンを隠していた車が見つかった」

大塚がいったので、ジャンナは目を大きく開いた。

「じゃあイコンも見つかったのですか」

大塚は首をふった。

「それが、車の窓ガラスを割ってイコンを盗みだした奴がいた。防犯カメラにその犯人は映っていた。高森だったよ」

ジャンナの顔が青ざめた。

「本当ですか……」

「ああ。信じたくはないが、カシアンは高森に乗り移ってしまったようだ」

ジャンナはそっと息を吐いた。

「ヴィクトゥル司祭が一番恐がっていることが起きました」

「そうなるな」

「高森社長はどこにいますか」

「それがわからない。高森の組織の人間も捜している。もしかすると、もう札幌にはいないかもしれない」

「札幌からどこへいったのですか」

「いくとすれば東京だろうな」

ジャンナは不安げに大塚を見つめた。

「どうした？　もし東京にいってしまったのなら、それほど心配することもない。札幌からはうんと遠くだ」

「でもカシアンはどんどん強くなります。ヴィクトゥル司祭は、カシアンのことたくさん調べました。カシアンは、より心の悪い人を求めます。東京には、きっと札幌よりもっと心の悪い人がいます。見つけたらカシアンは、高森社長からその人に乗り移ります」

「それはあるかもしれない。カシアンも迷うくらい、東京には悪い奴がたくさんいる」

大塚がいうと、ジャンナは少し笑った。

「なあジャンナ、確かにカシアンは実在するかもしれない。だが現実にはこの世界には、カシアンよりもっと恐ろしい人間がたくさんいる。人を傷つけたり殺す子供もいるし、一度にたくさんの命を奪うテロリストだっている。もしカシアンが東京にいってしまったら、とりついた人間を探すのはとても難しいだろうな」

「わかります。東京には、札幌よりはるかにたくさんの人がいます。人が多ければ、心の悪い人もそれだけ多い」

パイ生地に肉を詰めた料理が運ばれてきた。シチューのような濃いソースに浸かっている。だがジャンナは食欲を失ってしまったように、ひと口かふた口、口をつけただけで、ナイフとフォークをおいた。

「ヴィクトゥル司祭に何といえばいいですか。イコンはもう見つからない、と？」

「納得しないだろうな」

大塚はつぶやいた。災厄をもたらすとわかっているのになぜイコンを捜そうとしないのか、そう訊ねてくるだろう。

答は簡単だ。日本の東京には、カシアンに勝るとも劣らない恐ろしい人間がたくさんいる。イコンを捜しだすよりも、現実に存在する多くの〝悪人〟に対処することの方がより重要なのだ。

この国では、毎日のように犯罪で人の命が奪われている。恨みを晴らす、欲望を満たす、理由など何もないのにただおもしろくなかったから、さらには一度人を殺してみたかった——さまざまな動機で人が人を殺している。

ラスコーリニコフには想像もつかなかったような殺人の数々だ。学生時代に読んだ『罪と罰』をふと思いだし、大塚は思った。

飯田のことも頭をかすめた。カシアンがどれほど恐ろしい魔物であろうと、すでにこの国には、自らカシアンと化した人間すらいる。

むしろ人にとりつき人を殺すカシアンの方が、伝染病をはやらせるカシアンよりも〝実害〟が少ないとさえいえるのではないか。

どれほど文明が発達しても、根絶されない伝染病があるし、文明の発達によって新たに作りだされた伝染病もある。変異したウィルスによる病気は、百年前には存在しなかった。

カシアンによらずとも、人間は人間の手で人間を滅ぼす病気を生みだしている。

このような世界にあって、たとえカシアンの実在を証明できたとしても、人がどれほどカシアンを恐れるか疑問だった。

まちがいなく、現代は、カシアンより人の方が魔物だ。

「きっと同じだったよ」

ジャンナがいった。

「何が？」

「カシアンが東京にいくのも、モスクワにいくのも。モスクワにも悪い人いっぱいいます。カシアンが迷うほど」

大塚は頷いた。

「問題は、カシアンにとりつかれた人間が最終的に何をするかということだ。つまり、カシアンの望みは何なのか」

ジャンナはワインのお代わりを頼んだ。

「わたしもそれを訊きました。でもヴィクトゥル司祭もわからなかった。カシアンの願いはまず、地獄に帰らないこと。帰れば次の二月二十九日まで、だしてもらえない。そして災いを人々に及ぼすこと。カシアンは意地が悪い。人が苦しむのが好き。だから人を殺す」

大塚は首をふった。

「だからといって、街のまん中で大量殺人を始めるわけではない。もしそうだったら、ロックマンはすぐにでも見つかった」

「カシアンは、とりついた人と仲よくなる。その人の心の悪い部分と通じあって、その人の一番したいことをさせる」

「そうか」

大塚はつぶやいた。ロックマンことイワンコフは、職業的な殺人者ではあったが、社会病質者ではなかった。プロである以上、金にならないような大量殺人は犯さない。

「ロックマンが求めたのはまず復讐《ふくしゅう》だった。自分を密告した人間を捜しだして殺す。そのためにパキスタン人二人を襲い、邪魔しようとした村岡も殺した」

その過程で傷つき、次の乗り移り先を探した。そして高森にいきついた。

「高森が何を求めているか、だ」

「高森社長のしたいこと、カシアンはさせます」

ジャンナもいった。

だが高森のしたいことが何なのか、大塚には想像もつかなかった。知っている人間がいるとすれば、陽亜連合の、高森の近くにいた者だろう。あるいは警察で陽亜連合を担当していた刑事。

まっ先に城山の顔が浮かんだ。

問題外だ、と大塚は思った。城山の協力が得られる筈《はず》はない。ましてカシアンの話でもしようものなら、精神状態を疑われる。

となると、直接陽亜連合の組員にぶつかる他なかった。

「大塚サン」

ジャンナの声に我にかえった。

「カシアンを捜すのですか」

大塚は小さく頷《うなず》いた。本来の仕事に支障をきたさない範囲でなら調べてもよいだろう。

「できる限りはやってみようと思っている」

「なぜですか」

ジャンナに訊かれ、返答に詰まった。

「なぜ、かな」

「カシアンが大塚サンの仲間を殺したから、ですか」

「殺したのはロックマンだ。少なくとも、手を下したのは奴だ。そのロックマンはもう死んでしまった」

「大塚サン、ロックマンのことを憎んでいるといいました。地獄につき落としたい」

大塚は頷いた。

「ああ。奴は落ちた。俺の手によってではなかったが。じゃあそれですっきりしたかといえば、ちがう」

「わかります。覚えていますか。まっ黒な人の話、したこと」

「もちろん覚えている。実際俺もそいつのことを考えていた」

「カシアンに乗り移られたら、人は皆、きっとその人のようになる。それはつまり憎しみをまわりにふりまくこと。その人のことを人々が憎み、憎まれればまたその人のまわりへの憎しみも強くなる」

　大塚は息を吐いた。

「ジャンナはいっていたな。黒い人を地獄に送る必要はない。なぜなら今生きていることの世界が、そいつにとっては地獄なのだから、と。するとさしずめロックマンはあの世でむしろほっとしているということか。あの世の地獄の方が、この世の地獄よりマシだと」

「かもしれません。大塚サンは、天国や地獄を信じますか」

「ずっと信じていなかった。今も、正直、信じているとまではいいきれない。でもカシアンのことがあって、カシアンが実在するなら、神や天国、地獄も実在しておかしくないと思うようになった」

　国井とも同じような話をしたことを思いだしながら大塚は答えた。

「大塚サンがずっと信じていなかったのは、子供の頃会った、まっ黒な人がいたから？」

「それもある。ジャンナも知っていると思うが、日本人というのは奇妙な国民性なんだ。特に信仰する宗教をもたない人間が多いのに、お正月には神社に初詣《はつもう》でをし、クリスマスはケーキで祝い、身内が死ねば坊さんにお経をあげてもらう。そのうちのどれをじゃあ信じるんだと訊《き》かれたら、どれも信じているともいえるし、どれも信じていないともいえる。なぜそうなったかという話になると、戦争に負けたこととか、いろいろな理由はあると思うのだが……」

ジャンナは頷いた。

「ロシアは長いこと、コミュニズムの国でした。共産主義は宗教を認めません。でも教会はなくならなかったし、たくさんの人が心の中で神を信じていました」

「日本とはだいぶちがうな」

「ロシアも大昔は、キリスト教ではありませんでした。スラヴ人がキリスト教に改宗したのは、八世紀から十三世紀にかけてです。それまでスラヴ人が信じていたのは、ペルーンという神でした。その頃は、国の名はロシアではなく、ルーシと呼ばれていました。ペルーンは雷や武器の神さまで、他にヴォロスという商売の神さまやホルス、ダージボーグという神さまもいて、大きな偶像があちこちに建てられていたそうです」

「いろんな神さまがいたんだ。日本と同じだ。日本では八百万《やおよろず》の神といって、ありとあらゆる神さまがいると信じられていた時代もあった」

「そうですか。でもキリスト教が国教に定められると、それらの神さまの偶像は破壊されました。なぜならキリスト教は偶像崇拝を禁じていたからです」

「日本にも『廃仏毀釈《はいぶつきしやく》』という運動があった。神道を国教化しようとして、お寺や仏像などが壊された。百四十年近く前だけど」

「それで皆、神道になったのですか」

「いや。残ったお寺もあるし、仏教を信じる人がいなくなることもなかった」

「ルーシでは、ペルーンを信じる人はだんだんいなくなりました。でも、ロシア人の心には、偶像やたくさんの神さまを求める気持ちがあって、そのせいでイコンが大切にされるようになったという学者もいます。でもイコンは偶像ではない、と教会はいいますが」

「そうか。拝む偶像を求める気持ちが、イコンを家に飾らせ、八百万の神さまのかわりに、いろいろな聖人をまつらせたわけだ」

「カシアンもそういう聖人のひとりでした。でも、どこかで悪いものになってしまった」

「カシアンに会ったら訊いてみたいものだな。聖人だった筈のお前がなぜ、そんな魔物になってしまったのかと」

「陰での行いが悪いことを神さまに知られ、それが理由で冷たくされて心が歪《ゆが》んでしまったという話を、インターネットで読みました」

「それが本当なら、ひどく人間くさい話だ」

　ジャンナは頷いた。

「元から心の悪い人はいない。どこかで何かがきっかけで歪んでしまって、まっ黒な人になってしまった。わたしはそう信じたいです」

「俺もそう信じている。ある特定の人間をのぞけば」

　食事を終えた二人はロシア料理店をでた。自然に、大塚のマンションに足が向いた。

大塚はジャンナのためにコーヒーをいれた。あとで自宅まで送るつもりなので、自分もコーヒーを飲む。

「わたしは恐いです」

ジャンナがぽつりといったので、大塚はその顔を見つめた。

「カシアンは札幌にいない、東京にいった。だったらほっとしていい筈なのに、もっと恐くなりました」

「なぜだい」

「理由はうまくいえません。でも、東京にいっても、もっともっと心の悪い人にのりうつったらカシアンは……」

いって言葉を切り、考えていた。

「成長する？」

「そう、それです。カシアンは成長して、もっと大きな災いを人々に及ぼすかもしれません。誰も知らなかったような、恐ろしいことが起きる」

大塚は息を吐いた。ジャンナがいわんとしていることはわかる。だが具体的にそれがどのようなものかというと、想像がつかない。

たとえばカシアンが連続殺人鬼のような人間にとりついたとしたら、その殺人鬼の犯行はさらにエスカレートするのだろうか。

通り魔的に人を襲い、命を奪っているような犯人が、それ以上邪悪な存在へと変化することは考えにくい。思いつくのは、犯行の凶器が刃物から銃、さらには爆弾といった、より多くの命を一度に奪えるものへとかわるくらいだ。だがそんな犯罪にしたところで、過去起こっていないわけではない。カシアンにとりつかれていなくとも、歪《いびつ》な喜びのために大量殺人に及んだ犯人はいた。

いや、歪な喜びが目的であろうと、過激な思想が動機であろうと、大量殺人はいくらでも起きている。動機や目的は異なっても、殺人は殺人だ。殺された人の無念や遺族の苦しみや怒りに、何のちがいもない。つまりはカシアンが介在しようがしまいが、起きるであろう事件に、驚きも恐怖も感じていない自分がいる。

それこそが恐ろしい、と大塚は思った。人が人を殺す、一時に大量の命を奪うという行為に対して、カシアンがいてもいなくても、起きうると考えられてしまう、この社会の現状こそが恐ろしいのだ。

「百年前の人には想像もつかなかったろうな」

大塚はつぶやいた。

「何が、ですか」

「百年前も、人が人を殺すことはあったろう。戦争や欲望を満たすためという理由で。だが百年前の人々は、爆弾を鉄道にしかけたり、無力な子供たちの通う学校を襲撃するなんて思いつかなかった筈だ。今はそれが起こり、恐ろしいと口にしながらも、起きたことに対してはさほどの驚きを感じていない我々がいる」

大塚の顔をジャンナはのぞきこんだ。

「なぜ驚かないのですか」

「たぶん、人がどれだけでも残酷になれると、あるときから知ってしまったからだろう。昔は、残酷な犯罪が起こると、『人間のやることではない』などといわれたものだった。それはつまり、人が人を信じていたからだ。なのに今は、誰がどんな罪を犯しても、そうはいわれなくなってしまった。人間が一番恐ろしいと誰もが思っているからじゃないか」

「魔物よりも？」

大塚は頷いた。

「魔物よりも。悪魔だとか鬼畜という言葉が日本語にはある。それは、人間ではなく、それ以下のモンスターのような存在を意味している言葉だ。だけど今は、人間こそが悪魔であり鬼畜なのだと、皆思っている」

「なぜ、そうなったのですか」

大塚は首をふった。

「それは俺にはわからない。文明が発達し、病気や飢えで死ぬ人が減ったら、今度は人が人を平然と殺すようになった。奇妙だよ、だけど俺にその理由はわからない。ずっと考えつづけてきたけど」

「ずっと考えつづけてきた……」

大塚の言葉をジャンナはくり返した。大塚は息を吐いた。咲子と飯田のことを話すときがきた、と感じていた。これまで誰にも話さず、話せなかった記憶を。

話した。

聞いている間、ジャンナは身じろぎもしなかった。ただ目をみひらいて、大塚の顔を見つめていた。

話が終わると、小さく一度だけ頷き、冷たくなったコーヒーのカップの中をのぞきこんだ。

「大塚サン、だからカシアンがあまり恐くない。そうですね」

「恐くないわけじゃない。だが人間の方がもっと恐い。というより、カシアンより恐い人間がいる、と思っているのかな」

「わかります。世界は公平ではありません。何の罪もないのに傷つけられ、心を壊されてしまう人もいれば、一度もそんな思いをしないで一生を静かに生きられる人もいる。国がちがえば、地域がちがえば、まだそれもしかたがない。でも、同じ土地に生まれ、同じように生きてきても、傷つけられる人と傷つけられない人がいます。そのちがいは何ですか」

「そんなの俺に答えられるわけがない」

大塚の言葉にジャンナは再び頷《うなず》いた。

「誰も答えられないでしょう。世界は不公平で不平等です。それはきっと何百年も何千年も前からかわらない。だから人は神さまを信じます。神さまの許したことならしかたがない、と」

「逆じゃないのか。この世の中に神さまがいるのなら、どうしてそんな不公平で不平等なことが起きるのかと思う」

ジャンナは首をふった。

「神さまには神さまにしかわからない理由があります。まずそれを信じなければ。誰かが不幸な目にあったとき、それが人間にとってどれだけ不公平なことだろうと、神さまにしかわからない理由があるのです」

「それは神さまがしたことなのだからあきらめろ、という意味なのかい」

「少しちがいます。起きたことひとつひとつが神さまのせいではないのです。でも神さまはそれを知っていて、そうなるのを許した。だからそこには神さまの気持ちがある」

今度は大塚が首をふった。

「俺にはとうていそれは受け入れられそうにない。神さまには止めることだってできる筈《はず》だ。もし、神さまがいるのなら。それを止めないのが神さまの意思なら、神さまは不公平を認めていることになる」

「そうです。不公平だからこそ、神さまによる救いが必要なのです」

「だって、死んでしまったら、救いも何もない――」

いいかけ、大塚は気づいた。死後の世界があるなら、そこには救いがある。だが死後の世界の存在について論議するのは、神の存在について論議する以上に、結論がない。少なくともジャンナと自分とのあいだには、神という存在のうけとめかたに関して、大きなちがいがある。

ジャンナが頷いた。

「大塚サンは神さまを信じていない。なぜなら、神さまがいない理由を探しているからです」

「そうだな。そうかもしれない。起きた不幸に対して、神さまの思《おぼ》し召《め》しだと考えるよりも、神さまがいるならなぜこんなことが起きるんだ、と思ってしまう」

「それは、咲子サンのことがあったから？」

「わからない。もしかするとそうかもしれない。俺は人を信用できない、人間が嫌いだった時期があった。だけど、妙な話だが、今の仕事をするようになって、人の弱さや情けなさをしかたない、と思えるようになった。自分だって万能な人間じゃないし、嘘をついたり、裏切ることもあるだろう。人を傷つけるときだってある。だからかもしれないが、もし神さまがいるのなら、その神さまだけには、全知全能で、不公平や不平等のない存在であってほしいんだ。それもあの世ではなく、この世で」

ジャンナは微笑んだ。

「大塚サン、すごくやさしい人です」

「やさしい？　俺が？」

大塚はつぶやいた。ジャンナは頷き、カップをおくと大塚の手をとった。両手で大塚の右の手を包むようにしてひきよせた。

「神さまを信じていても、やさしくない人もいます。なぜなら人は不完全だと思うから。自分は神じゃない、だからやさしくなくていい。

大塚サンのように信じていなくても、やさしい人もいる。神さまにやさしさを求めないかわりに、人にやさしさを求める。特に自分に」

大塚は首をふった。

「俺はそんな立派な人間じゃない。ごくふつうの憎しみや怒りを抑えられない、どちらかといえば弱い人間だ」

ジャンナは微笑み、大塚の手をもちあげると唇を甲に押しあてた。

「弱いと知っていること、大切です。弱いから、努力します。弱いから、人にやさしい。弱いから、強くなる」

「弱いから強くなる……」

大塚はくり返した。不思議な気持ちだった。ジャンナが大塚を慰めようとしているわけでも、宗教的な考え方を押しつけようとしているわけでもないとわかっていた。なのに、ジャンナの言葉は、どこか大塚の心の奥底にある、暗くて触れると痛いような、古い傷跡のような部分をいたわっている。そのいたわりが、はっきり伝わってくるのだ。

「はい。大塚サンは弱いからこそ強くなれる人です」

大塚は無言でジャンナを抱きよせた。

23

ベッドの毛布の下で、わずかに汗ばんだ体を大塚に押しつけながら、ジャンナが訊《たず》ねた。

「何がですか」

大塚はいった。

「ありがとう」

ジャンナの体からは甘い香りがした。今まで日本人の女性の体からは嗅《か》いだことのない香りだった。

「ジャンナに会えたこと。ジャンナに教えられたこと。ジャンナと知りあってから俺の身に起こったつらいできごとは、ジャンナがいなかったらもっと俺を苦しめたと思う」

「同じです、わたしも」

大塚の肩に唇をあて、ジャンナはくぐもった声でいった。

「大塚サン、カシアンをまだ捜しますか」

「捜す」

「なぜ？」

「ジャンナが不安だからだ」

「え？」

「ジャンナの不安をなくしてやりたい」

「それだけ？」

「いや、それだけじゃない。カシアンと人間のちがいを知りたい。カシアンと人間と、どっちが邪悪な魔物なのか、見たい。日本語ではこれを恐いもの見たさという」

「恐いもの見たさ？」

「そうだ」

いって大塚はジャンナを抱きしめた。

「恐いもの、嫌だとわかっているものを、なぜだか、人は見たいと思う。たいていの場合、後悔するが」

「だったら後悔しますか」

「わからない。後悔するかどうか、それがわかるくらいまで、カシアンを追ってみようかと思う」

「わたしが必要です」

ジャンナはいった。

「それはきっと大塚サンにとって、とてもつらく苦しいこと。わたしが必要です。だからわたしも手伝います」

それはいけない、といおうとして大塚は迷った。カシアンを捜すのは、犯罪者を追うのとはちがう。より危険かもしれないが、その危険が及ぶのは、肉体だけではない。心への危険を考えると、ジャンナの手助けは必要な気がした。

別にジャンナと二人で、高森を追い回すわけではない。心の平静をジャンナに与えてもらうのも、協力のひとつだ。

「わかった。ジャンナの助けを借りる。カシアンを捜そう」

大塚は答えた。


翌日、大塚は国井と連絡をとった。国井は足立区にある大塚の知人の工務店の寮に落ちついたところだった。

「きのうから現場にだしてもらってます。今は運転とか資材運びみたいな仕事しかできませんが、これからいろいろ教わっていくつもりなんで」

「そうか。ところで、お前さんの連れで、高森の運転手をやっていた男と話したいんだが、つないでくれるかな」

「川部《かわべ》ですか。どうかな。奴は例の城山にかなり威《おど》されたんで、すっかりびびっちまってるんです。俺のことうたったのも、相当威されてだと思うんですが」

「話したのか、その後」

「いや。こっちも足洗う気ですから、今さらがたくれたってしょうがないんで、それきりです」

「だったらお前さんに対して弱みがある。責めないで話せば、俺と話す気になるかもしれん」

「わかりました。電話させます」

国井は答えた。数分後、大塚の携帯電話が鳴った。見知らぬ番号だ。

「あの……川部といいますけど、大塚さんですか」

低い男の声がいった。

「大塚だ。国井からこの番号を聞いたんだね」

「ええ。なんか、俺と話したがってるっていわれたんですけど、何なんでしょうか」

「電話じゃ誤解があるかもしれない。会えるかな」

「今、いろいろ組うちがごたごたしていて、そっち側の人とこっそり会ったなんてバレるとまずいんすよ」

「こっそりじゃなけりゃいいのか」

「え？」

「たとえば、あんたの兄貴分とかがいっしょでもかまわない。どうだい」

川部は考えていたが訊ねた。

「いったいどんな内容ですか」

「今回の件では、お宅の組は被害者だ。だがなぜあんなひどいことになったか、わかってる人はそちらにいるか」

「いや……、上の方も頭をかかえてますよ。もしかすると、本部長と亡くなったポリスさんは、知ってたかもしれませんが」

「そうだろうな。道警も何も教えてくれないだろうし」

「教えるも何も、俺は城山さんに絞りあげられました。あの人もむちゃくちゃですよ。いい顔してきたかと思ったら、いきなりすごい剣幕でのりこんでくるし……」

「城山さんと俺とじゃやりかたがちがう。そのあたりのこと、国井から聞いているだろう」

「ええ。国井は、大塚さんは親身になってくれるって。だから電話したんです」

よほど城山が恐いのだろう。

「城山さんとそっちで親しいのは誰だ」

「そいつはちょっと……。そんなこと俺からでたってわかったら、半殺しにされます」

「だがそれを知らないで、あんた以外の陽亜の人間に接触すれば、かえって迷惑をかけちまうかもしれん」

川部は不安げになった。

「接触って、どんな」

「高森本部長に話を訊《き》きたくて捜してる。だがお宅の方でも、行方がわからないと道警にいっているらしいじゃないか。それが本当かどうか確かめるには、ひとりひとり当たるしかないだろう」

「本当ですよ。少なくとも札幌には知ってる人間はいません」

「そういうフリをしている可能性もあるだろう。本家の指示で」

「本家って、東京の？」

「そうさ」

「だとしたら俺にはわかんないす。そうか、それで……」

「何だ？」

川部は迷っていたがいった。

「佐川《さがわ》さんて、本部長代行がいるんです。高森本部長と逆で、こっち出身なんすけど修業を東京でやって、戻ってきた人です。修業時代の連れが東京にはいっぱいいるらしくて、よく自慢されるんですけど、城山さんは昔からよく、佐川さんとは飯食ったりしてるんです」

「佐川だな。その佐川さんを俺に引き合わせてくれないか」

「えっ。無理っすよ。城山さんにバレたら、えらいことになります」

「じゃあどこにいけば、その佐川さんに会えるか教えてくれないか。あんたから聞いたとはいわないで、会いにいく」

川部は沈黙した。

「それが一番、あんたには迷惑がかからないやり方だ」

やがて川部は息を吐いた。

「わかりました。すすきのでゲーム喫茶を何軒かやっている、ジャック商会って会社があって、佐川さんはそこの社長なんです。会社があるビルは――」

川部はビルの名を口にした。

「一日一回は集金にいきますから、待っていれば会えると思います。俺から聞いたって、絶対にいわないで下さい」

「大丈夫だ、約束する」

大塚はいって、電話を切った。

夕方、仕事が一段落すると、塔下に訊ねた。

「帰っていいですか」

デスクワークをしていた塔下は珍しげに大塚を見やった。

「お前さんにしちゃ早いな。デートか」

「陽亜の本部長代行に会いにいきます」

「本部長代行？　何という男だ」

「佐川です。たぶんそいつが道警の城山の情報源です」

塔下は机上におかれていたファイルを手にとった。陽亜連合の資料だった。

「こいつか」

写真を指さした。大塚は頷《うなず》いた。同じものをもっている。

「なぜ佐川に会う？」

「高森の行方を知っているかもしれません」

塔下は椅子の背にもたれかかった。

「例の件、まだ調べているのか」

「はい」

塔下は息を吐き、大塚から目をそらした。

「まさか本部事務所にのりこもうってのじゃないだろうな」

「佐川がやっている会社がすすきのにあります。ゲーム喫茶を何軒か束ねているようです」

「そこへいくのか。わかった、じゃあ俺もいこう」

塔下はいって、腰を浮かせた。

「でも――」

大塚がいいかけると、塔下はいった。

「きのうの夜遅く、道警一課の小宮山さんから俺の携帯にかかってきてな。内密の話だが、城山が『コルバドール』の帳場から外されたと教えてくれた」

捜査本部から外されたという意味だ。

「理由は」

「そこまではいわなかった。だがたぶん、城山と陽亜の関係に神経を尖《とが》らせた上がいたのだろうさ。いくら被害者とはいえ、もとを辿《たど》れば、陽亜も同じネタ元からメタンをひっぱろうとしていたのだからな」

麻薬取締部をでた大塚と塔下は公用車に乗りこんだ。

「なぜ佐川に目をつけた。城山とつながっているからか」

大塚が公用車を発進させると、塔下は訊ねた。

「それだけじゃありません。佐川は東京で修業をしたことがあって、その時代の連れが向こうにいるようなんです。もし、高森が北海道から東京に飛んでいたら、佐川なら何か情報をもっているかもしれません」

塔下は頷いた。

「高森が東京にいるとして、その理由は何だ？」

「ふたつ、考えられます。ひとつは、組の事情。ボリスが死に、北海道で展開する予定だった大きなシノギのとっかかりを陽亜はなくした。そいつを急いでたてなおしたい。そのために動いている」

「東京にいく理由は？　相手がロシアなら北海道にいた方が便利だ。あるいは富山か新潟か」

「確かに北海道や日本海側にはロシアマフィアが多く入りこんでいますが、東京にもきています。むしろ東京の方が大物のいる可能性は高い。ボリスのかわりを探すとなると、具体的なビジネストークのできる高森が、その場に必要になります」

塔下は考えこんだ。

「高森がボリスとやろうとしていたのは何だと思う」

「表向きは中古車の取引でしょう。私が調べているとき、高森とボリスの酒席に、大手中古車チェーンの経営者も同席していました。ですがもちろん、扱うのが車だけだったとは思えません」

「そりゃそうだ。せっかく流通ルートができたのに車だけじゃもったいないからな」

「クスリ、武器、密漁海産物、いくらでもロシアからは〝輸入〟できるブツがあって、日本にもってくればでかいシノギになります。当然、向こうにもっていく車も、正規ルートの中古車ばかりではないでしょうが」

大塚はいった。北海道や東北で使われる、寒冷地仕様の4WD車は、盗難の被害にあう確率が最も高い。ロシアに〝輸出〟する目的で、組織的な窃盗団が動いているのだ。

「で、もうひとつの理由は何だ?」

「高森の個人的な欲望です」

「個人的な欲望?」

塔下は訊き返した。

「またカシアンの話になりますが、あきれずに聞いてもらえますか」

「ああ」

「例のシベリアの司祭によると、カシアンにとりつかれた人間は、自分の欲望に対して歯止めのない暴走を始めるようなんです」

「しゃぶと似ているな」

「ええ。とりつかれている間は、一見超人的な行動をとるところも似ています」

「しゃぶは、そう見えるだけで、実際はちがう。せいぜい寝ないで動き回れるくらいのものだが、カシアンはそうじゃない」

「イワンコフは不死身ではありませんでしたが、死ぬ直前まで撃たれても平然と動き回っていました。ホテル『ゴールド』の防犯カメラに映っていた高森も同じです。怪我をしているくせにコートも着ず、車のウィンドウを叩《たた》き割ったりしている。イワンコフが傷ついても動き回り、満たそうとした欲望は、復讐《ふくしゅう》でした。自分を警察に売った密告者を殺す、そのために暴走したのです」

「なぜそう思う」

「奴はプロの犯罪者でした。密告されたことは、北領組の事務所でおおぜいの警官が待ちかまえていたので気づいた筈《はず》です。日本にくる直前、奴はリハチェフを殺しイコンを奪うという、強盗殺人をおかしています。当然つかまれば、重い刑に処せられるのはわかっていたでしょう。プロの犯罪者にとって、密告は何よりも許せない裏切りで、密告者に死の制裁を与えたいという欲望が強く働いた。その結果が、二人のパキスタン人殺害で、私と村岡はそこに居合わせたというわけです」

塔下は唸《うな》り声をたてた。

「つまりカシアンそのものには、何かをしたいという気持ちはないのか」

「それはわかりません。人間すべてに対する悪意のようなものはあるのでしょうが」

「何だ、それは」

「また迷信めいた話になりますが、カシアンはもともと聖人に列せられたような人物でした。それが陰での行動を神に知られることになり、罰を与えられた。地獄の門番といわれるようになったきっかけです。もし人間ならば、反省してまったくちがう人格になるか、逆恨みを抱き、世の中すべてを憎むようになる。カシアンはどうやら後者の道を選んだようです。その結果、邪《よこしま》な心をもつ人間にとりつき、その欲望を満たすことで世に害悪をもたらす存在となった」

「疫病をはやらせたのも、誰かの悪意か」

「どうもそうではないようです。百年前の二月二十九日、カシアンが自由の身となれる四年に一度のチャンスの日、カシアンのイコンはシベリアの教会に飾られていました。カシアンはイコンをぬけでて、とりつく者を探した。ところが、その地は信心深い善人ばかりで、とりつける者がいなかった。それで一夜のうちに家畜たちを滅ぼし、地獄に戻っていった」

塔下はあきれたように大塚を見た。

「誰がそんなことをいったんだ。例の司祭か？」

「いえ。その司祭が、当時同じ教会で司祭をつとめていた人物の日記を見つけたのです。

百年前の司祭はレドチェンコといい、合理的なものの考え方をしていました。土地の古老が、家畜の死はカシアンの仕業だというのに耳を貸さず、イコンを飾りつづけた。そして四年後、今度は天然痘で大量の犠牲者がでたのです。そこにいたってようやく、レドチェンコはカシアンの関与を疑うようになった。

死者が伝染病によるものだとしても、なぜ一夜のうちに蔓延《まんえん》したのかがわからないというのが、その理由です。レドチェンコはカシアンのイコンを外し、封印した。それが百年たってヴィクトゥルによって発見されたというわけです」

「人間にとりつくより疫病をはやらせる方が、よほどタチが悪いとは思わないか」

大塚は頷いた。

「私も同じ意見です。ただ、ヴィクトゥル司祭の話を聞いているうちに気づいたのですが、カシアンがそうした広い災いを及ぼすのは、二月二十九日に限られています。それはつまり、誰にもとりつくことができなかったから、いわば腹いせのように病気をはやらせたともいえる。一方、一度人間にとりついたカシアンは、二月二十九日を過ぎても、元いた場所に帰らなくともよい。とりつく人間がいなければイコンに戻り、そして地獄に連れ戻されるのでしょうが、とりつく人間を確保さえすれば、延々と自由に動き回ることができる」

「そりゃ、百年前のシベリアの田舎よりは、邪な心をもつ人間は、現代の日本にはいるだろうさ」

塔下は唸った。

「それも札幌より、東京の方がはるかに多い。カシアンは次から次へ、より邪悪な人間へととりつくことができます」

「じゃあ高森が東京にいったとすると、カシアンの意思によるものだということか？」

「それだけではないと思います。高森の中にある欲望の最も強いものは、東京でなければ満たすことができない。高森はそれで東京に向かった、と考える方がつじつまが合います」

「なぜイコンを西田の車から奪った」

「ヴィクトゥルの話では、とりついている人間の肉体が完全に死んでしまったとき、次にとりつく人間を見つけられないでいると、カシアンはイコンに戻るそうです。それはつまり、イコンがその時点で存在しなければ、カシアンにとっては困ったことになる。おそらく地獄に連れ戻されるなり、消滅してしまうのではないかと思います。そうならないためにはイコンを確保し、安全な場所に保管する必要があった。だから怪我も寒さもかえりみず、高森はイコンをとりに現れた」

「カシアンの知っていることは、とりつかれている人間も知る、というのか」

「そうです」

「じゃあ、とりつかれた人間の知識も、カシアンは吸収する？」

塔下の問いに、大塚ははっとした。そうかもしれない。そうであれば、ジャンナのいう「成長」は、まさに的を射た言葉だったといえる。

「そうなら、イワンコフの殺しの技術も、カシアンを通して高森はうけつぐだろうし、次にとりつかれる人間は、高森の暴力団幹部としての知識も得ることになるぞ。そうやって次から次に、悪人に寄生していったら、やがて途方もない悪の知識を身につけた奴になる」

「怪物ができあがります」

　塔下は首をふった。

「信じられん。いや、信じたくない、というべきか。カシアンが悪人から悪人へとのりうつるたび、パワーアップした怪物に成長していくのだとすれば、最後はいったいどんな人間にとりついて、いったい何をやらかすのだ？」

「それは私にもわかりません。カシアンじたいの目的は何なのか」

「ヴィクトゥルは何といっている？」

「彼にもわからないようです。当然かもしれません。これほど悪意に満ちた世界にカシアンが解き放たれたことは過去なかったのですから」

　教えられたすすきののビルの前に到着し、大塚は車を止めた。「ジャック商会」の名が袖《そで》看板に記されている。

「あそこです」

　四階だった。ビルを見上げ、塔下は口もとをひきしめた。

「いってみよう」

日が暮れて、あたりのネオンが輝きを増している。二人は車を降り、小さな雑居ビルの入り口をくぐった。

すすきのとはいえ、飲食店よりもむしろ事務所が多く入居しているビルだった。四階には、「ジャック商会」と、いかにも街金《まちきん》ふうな「イージーローン」というオフィスが入っている。

「ジャック商会」のスティールドアの前に立ち、大塚は腕時計をのぞいた。午後六時を回ったところだ。ドアにはインターホンがついている。そのボタンを押した。

ややあって、

「はい」

と若い男の声が応《こた》えた。

「大塚と申します。社長の佐川さんにお目にかかりたいのですが——」

「社長はまだきてません。どちらの大塚さんですか」

「厚生労働省です」

「はあ?」

返事が間の抜けたものになった。ドアが開いた。黒っぽいスーツにノータイの前をはだけた、二十代後半の男が立っている。茶髪で、スカウトかホストのような雰囲気だ。

大塚は身分証を見せた。

「厚生労働省麻薬取締部の者です。佐川さんにうかがいたいことがあってきました」

男は麻薬取締官を知らないようだ。

「何それ。何やってる人なの」

ぽかんと口を開けている男に、塔下が告げた。

「麻薬Gメンて言葉を聞いたことないかね」

「あるかな。よくわかんねえ」

「かりに君が悪いクスリをやっていたら、逮捕するのが我々の仕事だ」

男の口が閉じた。顔が青ざめる。

「冗談じゃないっすよ。そんな、俺は、俺はやってないっす」

事務所の中へあとじさった。デスクが二台に応接セットがおかれているだけの簡素な事務所だ。不釣り合いに大きな金庫が壁ぎわにおかれているのが目を惹《ひ》く。

「じゃ、あわてる必要はないわけだ」

塔下はにやりと笑った。

「あの、もう一回、身分証、見せて下さい」

大塚は提示した。

「これって、マッポ、いや警察と同じなんですか」

「いっしょだ。捜査権も逮捕権もあるし、拳銃《けんじゅう》ももっている」

大塚が答えると、男は目を丸くした。

「知らなかった――」

「あなたの他には誰もいないのかな」

塔下が訊《たず》ねた。

「いないです。誰かひとりは必ずいなけりゃいけないのですけど、逆にひとりいればいいってことになっていて。あの、社長はもうじききます。集金の時間なんで――」

男がいい終わらぬうちにインターホンが鳴った。

「佐川だ、開けろ」

男は扉を開いた。毛皮のコートを着た男が立っていた。つるつるにそりあげた頭で、佐川だとわかる。かたわらにボディガードと思《おぼ》しい大男がいた。

「何だ？」

佐川は大塚たちに気づくと目をむいた。大塚は手にしていた身分証を掲げた。

「麻薬取締部です。佐川さんにお話が訊きたくて、お邪魔していました」

佐川はひるまなかった。

「どこでここのことを聞いた？」

「いろいろな情報源があります」

佐川は目を細めた。

「あんたら、警察じゃねえんだよな」

「麻薬警察です」

『コルバドール』の件なら、もう警察には協力した。俺はあの場にいたわけじゃねえし、何も知らないよ」

「高森さんを捜しているんですよ」

大塚がいうと、佐川は手をふった。

「俺が教えてほしいくらいだよ。本部長がどこいっちまったか、皆で捜しているんだ」

応接セットにどっかりと腰をおろし、煙草をとりだした。留守番の若者があわてて火をつける。

「札幌にはもういないんでしょうねえ」

塔下がいった。佐川は顔をあげた。

「なんでそう思う」

「決して大きくはない街です。高森さんクラスがいれば、必ず誰かが気づく」

「じゃ、どこだっていうんだ」

「佐川さんはこっちの出身でしたね」

「釧路《くしろ》だがそれがどうした」

「修業は東京の方でされたとか」

佐川は黙った。

「今でもあちらにはたくさん知り合いがおられるそうですね」

「いるよ。それが何か問題か」

「高森さんはもしかすると、東京の方にいってらっしゃるとか」

「家は、札幌と東京の両方にあるからな。ただ、東京の自宅には帰ってない」

「確かですか」

「確かだよ。本部だって捜しているんだ」

「奇妙ですね」

「ああ。だからって別に、あんたらがパクらなきゃならんようなことはない筈《はず》だ」

大塚は口を開いた。

「佐川さんは高森さんと親しくしていた」

「親しいも何も、上司と部下だ。あの人が本部長で、俺が代行。知ってるんだろ、それくらいのことは」

「高森さんが最も望んでいたことってのは何ですかね」

「ああ？」

あっけにとられたように、佐川は大塚を見た。

「何いってんだ」

「かりの話です――」

塔下がいった。

「高森さんは、今ちょっと精神のバランスを失っているかもしれない。もしかすると一時的な記憶喪失におちいった可能性もある、と我々は見ています。だってそうでしょう。

あんな大事件があったのに、組本部には何も告げず、行方をくらましている。責任ある立場の人間としては考えられないことだ」

「ショックは受けただろう。聞いたけど、血の海だったそうじゃねえか」

佐川は頷《うなず》いた。

「ええ。それは凄惨《せいさん》な現場でした。いくらベテランの極道でも、目の前でたてつづけに人が殺され、自分も殺される一歩手前までいった。これはかなりのショックだと思いますよ」

「それもこれも、警察が間抜けだったからだろう。あのイワンコフとかいうロシア人をずっとパクれなくて」

「イワンコフと西田がなぜ『コルバドール』を襲ったか知っていますか」

「知らねえ。西田がしゃぶでおかしくなってたって聞いたぞ」

「仕返しですよ」

「仕返し？　何の」

塔下は身をかがめ、佐川に顔をよせて告げた。

「イワンコフは北領にしゃぶの原料を届けるため、小樽に上陸した。その情報は警察に伝わっていて、待ち伏せをうけた。イワンコフは逆上し、西田とともに逃げ回って、密告したと思われるパキスタン人中古車屋を二人も殺害しました」

佐川の表情が消えた。

「へえ、そうかい」

「実は麻薬取締部も同じ情報を手に入れていました。殺された中古車屋の線からです。そのおかげで我々はイワンコフが運んできたブツを押さえることができた。ところが、北海道警への情報は、我々とは別の線からもたらされたというのがわかりましてね」

「何の話してんだよ。本部長の件じゃないのかよ！」

佐川が声を荒らげた。

「つまりはそこなんです。道警に入った情報は、陽亜連合がでどころだったという話がある。それを西田とイワンコフが知って、報復に『コルバドール』を襲った。その結果、高森さんは、心にひどい傷を負った」

佐川は無言で煙草を灰皿につき立てた。

話のもっていきかたがさすがだ、と大塚は思った。塔下は、道警への密告が、佐川―城山ルートであったのを使って、からめ手で、佐川を追いつめている。自分ひとりならこうはいかなかったろう。

「密告が、陽亜からもあったというのを、道警は認めています」

「何⁉」

佐川は目をみひらいた。

「いつ、そんなことを認めた？」

塔下は佐川を見つめた。

「きのう、捜査本部を外された刑事がでました」

佐川の顔がこわばった。城山から連絡をうけたにちがいない。

「高森さんがこの件を知っていたかどうかはわかりませんが、たぶん知っていたでしょう。というのも、犯人のイワンコフのことを高森さんに教えたのは、殺されたボリスさんだという情報がありますから……」

「――何が目的なんだよ」

やがて佐川はいった。

「高森さんです。あの人がどこで、今何をしようとしているかを知りたい」

「だからわかんねえっていってるだろう。しつこいな」

ボディガードが進みでた。が、佐川はそれを手で制した。本気で追いだそうとは考えていないようだ。たぶん、佐川も情報が欲しいのだろう、と大塚は思った。

「高森さんのことを知っている佐川さんなら見当がつく筈です。高森さんはいったい、どこで何をしたがっていたか。記憶を失ったりしたら、まずどこへいくでしょうね」

佐川は息を吐いた。

「あの人は、道産子《どさんこ》じゃねえ。もともと関東の人間だ。だからそっちにいくだろう」

「それでなにをしますかね」

「何をするったって、そんなのはわかんねえよ」

「高森さんの願望は何でした」

大塚は訊ねた。

「願望たっていろいろあるさ」

「一番強く願っていたことは何です」

佐川は黙った。やがていった。

「トップに立つことだろう」

「陽亜連合の？」

「そうさ。序列でいったら、まだあの人は、若頭補佐にもなっちゃいない。歳も若いしな。いずれは補佐、そして若頭、組長へと思っているだろうし、それだけの器のある人だ」

大塚は資料にあった陽亜連合の組織図を思い浮かべた。

組長は七十歳という高齢で、じき引退といわれている。若頭が六十七歳で、これもそう若くはない。次期組長は、この若頭だろうが、その次の組長と目される人物が、若頭補佐の中にいた。

若頭補佐は全部で三名いるが、六十代、五十代と、四十歳になりたてという、ずば抜けて若いひとりがいる。この四十歳が次の次の組長といわれている人物だ。

名前は確か小田切《おだぎり》といった。

「高森さんは四十五、でしたよね」

大塚はいった。

「そうだ」

「高森さんより若い、若頭補佐がいましたね」

大塚がいうと、佐川は目をむいた。

「何だ、それがどうしたんだ」

「その人がいる限り、高森さんのトップというのは難しいのじゃないですか」

「おい！　めったなことというなよ。本部長より若い補佐がいたからどうだっていうんだ」

佐川は腰を浮かせた。

「まあまあ、かりの話ですから」

塔下がいった。

「帰れ、この野郎。妙な噂流しやがったら、たとえ麻取でも承知しねえからな」

「ひとつだけ聞かせて下さい」

大塚はくいさがった。佐川はにらみつけている。

「高森さんは、小田切若頭補佐とは親しかったのですか」

「まだ手前《てめえ》、そんなことをいうのか」

「大切な質問なんです。高森さんは以前の高森さんとちがってしまっている可能性があります」

「わけわかんねえことといってんじゃねえぞ！」

「大塚――」

塔下がいさめるようにいって首をふった。大塚はしかたなく名刺をとりだした。携帯電話の番号が書いてある。

「今はわかってもらえないかもしれませんが、私の質問は、高森さんの身を案じてのことなんです。決して高森さんを困らせようとしているわけではない。もし、何か思いあたることが起きたら、連絡をもらえますか」

名刺をテーブルの上においた。

「ありえねえだろう、そんなこと。名刺なんかいらん。帰れ」

佐川はすごみをきかせていった。大塚はその目をとらえた。

「こっちは本気でいっているんです。高森さんの身に、何かふつうでないことが起こっていると確信できる理由があるんだ」

佐川とにらみあった。先に目をそらしたのは、佐川のほうだった。

知っている、と大塚は思った。

「高森さんがいなくなる直前、何をしたか、佐川さんは聞いたのでしょう」

「何のことだ」

「ホテル『ゴールド』」

佐川は瞬《まばた》きした。防犯カメラに映っていた高森の犯行を、城山から聞いているのだ。

「妙でしょう。そうは思いませんか」

大塚はたたみかけた。

「あんなことをなぜしたのか、佐川さんも納得がいかない筈《はず》だ」

佐川の表情が動いた。が、乗ってはこなかった。

「知らないね。帰れや」

怒りを消し、落ちついた顔に戻っていた。

大塚はしばらく佐川を見つめていた。だが表情はかわらない。大塚は息を吐いた。

「わかりました。お手間をとらせました。失礼します」

「ジャック商会」をでて公用車に乗りこむと、塔下がつぶやいた。

「欲がからんでいる」

「欲？」

大塚は訊《き》き返した。

「高森と小田切の関係と同じように、佐川と高森のあいだにも、微妙な関係があるということさ」

いわれて気づいた。佐川は、高森に次ぐ、北海道のナンバー2だ。高森にもしものことがあれば、ナンバー1に昇格する可能性がある。

「そうか……」

塔下が訊《たず》ねた。

「さっきの話だが、本当にそうなのか？」

大塚をまじまじと見ている。

「さっきの話？」

「高森の野心だ。自分より若い若頭補佐がいたのじゃ、上にいくのが難しい」

「思いつきです」

大塚はいった。本当だった。

「ですが、佐川のあの反応を見ると、まんざら外れてもいないような気がしませんか」

「確かにな。だがそいつを確かめるのは難しいぞ。陽亜の人間は簡単には口を開かんだろう」

川部のことを考えた。だが上の悪口になりかねない言葉を、やくざ者から引きだすのは容易ではない。

「陽亜でも東京の人間なら、喋《しゃべ》ってくれる奴が見つかるかもしれんが、北海道じゃこれ以上の情報は厳しいな」

塔下はいって、ビルを見あげた。

「ひとり、知っているかもしれず、喋らせることができるかもしれない人間がいます」

大塚はいった。塔下はふりかえった。

「誰だ」

「城山です。奴は佐川と親しい。陽亜を担当していたのだから、高森個人に関する情報ももっている筈です。しかも佐川が高森にとってかわりたい野心をもっているなら、尚《なお》さら何か聞いていておかしくありません」

塔下は唸《うな》った。

「城山か……。だが簡単じゃないぞ。捜査本部を外されたばかりだし、これまでの我々とのいきさつを恨みに思っている可能性も高い」

ありうることだった。しかも大塚は城山から国井を〝奪って〟いる。

「上司を通して、とかそういうやり方では駄目だと思います。一対一でぶつかって情報をひっぱるしかない」

塔下は大塚を見た。

「やれるか。一歩まちがうとトラブルになるぞ」

「やるしかありません」

塔下は息を吐いた。

「なぜそこまでカシアンにこだわる。かりにカシアンが実在したとして、この世の中にはもっとどうしようもないワルもたくさんいるのじゃないか」

「そうかもしれません。いえ、その通りだと思います。ですが、私は、カシアンが次から次に誰かにとりつき、犯罪を重ねるのを知ってて見過ごすことができないんです」

「村岡のことがあるからか」

「それもあります。もしかすると私は、村岡を助けられなかったことをカシアンのせいにしたいのかもしれません。でもそれだけじゃない。人間の悪意とか、残酷さのようなものが、いったいどこからくるのか、私は昔から気になっていました。理由はあります。お話ししたことはありませんが。そのこととカシアンの問題が自分の中でつながって、どうしてもほうっておけない気持ちになっているのです」

塔下は無言で大塚を見ていたが、やがていった。

「もしカシアンが実在するとして、それが高森なり別の誰かにとりついているところを見つけたとしよう。どうするつもりだ」

「どうするのでしょうか。ひとついえるのは、カシアンがこれ以上別の人間にとりつくのは防がなければならない、ということです。そのためにはまず、高森がもっているイコンをとり返さなければなりません。イコンを破壊すれば、カシアンは帰る場所がなくなる」

「別の人間にとりつくかもしれん」

「とりつくとすれば、それは今とりついている人間が死ぬときです。そうでなければ、カシアンはとっくに傷ついたイワンコフの肉体を離れられていた筈です」

「とりつけるほど悪い人間が近くにいなかったとか」

「西田はいました。だがカシアンはとりつかなかった」

「なるほど。一理あるな」

塔下は頷《うなず》いた。

「つまり高森が死なない限り、カシアンはその肉体を離れることができない。いいかえれば、高森が刑務所に入れば、カシアンもまた閉じこめられる結果になります」

「高森が殺されるか、自殺したらどうなる？」

「状況によると思います。近くにとりつける人間がいなければカシアンは宙ぶらりんになる。イコンに帰るしかないが、そのイコンすらなければ、地獄に連れ戻されるか、消滅する――これは私の想像ですが」

「高森が東京にいたら、近くにとりつける人間がいないなんて状況にはならないな。悪い奴は掃いて捨てるほどいる」

「ええ。ですから東京に高森が向かうのは、カシアンにとっても都合のいい選択だった筈です」

「もし東京で高森が死に、誰かにとりついたら、そのときはもう、あとを追うのは不可能だ。そうは思わないか」

「思います。ただし、ジャンナの話では、イワンコフは息絶える直前、高森を見つめていた。おそらくそれがとりつくために必要な手続きだったのではないかと思います。つまりとりつく人間が近くにいることが必要なんです」

「幽霊のように、ふわふわさまよって、適当な人間にとりつく、というわけにはいかないのだな」

大塚は頷いた。

「あくまでも私の想像ですが。もしそうなら、宿主が死んだときに近くにいた人間を捜せば、カシアンの現在地をつきとめることができる」

「だがそれで最終的にはどうする。一生刑務所に閉じこめられるのか。そいつがよほどのことをしない限り不可能だ。といって、死刑にでもなったら、かえって厄介だ。周りにはとりつくのにうってつけな人材がいくらでもいるのだからな」

大塚は息を吐いた。

「その通りです。そのあたりのことまで考えると、私も正直どうすればいいか、思いつきません」

「裁判官は納得しないだろうな。ロシアの怪物がとりついているから、死刑にはせず、一生刑務所に入れる終身刑にして下さい、なんてな。逆に信じれば信じたで、心神喪失で無罪放免、なんてことになりかねん」

塔下は首をふった。

「ええ。でもそれは、うまくカシアンを捕らえられたら、という仮定です。捕らえられなかったらどうなるか。カシアンは宿主と知識を共有する。次から次にいろいろな犯罪者にとりついて成長し、塔下さんがいわれたようにとんでもない怪物ができあがるかもしれない。そのときその怪物が、東京で、いや、日本で何をしでかすか」

「もしかすると、この地球上で、か？」

大塚は頷いた。

「何百年と生きてきた魔物なんです。何をするかわかりません。最後にカシアンが暴れたときは、まだこの世に大量破壊兵器もなければ、原子力発電所なんてものもなかった。可能かどうかはともかく、カシアンがテロリストにとりつけば、原子力発電所を破壊して放射能をまき散らすなんて考えをもつことだってありえます」

「テロリストよりたちが悪いな。カシアンには、殉じる宗教や思想もないのだろう」

「たぶん。あるのはこの世や神に対する呪いだけです」

ジャンナと交わした会話を思いだし、大塚はいった。自分は、この世に神の不在を証明する理由を探している。

「神、か……」

塔下はつぶやいた。

「俺は麻薬取締官になってしばらくは、この世には神も仏もいない、と思っていた。それくらい、俺たちが相手にするのは、救いのない連中が多かったからな。だが最近は少しちがってきた」

「どうかわったのです」

「必要な人間には存在する」

塔下は短くいった。

「必要な人間に……」

「そうさ。神や仏を必要だと思う人間にとっては、存在するんだ。あたり前の話だが、心の中にあるって奴だ。必要としない人間は心の中にも、もちろん外にも、神や仏は存在しない」

「私は――」

いいかけ、大塚は言葉に詰まった。咲子が死体で見つかり、その死を防げなかった責任が自分にあるのではないかと疑ったとき、神や仏を自分は必要としていただろうか。

必要ではなかった。

自分は、咲子を失った悲しみや後悔を、怒りや憎しみにかえて、飯田に向けた。なぜなら自分は救いを必要としておらず、許すなどという気持ちはこれっぽっちもなかったからだ。

飯田を殺したい、と思った。どこかで会ったら刺してやろうと考え、秘《ひそ》かにナイフをもったこともあった。

それは忘れていた記憶だった。不意にまざまざと大塚は思いだした。

自分の中にためこんだ憎しみが限界になったと感じた、ある日の午後、大塚は切りだしナイフをポケットに家をでた。最後に咲子と会った駅前をふりだしに、町じゅうを歩き回ったのだった。パチンコ屋や喫茶店、ゲームセンターなどをしらみ潰《つぶ》しに捜し回った。飯田はもう、少年院をでていた頃だ。そう、風の噂に少年院をでたと聞き、根拠もなく地元に戻ってくると信じこんで、大塚は飯田を捜し回った。

その日、大塚が歩き疲れ、帰宅したのは、午前四時を過ぎた時刻だった。両親の咎《とが》めも聞かず、部屋に閉じこもった。憎しみは自分への怒りにかわっていた。

忘れていた。

ジャンナに咲子の話を聞かせたときですら、思いださなかった。その一日のできごとだけが、すっぽりと記憶から抜け落ちていた。

たぶん自分は忘れようとしたのだろう。己の無力に対する怒りや後悔をこれ以上ためこみたくなくて、忘れようと考え、それに成功したのだ。

あのときの自分は、自分に何かを証明しなければならないと感じていた。飯田を恐れてなどいない。咲子を救えなかったのは、飯田を恐がったからではないのだと、自分に証明したかった。そのためにナイフをもち、飯田を捜した。飯田を刺し殺せば、それが証明できると、心のどこかで考えていた。

あさはかで愚かしい考えだ。だがそんな行為に走るほど、大塚は煮詰まっていた。家族も、当の飯田も知らないところで、大塚ひとりが、救いも許しも得られず、苦しみ、煮詰まっていたのだ。

「どうした」

塔下の声で、我にかえった。

「私はきっと、一番、神や仏を必要としていたときに、神や仏に巡りあえなかった。だからそれ以来、信じていません」

塔下は大塚を見つめた。

「そのとき、お前は――」

いいかけ、やめた。

「よそう。こんなところでそんな話をしても始まらない」

大塚は苦笑した。

「ですよね。目前の仕事に集中します」

「仕事か……」

「そうか、これは仕事じゃないのでしたね。申しわけありません。塔下さんまで巻きこんじまって」

「いや。高森をできる限り、追ってみよう」

塔下がいったので、大塚は驚いて塔下を見返した。

「え？」

「高森に何が起こっているのか。少なくともそれをつきとめるのは、北海道厚生局麻薬取締部の責務と考えていいかもしれん」

大塚はまじまじと塔下を見つめた。

「いいんですか」

「仕事がひとつ増えるだけだ。他の仕事をやらなくていいというわけじゃない。がんばってみようじゃないか」

塔下の言葉に頷いた。

「ありがとうございます」

そう答えるのがせいいっぱいだった。


〈下巻に続く〉

本書は、二〇〇七年十一月に小社より単行本として、二〇一〇年十一月に文庫として刊行された作品の新装版です。

魔物《まもの》（上）

新装版《しんそうばん》

大沢在昌《おおさわありまさ》

平成31年 4月25日　初版発行
令和6年 11月25日　8版発行

発行者●山下直久

発行●株式会社KADOKAWA
〒102-8177　東京都千代田区富士見2-13-3
電話　0570-002-301（ナビダイヤル）

角川文庫 21561

印刷所●株式会社KADOKAWA
製本所●株式会社KADOKAWA

表紙画●和田三造

●お問い合わせ
https://www.kadokawa.co.jp/（「お問い合わせ」へお進みください）
※内容によっては、お答えできない場合があります。
※サポートは日本国内のみとさせていただきます。
※Japanese text only

ISBN 978-4-04-107947-8　C0193